草莓山镇的疗伤假期

夏礼 ／ 著

重庆出版集团
重庆出版社

图书在版编目(CIP)数据

草莓山镇的疗伤假期 / 夏礼著. —重庆：重庆出版社, 2018.12
ISBN 978-7-229-13330-6

Ⅰ.①草… Ⅱ.①夏… Ⅲ.①长篇小说—中国—当代 Ⅳ.①I247.5

中国版本图书馆CIP数据核字(2018)第144361号

草莓山镇的疗伤假期
CAOMEISHAN ZHEN DE LIAOSHANG JIAQI
夏 礼 著

责任编辑：陶志宏 张 蕊
责任校对：刘小燕
装帧设计：刘沂鑫

重庆出版集团 出版、发行
重庆出版社

重庆市南岸区南滨路162号1幢 邮政编码：400061 http://www.cqph.com
重庆出版社艺术设计有限公司制版
重庆市国丰印务有限责任公司印刷
E-MAIL:fxchu@cqph.com 邮购电话：023-61520646
全国新华书店经销

开本：787mm×1092mm 1/32 印张：11.25 字数：252千
2018年12月第1版 2018年12月第1版第1次印刷
ISBN 978-7-229-13330-6
定价：35.00元

如有印装质量问题,请向本集团图书发行公司调换:023-61520678

版权所有 侵权必究

CONTENTS

Part 1	逃跑计划	/001
Part 2	草莓山镇	/021
Part 3	秘密花园与姨妈牌料理	/043
Part 4	玫瑰百合园艺会	/063
Part 5	水仙丛下的钥匙	/083
Part 6	日记之一	/107
Part 7	草莓兔的绝杀	/127
Part 8	月下之夜	/147

草莓山镇的疗伤假期

Part 9	日记之二	/173
Part 10	姚柳兰拉锯战	/195
Part 11	日记之三	/219
Part 12	无花果树下的战争	/241
Part 13	日记之四	/267
Part 14	连环神秘事件	/289
Part 15	月光下的慢舞	/309
Part 16	紫水晶戒指	/335

Part

1

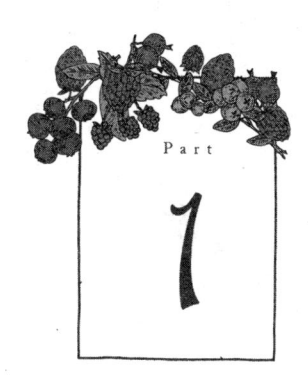

One
逃跑计划

/草/莓/山/镇/的/疗/伤/假/期/

草莓山镇的疗伤假期

　　李安琪本想再睡一会儿的,无奈楼上装修的电钻音源源不断,像全世界所有的大黄蜂聚集在一起,执意要击破她的耳膜。半睡半醒的蒙眬之中,她产生了一种可笑的错觉:也许它们不光想攻下她的耳膜,还想拿下她仅剩不多的意志。

　　差一刻八点。平日里布谷鸟挂钟滴滴答答的转动声,此刻完全迷失在令人头疼的电钻音里。她才睡了三个小时。

　　昨天晚上,她一直在发烧。烧得那叫一个昏天黑地,堪称一曲冰与火之歌——既发冷又发热,好像同时浸泡在火焰和冰雪里——简直能要人命。她怎么睡也睡不着,躺在床上,难受得翻来覆去。身体好像已经不是自己的了。

　　这会儿,她的喉咙还是疼得要命,而且在没完没了的

逃跑计划

电钻音伴奏下,喉咙好像比昨晚更疼了。现在早就超过了平时的起床时间,不过不用担心上班会迟到,昨天她向上司请了假。

其实前天晚上,她就有了生病的迹象——肌肉酸痛,浑身乏力。她没放在心上,毕竟已经连续加班九天了。在这九天里,她没有一天在午夜前回过家。就算打上几管子鸡血,她也生龙活虎不起来。

昨晚她一个人,躺在漆黑的夜里,忍受着蚀骨的高烧,唯一与她相伴的只有自己的呻吟声。到了凌晨四点多,她还没睡着。拧开台灯看了看,一阵莫名的伤感笼罩心头,可她连大哭一场的力气都没有了。

一阵又一阵的电钻音强烈得几乎让她窒息。她忍着偏头痛、喉咙痛和四肢酸痛躺在床上,盯着天花板上颤动的光斑,在高烧初退和睡眠不足带来的恍惚中,感受着细火慢炖般的愤怒。

她越想就越生气,这过的是什么日子?

李安琪,二十八岁,单身。在一家广告公司做策划,饮食不规律和加班熬夜是家常便饭。好容易混到了部门主管,独居在市区的一套离公司一个半小时车程的居民区,每天花在通勤上的时间少说也有三小时。

四个月前,她和谈了不到两年的男朋友邵洋分手了,因为他坚持认为番茄是水果而不是蔬菜,还有一个原因,他有了新女朋友。那个女人是他公司老板的独生女。是她先向邵洋抛了橄榄枝，他说他很苦恼，最后说他不能拒绝。其实他是不想拒绝。

一开始李安琪想不通，大老板的女儿怎么会看上他。

邵洋唯一的天赋就是扮演人肉背景，并将毕生心血倾注于此，当然这也是他唯一值得吹捧的成就。李安琪一直想闯出点名堂来，整日忙于职场拼杀，没有剩余的精力谈情说爱、欲擒故纵和你侬我侬。邵洋这种平淡无奇的男人，对她来说是最好的选择。

不管从哪个层面上来看，邵洋都算不上出众。后来李安琪才明白是怎么回事。那个女人怀孕了，男朋友不知所终，但她坚决不想打掉孩子。

邵洋被"喜当爹"了。可这又算什么呢？她可是大老板的独生女儿，相貌出众，贵气逼人。连邵洋自己都觉得，他是被金砖砸中了。

关于他做的这个选择，李安琪没觉得太震惊，也没觉得失去了什么不得了的宝物，只是觉得有点倒霉。白白浪费了近两年的时间。即使工作累得要命，她还是保持和他至少两周见一次面，不就是为了维持这段平淡的关系吗？

李安琪没有感到太痛苦，很明显她并不是真的爱他。但她没想过和他分开，所以她也从来没有找过"备胎"，把心思全放在了工作上。由于粗心大意，没能认清长远局势，导致破产的企业家，大概能体会她现在的心情。

上个月底，她收到了邵洋寄来的结婚请帖，直接扔进

逃跑计划

了门口的可回收垃圾箱。他和她在一起两年没有结果,和别的女人认识不到两个月就要结婚了,缘分真是爱戏弄人。

尽管不想承认,内心深处,她竟觉得松了一口气。如果恋情进展顺利,她和邵洋很快会在家人的催促下结婚吧。

她不想结婚。也许她只是不想和他结婚;也许她还在等待一个对的男人出现,那个男人会让她的血液里充满粉红色的小泡泡。

但和每个女人一样,她可没傻到非那个踩着七彩云霞的白马王子不嫁的程度。她今年二十八岁了,不是十八岁。如果你今年十八岁,你可以犯任何错误,因为青春就是用来犯错的。如果你今年二十八岁,那就要小心了,因为一个错误就有可能让你纵身悬崖。

一份失败的感情,就像一封不会被打开的结婚请帖,丢掉就好了。李安琪有更重要的东西,那就是她值得为之付出一切的事业。事业不像感情那样缥缈不定,也不像那些你一想依靠就倒下的人,它可以被紧紧握在手里。只要拼命去做就能得到回报,这才是李安琪毕生追求的安全感。

她喜欢工作。梦想中的玫瑰园总是和事业成功联系在一起的。

有时候,她也想放下手头的工作,哪怕一天也好。她想休假,她想旅游。她想畅游在普罗旺斯无边无际的薰衣草花海里,她想亲吻荷兰郁金香公园里的每一朵花,她想漫步在新西兰特卡波小镇绚烂的星空下,她想去环游世界。

草莓山镇的疗伤假期

她总是向自己许诺,成功之后就来一次奢侈的休假和漫长的旅行。不过成功需要时间。在深夜的忙碌中,打印机不休止的噪声中,她会想起那片梦想中的星空。刺眼的白炽灯也不能抹杀她的星空。

有时候,当看到自己疲惫的身影和紧皱的眉头映在写字楼玻璃墙上,就像看到一个陌生人,正透过映着万家灯火的玻璃凝视着她。那时所感受到的迷茫是前所未有的。她拼死拼活所做的这一切努力到底是为了什么?

不过她能克服那种空虚感,说服自己加倍努力。正因如此,她不到三十岁就当上了部门主管,这晋升势头在公司还是头一回。她工作雷厉风行,拿古罗马女角斗士的狠劲要求自己,常常逼得自己无路可退。

年初大病一场之后,她开始考虑身体的可持续发展性,考虑细水长流。这是好事,唯一的问题是,她领悟得不是时候。此时此刻,这家一线城市的一线广告公司里,董事会的格局正发生着翻天覆地的变化,到了春天,全公司上下——从管理层到员工,都已经到了风声鹤唳的程度。

部门主管的座位她已经坐了快两年了。作为公司里最年轻的中层管理人员,李安琪嗅到了令人兴奋的血腥味。

这是个好机会,就算它是一阵风,她也得紧紧把它握在手里。乘着这阵风,她要更上一层楼,乘势追击。部门经理的宝座正闪烁着诱人的钻石光。一颗货真价实的钻石求婚戒指,也不会让她如此渴求。

逃跑计划

由于董事会的震动，几个人被踢出了最高决策层。李安琪的部门经理在年初的角逐中，因为后盾坍塌而初现劣势。他不到四十五岁，一直是公司里被看好的接班人之一。作为前任股东失误决策的有力支持者，他得付出代价。

尽管如此，他们并不缺一个接班人。新挤进来的董事会成员，老派董事会成员，岌岌可危的管理层，每个人都盯着这个位子。一旦有变动，谁都想把自己的心腹钉在那个座位上。但是李安琪发誓，她一定要在这场战役中得到点什么。再怎么说，她总不能空手而归。

她计划、安排、准备，如有必要，她会像一个金牌销售员那样和老板"谈判"。为了在谈判中拿得出更多筹码，必须攻下这次的项目。她只有硬着头皮上，带着整个部门拼杀，加班连连，搞得大家怨声载道。

一个午夜时分，李经理在开车回家的路上，冲进市郊的一片漆黑的湖水里，淹死了。

他喝了很多酒，谁也不知道这是场事故，还是他有意为之。李安琪觉得心里有点硌硬，谁都能看出，之前她一直虎视眈眈地盯着李经理的座位。

她去看望了李经理九岁的女儿，这是一个错误的决定。

李安琪早就知道李经理离婚很久了，却不知道他时常挂在嘴上的独生女儿，竟然患有唐氏综合征。小女孩坐在地板上，反复摆弄着一只缺了一边眼珠的毛绒兔，她的奶奶一边向李安琪哭诉，一边神经质地揪着自己稀疏的头发。

草莓山镇的疗伤假期

李安琪只觉得脑袋里嗡嗡作响，她找了个理由离开了。她并不愧疚，不管是事故还是自杀都和她没有关系，她可没有拿着一把手枪逼李经理跳湖。可她觉得很烦躁，不知道从哪天开始，女孩手里的那只破旧的毛绒兔总会时不时地出现在她的梦境中。梦中的她，看到毛绒兔，比看到贞子从电视机里爬出来还要恐惧。

从那之后，似乎有一片浓厚的黑云笼罩了李安琪，她走到哪黑云就跟到哪。不到两个月，刮了两次保险杠，迟到两次，唯一的闺蜜决定辞职回老家结婚，手下一个得力干将被挖墙脚，因为肠炎打了一周吊瓶，湿疹也出来了，连续三天彻夜难眠。

终于，一颗重磅炸弹治好了李安琪的失眠。部门经理的头衔有人选了，而且还是董事会通过的唯一人选——董事长刚从英国留学回来的大侄子。

大侄子雷厉风行、说一不二，一上任就毙了李安琪策划了近三个月的头牌项目。他喜欢事事亲临，任何一个手下有任何问题，都可以直接跟他商量。李安琪部门主管的座位开始有点硌骨头了。

她不禁抬头问苍天，自己究竟做错了什么。没有回答。她都想在公寓里竖起挂着大蒜的十字架，找个驱魔人来驱驱邪了。

逃跑计划

李安琪一个翻身,从床上爬起来,冲了一杯蜂蜜柠檬茶。电钻音持续着,好像是在她的脑瓜里打钻。她猛地扯开窗帘,觉得自己再忍就练出忍者神功来了。

一秒钟也忍不下去了。

二十分钟之后,她开着车驶上了高架桥,副驾驶座上摊着一张皱巴巴的城市地图。她要去看海!

她的整个童年一直憧憬着大海,当初来棕榈市的时候,也是冲着一片大海来的。住在海边的感觉,那叫一个美,想想都觉得激动。

自打五年前定居下来,她就可劲儿地工作,加起班来恨不得玩命。谁能想到,为了大海而来棕榈市的她,竟然只去看过一次海。不过她从来没后悔过,至少今天之前没有。

她现在要去看海,即使堵车堵到半夜她也要去,即使急诊拖着吊瓶她也要去。尽管她只去看过一次海,但永远也不会忘记那种感觉。那种无与伦比的宁静感,恐怕除了海边,再也无处可寻了。

那里没有日夜不停翻白眼的毛绒兔,没有一个方案非要审批个二十来次的部门经理,也没有和太阳一起出现的电钻音。

踢掉鞋子,躺在清凉的沙滩上,蓝天和海水相交一线,点点光斑在海平面闪现,蓬松的白云看起来沉甸甸的。闭上眼睛,忘记一切,就这样伴着海风和流沙,倾听着浪花冲刷暗礁的声音,陷入蒙眬。

如果一觉醒来发现已近深夜,也没有关系。那就躺在沙滩上,遥望布满细碎钻石的夜空,同每一颗小星星说悄悄话。她要趁夜深人静的时候,向天鹅座许愿。就像她十六岁生日那天深夜里,姐姐瞒着父母带她去附近的山顶向星星许愿时那样。

一转眼,十年过去了。

那天姐姐也许了愿,不知道她的愿望实现了没有。李安琪永远不会知道了。

就在李经理开车冲进湖里不久,她接到了姐姐李安妮发生事故的消息。李安妮在斑马线上步行,被闯红灯的汽车撞倒,当场身亡。她明明什么都没做错。违反交通规则的是别人,可是被撞死的人是她。

如果这件事没有发生,无论如何,李安琪是能扛过去的。被一无是处的男人甩掉也好,失去晋升部门经理的机会也好,她需要的只是治愈的时间而已。

可现在一切都不一样了,她仿佛失去了原动力。这么辛苦活下去是为了什么?街角冲出的一辆车就能轻易夺走一个家庭的幸福。生活简直是一个布满不定时炸弹的雷区,提心吊胆地走着,说不定哪一脚下去就会被炸飞。难道不是吗?

妈妈在整理遗物时,发现了姐姐的日记。葬礼之后,妈妈把日记里提到李安琪的地方拿给她看:"每次通话我

逃跑计划

都会告诉她,要她改变一下现在的生活方式。学会好好生活,善待自己,而不是像现在这样只是低着头工作。不知道她有没有听懂。为了工作而失去阳光、度假、亲情和爱情,这样的工作再好,又有什么意义?"

前天在电话里,妈妈说她并不希望李安琪出人头地,只要她活着,并且活得幸福,这比什么都强。一想起这话,思绪叩击着心扉,泪模糊了双眼。

她胡乱抹了一把眼泪,哭着抓起地图。两个小时的车程过去了一大半,记忆中的五号公路仍然停留在记忆中,没有一丝即将现身的预兆。

一块巨大的广告牌出现了——蔚蓝清澈的"海水"映入眼帘。"他妈的。"李安琪明白了,她走错了方向。这会儿她已经驶进了市郊,离大海越来越远了。

车厢里瞬间热得要命,大海仿佛像一块破碎的蓝色水晶,当她回过神来,已经散落一地。李安琪突然改变主意,不想去了。

她打开车窗,将撕碎的地图扔出窗外,它们的蓝色翅膀上下翻飞,瞬间被风吹散。她凝视着后视镜中拼图碎片般的纸片越飞越远,消失在视线之外。

原路返回,她没注意花了多长时间。如果生活找不到意义的话,时间没有意义。

驶进工作日空旷的居民区,她加大油门,冲向十号楼。从一楼到十五楼,她本来什么也没想,但那个念头挥之不去。虽然只是一个突发的小念头，却以惊人的速度膨胀着，现在已经充斥了她的整个脑海。

高跟鞋的哒哒声仿佛仍然回荡于黑色大理石走廊，李安琪一把推开门，冲进储藏室。她打开壁橱，从里面拽出行李袋，一鼓作气回到卧室，像龙卷风一般将衣橱里的夏装席卷进行李袋。记事本、化妆包、充电器、钱包，她看到有用的就扔进行李袋。一个行李袋满了，又装了一个。

电源、天然气、太阳能、水管，检查了出门必查项之后，她关上了所有的窗户，锁好门，拖着行李袋走进了电梯。

从十五楼到一楼，恍如隔世。她这辈子都在循规蹈矩，一场说走就走的旅行，对她这种一刻千金的职场精英来说，简直不可想象。

前台小姐见到她的时候，掩饰不住脸上惊讶的神色，而李安琪没等那惊讶像水波一样在女孩的脸上漾开，就直奔部门经理的办公室。一向爱对项目报告吹毛求疵的大侄子一反常态，没有开启他最擅长的挑刺儿模式。

看到她急不可耐地想请长假，他看起来还挺开心的。她不知道他和她有什么仇什么怨，不过在这一刻，她能强烈地感受到，要想继续顺风顺水地混下去，也许放权是最好的生路。

她没日没夜地拼命工作，不是为了有朝一日站在胜利顶端，而是为了不声不响地放权？

逃跑计划

要是这发生在半年前,她能被活活气死。但是现在,她变得不一样了。她只想好好休息休息,她要一个假期。

部门经理签了字,接下来还需要总经理签字。三周的假期着实长得有点不合时宜,虽说里面包含了一周年假。考虑到她此前为公司所作的贡献,休息个把月又有什么大不了的呢?参加姐姐的葬礼她也只是休了三天假而已。

总经理不在公司,李安琪等不下去了。只不过是缺一个印章而已,她想。以前她是从来不会这样想的。

什么事都有第一次,大侄子也首次展现他的"善解人意"。"要是赶时间的话,你就先走吧,总经理回来之后,他会签批的。这一点我可以向你保证。据说你进公司以来,一次带薪休假也没有休过,如果你说要休假,我想那一定是非常需要一个假期。"他微笑道。

李安琪觉得自己被他打败了,就连他都看出她很累。

她真的很累,但她轻快地站起身,不让他看出自己就快筋疲力尽了。出发之前,她在车里待了一会儿,给妈妈打了一通电话。之后,又给姨妈打了一通电话,问自己能不能过去住一段时间。

"什么时候?"姨妈问。

"现在。"李安琪说。

姨妈家住在一座叫草莓山的美丽小镇,学生时代结束的那个暑假,是她最后一次去草莓山镇。那漫步于夏日树林的可爱时光,如今全部凝结成过去,飘散在记忆中。刚

草莓山镇的疗伤假期

才看着风中纷飞的地图纸片,草莓山镇的美妙时光毫无预兆地在记忆中闪现。

李安琪明白,现在她最应该做的就是回家。可她不想回家,不想和妈妈抱在一起大声痛哭,不想回到那间曾经和姐姐一起共用的卧室,不想看到那座城市空洞的斑马线,甚至不想呼吸那里的空气。

大概她是太自私了。

她打车去了火车站,在售票大厅等了不到二十分钟就上了火车,这真是一场命中注定的旅程。

手机只剩下百分之五的电量,匆忙中也忘了带本推理小说消磨时间,没过十分钟,李安琪就无聊得坐立不安了。好在沿途风光很美,她不知不觉就心不在焉起来。

刚才,姨妈接到她的电话很吃惊。虽说每年都有机会见面(最近一次见面是在李安妮的葬礼上),但她至少五年没有拜访过草莓山镇了。姨妈的言语间透露着关切和理解,她一定是联想到了发生在另一个外甥女身上的事。

想要住进草莓山镇的度假小屋,本该至少提前三个月预约。并不是说草莓山镇是火爆透顶的度假胜地。相比之下,这片净土仍然像月光下草叶上的露珠,还未被太多清晨的人迹惊醒。

姨妈劝说李安琪在她家住一段时间,可李安琪坚持要

逃跑计划

她帮自己租套度假小屋。姨妈答应会尽力而为,但十分钟后又打来电话,说小镇上为数不多的度假小屋都被预订了。

在短时间内找到理想的住处不是一件简单的事,除了双手合十祈祷好运,李安琪什么都做不了。但是现在的她已经不再祈祷了。

还有很多事她现在不做了,比如彻夜读推理小说、花三个小时化妆、写日记和画画。有很多事情她甚至已经不再去想了,比如成为推理作家、拥有一座属于自己的花园(可以种满她喜欢的花草)、嫁给摇滚乐队的吉他手,或者考虑怎么才能做得比姐姐更出色。

只是随着这些念头一个一个消失,有什么东西似乎也跟着消失了,也许是那个曾经的自己。

她也曾怀抱着不合时宜的念头生活,那看似遥远的期盼是她疲惫中的港湾和迷茫中的灯塔。一个坚定的梦想远比一根皮鞭更能催人奋进。而让她在失败的尘埃和孤独的拼杀中止住泪水的,恰恰是那些该被嘲笑的梦想。

曾几何时,她以为一旦失去这些傻念头,会变成一个没有灵魂的人,那是她最鄙视的。有人说没有梦想的人就像蜕掉翅膀的天使,李安琪不这么认为,她觉得没有梦想的人和一公斤沃尔玛打折的土豆没什么区别。

现在,大概她本人也和一公斤土豆没什么区别了。

等假期结束一回到公司,她就会在部门经理的监督下乖乖放权,这样一来,人生最后的火花也要燃烧殆尽。跳槽去别的公司，再将上一个五年里那些不堪回首的血腥拼杀重演一遍？现在的她不确定是否还有足够的力气从头再来。

身体里还残留着昨晚发烧的疲惫，李安琪累得没精力去考虑这个问题。说不定当一公斤土豆也没什么不好，毕竟土豆不会受到伤害。

接下来该怎么做？

还是等假期结束之后，再作打算吧。放松大脑和身体，什么都不去想，这不就是度假的意义吗？这不就是李安妮一直宣扬的享受人生吗？

"姐，你怎么看？"以前她总是以极其讽刺的口吻征询姐姐的意见——

享受人生有什么了不起的？不就是糟蹋时间吗？无需任何技术含量。对于无所事事、注定一事无成的人来说，糟蹋时间不是世界上最简单的事吗？看啊，姐，看我啊，我现在就在享受人生啊。你一直说我是个死脑筋，说像我这样的工作狂很可悲，拒绝一切美好的东西，终其一生只能和错过、孤独、空虚做伴。你说不想看到我变成一个工作机器。看啊，我正度假呢，你一定想不到我会如此奢侈，请了三周的假，就为去草莓山镇散心。

要是李安妮知道这件事会怎么说呢？"南加州下雨了。"她肯定会这么说。

这是她的口头禅。当别人说"太阳从西边出来"的时候，她总是说"南加州下雨了"。不是有那么一首歌吗？南加州从来不下雨。

"南加州下雨了。"李安琪默念着，不禁泪流满面。

她讨厌现在这个不分时间和地点，动不动就掉眼泪的自己，更讨厌那个像流星一般猝然而逝、给她的人生留下巨大空洞的李安妮。随着时针一分一秒地转动，空洞不但没有缩小，反而越来越大了。她真怕有一天，会被这个空洞吞噬掉。

关于姐姐的事，大概她永远都不会释然。但这又有什么关系呢？反正地球在一刻不停地旋转，所有厌倦了地心引力的人都可以自生自灭。

李安琪当然不会去做傻事，她不能再让她的家庭蒙受损失，他们已经承受不起任何程度的伤害了。妈妈说，只要李安琪好好活着，她一点也不在乎她会不会出人头地，有朝一日是否成为董事会的股东。

一想起董事会，董事长的大侄子那张吹毛求疵的脸孔像一道三叉闪电，迅速闪过她的眼前，接着消失不见了。

她抹干了眼泪。即使在独处的时候，她也要穿盔甲举盾牌，不允许任何一个商业伙伴和对手突破她的心理防线。

去你的吧，大侄子，带着你的蠢脸滚出我的假期。我们的那笔账等我休完了假再说。

悬挂在空中的洁白云团，像是从某张度假明信片上剪下来，又被贴上窗口一般。正午的阳光正融化着玻璃上仅剩的一丝冰凉，初夏的风掠过远处树林的上空，无数片粘着小块小块阳光的墨绿色的树叶在那里翻滚着。

李安琪看着缥缈的阳光、浮动的树叶和水晶色的天空，突然觉得就算现在原路返回，这趟旅行也值了。

她有多久没有好好看过天空了？大概就像离上次看海那么久。

凝视天空并不能让人心愿成真，也不能解决任何问题，尽管如此，当深深地凝视进那包容万物的天空彼岸时，她还是体验到无穷无尽的时空和若隐若现的希望。

一层柠檬色的阳光透过车窗，覆盖在裸露的皮肤上，给李安琪带来一阵暖意。她眯着眼睛，看窗外一闪而过的树林边缘，看月季花丛中翻滚的波浪，看风停驻在云端卷起的云絮，看所有美好的东西出现又消失，然后不复存在，仅仅是一眨眼的工夫。

阳光把一切都晒得暖洋洋的。不知不觉，李安琪睡着了。她做了一个梦，梦见李安妮变成了一只黄色的蝴蝶。没有证据表明李安妮和黄蝴蝶有任何关系，但在梦里，她就是知道黄蝴蝶是她姐姐。

然后，破旧的毛绒兔又出现了。一开始李安琪并没有意识到，它就是过去梦魇中的那只缺了一边眼珠的毛绒兔，直到她发现它像海盗一样系着眼罩。和前几次不同，它的唇边没有出现诡异的笑容，她看不清它的脸。

不过没关系，她感到很平静，一切都风平浪静。

逃跑计划

贝多芬《欢乐颂》的欢快音节把她唤醒,是她的手机铃声。姨妈打来电话,第一百零一次建议李安琪住在她家,还乐此不疲地警告说,租房子是一个多糟糕的选择。

李安琪说可以放宽度假公寓的条件,比如接受交通不便、靠近树林、租金超过预期等等。"没事的,姨妈,我能照顾好自己。"

"我怀疑。"姨妈说。

"我已经独居五年了。"李安琪说,"我知道怎么照顾自己。"

"可是毕竟你回到草莓山镇,应该由我来照顾你。你至少先来姨妈这里住几天,等找到公寓再说。"姨妈滔滔不绝,不由分说。"小海和天天会去车站接你,你坐哪班车?不许说你自己能来,你已经多少年没来过了,街道都变了。他们两个已经出发了,你不想让他们扑个空吧?"

李安琪开始怀疑,到草莓山镇来究竟是不是一个理智的主意了。

Part

2

Two
草莓山镇

拖着两个沉重的行李袋穿越火车站大厅口的人流,和穿越一堵火墙差不多。李安琪看到小海和天天透过稠密的人群使劲朝她招手的那一瞬间,仿佛看到了救世主重降人间。

天天给了她一个比火车站人潮还要火热的拥抱,而小海则显得比上次见面时腼腆了。这情形和以前正好相反。

小海和天天是一对双胞胎,两人都在上大学。

十年前,小海是一个整天被老师留校察看、让姨妈头疼得要吃片布洛芬才能睡觉的男孩。而天天呢,整天沉默寡言,搂着一只棉布青蛙,走哪儿带哪儿。因为她总是不说话,姨妈还曾经带她去心理门诊检查过。就是这样的两个孩子,却总能吵得不可开交。对两人来说,任何一场战

草莓山镇

事升级所需要的,仅仅是一个眼神的交会。

现在全都不一样了。不知道从什么时候开始,两个人像是来了一次灵魂互换,不再天天吵架了。

的确有太多事发生了变化,不是吗?以前姨妈总是说,什么时候小海和天天能像李安琪和李安妮一样相处,她就要烧高香了。现在想起这句话,她会不会感到有些尴尬?

命运对造物主来说,只是一场游戏吗?随意改变他人的命运,让人不知所措,让人泪流满面,让人心如刀绞,让人痛不欲生,让人心如死灰,这就是他转动命运之轮、玩弄捉弄人的小把戏所带来的乐趣或者快感?

"姐,你至少四五年没来玩了。"小海说。

"我想来度个假,休息一段时间。"

"来草莓山镇这种破地方度假?"天天甩了甩一头扎得高高的马尾,一脸不可置信,"你没搞错吧?"

小海立刻给了天天一个犀利的白眼:"草莓山镇怎么了?"

"没怎么。"天天猛地一打方向盘,差点把副驾驶座上的小海架在脑袋上的眼镜震下来。

两个人都对年初李安妮的事故闭口不谈,心照不宣地说着轻松的话题——学校里老师的糗事、小镇的八卦和喋喋不休的絮叨。

李安琪感受到了那善意和体贴的用心,强迫自己不去想那些让人焦虑的事,只是沉浸在新奇的假日中。

"还记得草莓山广场吗?"天天问。

老实说,记不大清了。就像记忆中的一个光点,李安琪只隐约记得那是一个很美的地方,几乎是她童年去过的最美的地方。

"我们顺路去那里好吗?广场附近新开了一家糕点店,那里的甜甜圈和糯米糍超级好吃。"天天说。不过小海不想吃甜甜圈和糯米糍,他更想去吃冰淇淋。"月桂桥公园里有一家冰淇淋店,听说那里新出了一款——"

话音还没落,天天拧开了音响,重金属摇滚乐像一颗炸弹在车厢里开了花。她跟着音乐摇头晃脑,丝毫不在意小海的欲言又止。小海无奈地看了李安琪一眼,撇了撇嘴。

起伏的绿荫小径上,两条雪白的路标平行线翻滚于灰色路面的中央,一直延伸到在绿树掩映之下消失的道路尽头。道路两边的草坪上覆盖着一块块透过橡树的间隙照进来的光影。

重金属摇滚在耳边嚎叫着,车厢像卡丁车一般在路面颠簸,吹进窗口的凉风中渗透着青草的甜味,知更鸟的奏鸣曲回荡在耳边。这感觉还挺酷的。

"姐,你看她这样,跟疯子似的。怪不得找不到男朋友。"

"别说我了,你自己找到女朋友了吗?"天天在红灯前猛踩刹车。

草莓山镇

两个人肆无忌惮地斗嘴。一言不合就战事升级,这一点还真是和小时候一模一样。刚才李安琪还以为他们改掉了斗嘴的习惯,根本没有,原来全是错觉。

"比你强。"小海说。

"你是哪点比我强了?谁规定暗恋就比单身高级?我只是没有喜欢的人而已,一旦有了喜欢的人,'脱单'只是分分钟的事。"

小海露出了一个夸张的嫌恶表情,不过他什么也没说,一看就是有碍于天天的淫威。

"对了,小海,你追李梦怡追得怎么样了?"天天调侃地问。

"不关你的事。"小海说。

天天不屑地哼了一声,火药味十足。

"管好你自己吧。你口口声声说你没有喜欢的人,我不拆穿,你是不是就打算一直自欺欺人下去啊?知不知道,你们读书俱乐部的女孩都在说什么呢?你和姚柳兰是怎么回事?你暗恋人家很长时间,就是不敢承认吧?"

"笑话。"天天嘟囔了一句,却没有对小海的话大加反驳,这有点不像她。李安琪从中嗅到了一丝不同寻常的味道。

"怎么回事,天天?"李安琪问,"最近有什么烦恼吗?"

"别听他胡说,姐。根本没有那么回事。是读书会里的一个女孩乱传的,因为她喜欢姚柳兰,但是姚柳兰不喜欢她，所以她就胡说八道。那天下雨，我没有带伞，在校园里偶遇他而已，被那个女孩看到，就开始写剧本了，还传得沸沸扬扬。真是气死人，而且还真有像小海这样的笨蛋相信。她这么一传，李梦怡看我的眼神都带着杀气。我跟姚柳兰做了十年的好友，撑一把伞又有什么可奇怪的？对了，就是李梦怡，你还记得她吗？我初中同学的妹妹，上次你来草莓山镇的时候，在月桂桥公园门口遇到过她——"

"呵呵，别给你自己脸上贴金了。"小海开始蓄力反击了，"没人给你俩写爱情小说，还说什么人家带着杀气看你，你以为李梦怡闲得没事做吗？"

"你这么袒护她，不就是因为你对她有意思吗？"天天使劲抓着方向盘，连路也不看了，死死地盯着她的双胞胎弟弟，"但是人家李梦怡爱的可是姚柳兰！他俩已经在一起了，你什么时候才能接受这个事实？你让一千个人在你和姚柳兰之间作选择，九百九十九个都会选姚柳兰，剩下那个是瞎子。"

小海生气了："哼！"

一路上听着两人加足马力斗嘴，李安琪也算是暂时忘记了苦恼。可是眼看天天这车开得越来越不靠谱，她捏了一把汗。毕竟她答应过妈妈，她会好好活下去。"天天，注意安全。"她说。

"她的驾驶技术是自学成才。"小海说。

草莓山镇

李安琪的脑袋上布满了汗珠,心里也翻起了九尺巨浪。天天凭借着她那无师自通的驾驶技巧,在小镇空旷的道路上自如地穿梭着。李安琪有种错觉,他们在呈"之"字形前进,这是不是有点太过自如了?

幸好此时的汽车已经顺利地完成了林荫小径、山坡和一条街区的旅途,来到了草莓山广场外。她心里松了一口气。虽说诸事不顺,可她还是想活下去。

一道可爱的五色彩虹高悬在"彩虹桥"糕点店门前,彩虹末端挂着两团雪白的云团。糕点店的玻璃门上也贴着五彩的缎带,拼成雨后彩虹的形状。透过玻璃,李安琪看到店里到处堆着毛绒熊和鲜花。在棕榈市,有更多更华丽的糕点店,但是她从来没有走进过它们中的任何一家打发时间,连想都没想过。

淡淡的柠檬香浸透在小店淡黄色的灯光中。店里很安静,不知从哪里传来的温柔钢琴曲,掩盖了若有若无的谈话声。一切都恰到好处。刚走进来,李安琪就喜欢上了这里。

他们要了甜甜圈、糯米糍、冰柠檬水,还有新出炉的肉松饼。之后他们去了草莓山广场,比起在店里,小海更想在广场数百棵大橡树的其中一棵下吃午餐,因为那很有"野餐"的感觉。

"我们已经很久没有出来野餐了。"小海说。

"那还不是因为你忙着追李梦怡?"

"难道不是因为你太忙了?"

据天天说,小海参加了镇上的象棋俱乐部和学校里的物理小组。这在李安琪看来不奇怪,小海很早就对科学感兴趣。

据小海说,天天参加了学校的读书俱乐部,还参加了镇上年轻人组织的园艺会,整天忙得昏头转向。一听园艺会,李安琪两眼放光。成为职业精英之前,她的梦想一直是成为推理作家或者园艺师。写作累了就去花园里刨地种花,这样的生活,简直是一个梦境。

可是天天怎么会去参加园艺会?

作为一名新晋的园艺会正式会员,天天见缝插针地"安利"起她的组织:"还有两个推荐名额,如果现在有人改变主意的话,还是能加入我们组织的。"

"没有人想加入你们组织,在我们眼里,你们就是一帮怪胎。"小海说。

"别太早下定论,说不定李梦怡也要加入呢,到时候你就要被打脸了。毕竟姚柳兰是我们的会长。"

"照你这么说,你们的会员早就该过万了,姚柳兰的'粉丝'这么多。"

"因为我们园艺会采用会员推荐制啊,这有什么好奇怪的。是有不少女生因为姚柳兰想入会,都被拒之门外了,这也没什么可奇怪的吧?"

李安琪算是把这事看清楚了。这两个人之所以如此执着于相互攻击,说到底,全是围绕着一个叫李梦怡的女孩和一个叫姚柳兰的男孩。两个人絮絮叨叨了一路,只要不是听力障碍太严重都能听出来,小海暗恋李梦怡,李梦怡喜欢姚柳兰。据小海说,天天也在暗恋姚柳兰,不过天天不承认。

比起告白,难道现在的年轻人更沉迷于暗恋?李安琪弄不明白。"为什么不告白?"她问了一句。

聒噪的两人突然停下了相互攻击,扭过头像看宇宙黑洞一般看着她,看得她很不自在。小海朝天空翻了个白眼,天天咯咯地笑了。这会儿李安琪真切地感受到,自己老了。七年可是一个不可逾越的时空断层。

"他不敢。"天天说。

小海瞪了她一眼:"说说你自己吧,你怎么不去对姚柳兰表白呢?在这里逞英雄有什么意思?见到人家还不是立马投降?"

天天像飓风的女儿一般,激烈地从橡树下的草坪上站起来,白裙子的裙摆上还沾着青绿的草叶。"宋小海,你还有没有完啊?我说了多少次,我对姚柳兰一点意思都没有,你为什么非得捂着眼睛、捂着耳朵、昧着良心,散播一些和事实不符的谣言呢?我知道,你是因为不敢追李梦怡而拉我下水,但你不要误导大众好不好?"她说得慷慨激昂,义愤填膺,连落在她身后草地里啄食草种的麻雀都被吓飞了。

小海也被她的气势吓住了。

"姐,你不要相信他的话好不好?"天天问。她面红耳赤,看起来不像害羞,而是真的生气了。

李安琪郑重地点了点头,心中万马奔腾。她默默记下了姚柳兰这个名字,有机会的话,她想看看他到底是个什么样的男孩。

原来,天天在上半年的草莓山园艺比赛上得了三等奖,被园艺会吸收为正式会员。入选正式会员的奖励是两个推荐名额。有不少女生来找她,可她们都是"伪园艺爱好者、真姚柳兰迷妹",至今她还没有推荐一个会员。

"要不要临时会员?"李安琪问。

天天吃惊地看着李安琪,连李安琪自己也在吃惊:原来潜藏在心底的花草之梦还在呀,一回到童年来过的小镇,它们仿佛又跃跃欲试,在融化的冰雪中复苏了。

"我只能待三周,所以如果你们不介意临时会员的话,我可以去参加下看看。"

天天瞪着眼睛:"真的假的?"

去姨妈家的路上,三个人都有点蔫了吧唧的,连空气都变得慵懒起来。可能是草莓山镇初夏正午的阳光着实有点令人昏昏欲睡。

听小海说,草莓山广场几经翻修,早已失去了十年前的风貌。即使和以前一模一样,李安琪也没有印象了。

还以为全部都忘了,但刚才广场前的喷水池猛然映入眼帘的时候,她的心还是猛地跳了一下。似乎又记起了点什么。

这里曾被姨妈称为"许愿池",高中毕业那年暑假她来过。等待大学通知书的时候,她曾经经受不住诱惑,悄悄来这里许过愿。她现在仍然记得那个愿望。不是考上大学,也不是考上好大学,而是考上比姐姐李安妮更好的大学。

这个回忆如今仍然激荡在她心田最脆弱的角落,无人可以倾诉。多讽刺,她一直拿来当作标杆的人,她总是默默较劲的人,她坚信无所不能的人,她的"假想敌",她的偶像,她最亲密的战友,如今竟然变成一缕轻飘飘的风飞走了。

也许是担心李安琪会沉浸在伤心事中,贴心的小海打破了沉默:"好不容易来一次草莓山,你为什么非得租公寓住?上午听老妈说,她一间公寓也没找到。还是来家里住吧,我们还剩下好几间房间呢。"

虽说是来草莓山镇度假,但李安琪从来没想过住在姨妈家。度假就是要高度的自由,如果时刻都有种给人添麻烦的感觉,又怎么能体会到高度的自由呢?最重要的是,现在的李安琪很难走出姐姐骤然离世的阴影,情绪无常,敏感爱哭,她可不想把这尴尬的气氛带到姨妈的欢乐家庭里。

"度假别墅如果合适的话也可以。"她说。

"这么说的话，街角那套一直空着，可是——"天天欲言又止。

李安琪等着，没等到下文，后来小海说起了报名象棋俱乐部夏令营的事，和天天又是一番唇枪舌剑。

以李安琪的年薪和积蓄，租下度假别墅也不是什么太过分的事。她一直在节省花销，不光是因为生性节俭，还因为她有一个"不可告人的邪恶秘密"——她要攒钱买一套小别墅，重点是赶在李安妮之前。现在不用了：她不想要了。所以，大概她并不是真的需要一套别墅。

一个三岔路口，天天停下车来等红灯。"姐，你真的要和我去园艺会？"

"嗯。"

小海清了清嗓子："别去啊，他们那伙人跟传销组织似的，特可怕。一个个的整天趴在温室和花园里刨土，还比赛谁种出的百合花最美。简直是神经病呀。那次她老人家一连给我看了三十几张他们种的百合花照片，还自称是'作品'，问我哪一张最美。可是在我眼里这些百合花都是一样的，就像苍蝇似的，我看不出哪枝更好看。一群年轻人聚在一起，不是松土就是施肥，你们是不是有什么心理问题啊？最近他们更激进了，还要搞什么花卉展览，细想挺可怕的。"

草莓山镇

老实说,李安琪之所以想去参加园艺会的聚会,就是因为刚才听说他们要搞一个花卉展览。"一花一世界",她爱所有的花。每一朵花都是人间的小小奇迹。

车窗外,街角盛开着孔雀草、鸢尾花和矮牵牛,茂盛的花朵聚集在一起,拼出一片色彩斑斓的花坛。李安琪盯着那些花,直到汽车启动仍然没有移开视线。跟糕点店一样,棕榈市的花坛更为华丽,但她总是早出晚归,近年来更是没有机会赏花观月。

驶进居民区的时候,副驾驶上的小海似乎睡着了。不过当他们驶进山脚下的别墅区,他突然来了精神,盯着窗外飞快掠过的一座座小屋。突然,他坐直了身体,李安琪预感到有什么需要警戒的东西飘过来了。

"出现了。"小海说,"左侧前方二十米处。"

什么出现了?车轮还在一刻不停地旋转,李安琪顺着他手指的方向看去,并没有期待真的能看到什么。

"姚柳兰!"他喊道。

李安琪听着这名有点熟,一瞬间的工夫想起了这个名字的来历——天天强烈否认,这是她暗恋的男孩。不知何故,李安琪的好奇心被瞬间激活了。她瞪大眼睛,使劲朝小海手指的方向看去。那是一座别墅前的小花园。

似乎在一棵茂盛的无花果树下,一个男孩正手握园艺铲子,低头看着脚下的花丛。李安琪没来得及追随他的视线看清他脚下的鲜花,她没有时间。因为下一个瞬间,他突然抬起眼睛,仿佛正透过黑色车窗凝视她。他当然不知道有人在看他。明知是单向视觉,她的心跳还是停跳了一拍。

一眨眼的工夫,他的视线一闪而过,他们的车驶向山脚下更遥远的地方。她扭头追寻着那逝去的身影,但他已经消失在视野之外浓绿的树荫中。如果天天暗恋的是这个男孩,而且没法开口承认,李安琪也能理解。

他仿佛还停留在她的视线中。她回想那飞快的一幕:他正试着用胳膊抹去额头上的汗水,微风撩动他额前的头发,他抬起眼睛的瞬间,她发现那真的是一双很特别的眼睛。那一双毫无警觉的眼睛里充满了——

她还来不及看清楚,那仅仅是一瞬间的事。

她又一次回过头,发现他们已经离那座小花园太远了。一个相貌出众的男孩,可是就用一个"帅"字形容他的话,又觉得哪里不对劲。

他在初夏午后绿荫环绕的寂静小花园里种花,一边抹汗一边观看着脚下的成果,让人联想起潜藏于树林深处无人知晓的潘神。说起来有点奇怪,李安琪从来没见过这么年轻的男孩沉迷于园艺。这么帅的男孩,应该有很多约会吧?

"他是个帅哥。"李安琪说。她知道这么说有点片面,除了相貌出众,他还给她留下了神秘莫测的印象。不过他们一定明白她的意思。

草莓山镇

小海苦笑:"姐,原来你也不能例外啊。外貌协会。"

也许正因为小海总是这么说,天天才不敢承认她暗恋那个男孩。李安琪觉得这么说有点不公平,让她忍不住想为天天辩护。

天天抢在她前面开了口:"喜欢帅哥就一定是因为外貌吗?"

"不是吗?"他问,"不然你干吗要喜欢帅哥,而不去喜欢丑八怪?老是给自己找些高尚的理由。不过这么一来,你终于承认自己喜欢他了?"

"天啊!"天天尖叫一声,他们的车冲进了一栋别墅的小花园里,贴着一棵青翠的松树,闯进了铺着鹅卵石的小径。只听咣当一声,天天沿着草坪边缘,来了个急刹车。

李安琪的一颗心都悬了起来。他们竟然闯进了别人家的草坪?刚才是不是撞到了什么东西?

"好了,下车吧。"天天冷冷地对身边的小海说,显然还在为他的话生气。实际上她不是个锱铢必较的女孩,大概关于那个男孩的话题是她的死穴。

"别这样,天天,有话好好说。"李安琪说。

"我不想和他好好说。我已经解释了上万遍,我真的不喜欢姚柳兰。我们是青梅竹马的朋友!我承认他很帅,也很有魅力,不过我还没有被他的魅力俘虏,好吗?"

"好吧。"李安琪说,"有什么事能不能等回家再说?"

"已经到家了。"小海说。

李安琪装作没有吃惊。这栋房子就是姨妈家？这可是和她印象中的姨妈家大相径庭。她印象最深的那片小菜园不见了，萦绕着欢笑声的秋千也不见踪影。也对，小海和天天都已经长大了，就算秋千还在，恐怕也承受不住他们的体重了。

天天指了指那棵刚才差点惨遭摧残的大松树。"还记得这棵树吗？"她冲李安琪挤眼睛，"那年暑假我们玩躲猫猫，我在这棵树下躲了二十分钟，你和安妮姐也没发现我，最后还给我买了冰淇淋吃。还记得吗？"她说这话的时候，眼睛在闪闪发光。

小海推了天天一把："行了，快进屋吧。"

李安琪仿佛从一场十分之一秒短暂的梦中醒来了。她止住了少女时代和李安妮在草莓山镇的种种回忆，让它们像流沙般散去，尽管安妮的一切还蔓延在她的回忆中，余烬未熄。

姨妈在门廊边向外张望，一看到李安琪，就赶紧迎出来紧握住她的双手。虽然没有说出李安妮的名字，但她那双难掩悲伤的眼睛分明写满了同情。她只是紧握着李安琪的手，欲言又止。

李安琪点了点头，害怕姨妈会真的把那些安慰的话说出口。也许一句"节哀顺变"就能击穿她的心理防线。于是她抢着说："姨妈，院子里变化很大，我都快认不出来了。小菜园没了，多了不少花草。"

草莓山镇

"是啊,小菜园我也没心思照料,就这样荒芜掉了。幸好天天对种花种草有兴趣,院子里才不至于太难看。"

"花园很棒啊。"李安琪说着,透过落地玻璃窗去看院子里的花圃。

"都是天天在打理。"

天天不好意思地笑了笑:"没有啦,只是兴趣而已。"

李安琪立即打开了话匣子。这不像她,她是慢热型,往往需要更多的时间适应谈话环境。但她不能给姨妈太多时间,否则她一定会对安妮的事表示哀痛。她不想和姨妈谈这件事,她不想和任何人谈这件事。

"你上次来草莓山镇的时候,小海才这么高。"姨妈指了指墙角的老橡木壁炉架。李安琪还记得,那时候小海每天都祈祷,他的身高能在暑假结束前超过壁炉架。"既然来休假,这次就多待一段时间,好好休息一下。"

李安琪点点头:"这次假期有三周。"

"我就说嘛,年轻人工作努力没错,但也要时不时地休息一下。太拼命了对身体不好,听说很多人熬夜工作,啧啧。"

李安琪没有告诉姨妈,她就是熬夜工作的女超人之一。她也没提因为近期在公司权力交锋中突如其来的失势,心灰意冷而要求休假的事。当然她更没提空降部门经理批假的时候有多么干脆,他可是那种一份策划报告不要求改个百八十次绝不敲定的人。

草莓山镇的疗伤假期

"安琪——"姨妈的眼神有点闪烁,语气也变得犹犹豫豫的。

李安琪的心里咚咚直跳,她知道躲不过去了,姨妈还是要提那件事。她避开了姨妈的目光,等待着。

"你妈妈还好吧?"姨妈说,"最近打电话的时候,她听起来好了一些,我也离不开草莓山镇,不知道她是不是真的振作起来了。"

"她会振作起来的。"李安琪说。

说这话的时候,她满心哀伤。她都不知道自己能不能振作起来,更别提妈妈了。就算振作起来又能怎么样?反正她的心已经死了。

按说家里发生了那样的意外,假期应该回家和父母一起过,她却来到小镇度假。至于姨妈为什么会问妈妈的情况,大概也和这个有关。

实际上,她害怕回家。

姨妈看出她的不快,停下了那个让她欲言又止的话题。"上午我打听了不少朋友,都找不到合适的出租公寓,我看你还是住在家里吧。"

"我听天天说,附近有空出来的度假别墅?"李安琪问。

"哪有?"姨妈诧异地瞪大了眼睛,"你一个人住什么度假别墅?为什么要破费?住在姨妈家不行吗?"李安琪沉默不语,有时候沉默是最有力的武器。不过这次这武器好像不太奏效,姨妈更加滔滔不绝了。"怎么了?不会是

草莓山镇

带男朋友回来了吧?"

她想到哪去了?

"天啊,是真的吗?竟然被我说中了?是和男朋友来度假的?怪不得要住在外边。没关系啊,来家里住就可以,我们还有不少空出来的房间呢。"说着,姨妈一改刚才的温和,皱着眉头看向天天,"你看你姐姐,人家爱情事业两不误,你看看你,整天就知道刨土种花,弄得脏兮兮的。"

小海的脸色突然被点亮了,脸上闪过一丝幸灾乐祸的神色。

"可是,妈,你刚才还说花园都是我在打理,你很省心的。"天天噘着嘴说。

结果姨妈无视天天:"安琪啊,也该准备结婚了吧?趁这回带男朋友回来给姨妈看看啊。这小伙子你妈一定也见过了吧,今晚带他回家吃饭。"

天啊,现在这事更复杂了。本来逼婚的论调一经现身,就触动到了李安琪内心深处敏感的神经,让她的神经系统全线响起了警铃。这下可好,杀伤力十足的逼婚已经进化成更加危险的"带男朋友回来啊"。

"什么时候带男朋友回来"这个古老的议题,是大龄单身女青年永恒的噩梦,是她们愤怒的底线,是终结她们对这个世界最后一丝善意的恶魔。

姨妈一脸期待,目不转睛地看着李安琪,等待着她的回答，眼睛连眨都不眨。看得李安琪心里发毛。一个人怎么可以坚持这么长时间不眨眼睛？

另一边，小海还时不时幸灾乐祸地瞥上天天一眼，而天天还沉浸在刚才姨妈瞬间变脸和被无视的背叛感中，没有走出来。她皱着眉头看了小海一眼。可以说，正是这若无其事的一眼，拯救了李安琪。天天看到了因为自己被训而难以抑制喜悦之情的小海。

"很好笑是吧？"天天僵硬地问。

小海装作没有听见，将视线转移到玻璃茶几上摆放的一小盆茉莉花上，得意地摇头晃脑。姨妈更是没注意天天的话，她还在等着李安琪的答案呢。

"你觉得很可笑是吧？"天天的眼睛在冒火，"你的双胞胎姐姐做什么也做不好，你觉得很开心是吗？你生活中最大的乐趣就是嘲笑我的失败，对吗？"

"没有，我可没笑你。"

"有意思吗？"天天问。

"又怎么了？"姨妈终于把注意力从李安琪的男朋友上转移开来。她轮番地打量着天天和小海："你们两个怎么整天就知道打嘴仗？看看还有哪对兄弟姐妹会像你们这样？幼稚至极！"这次姨妈没有再举李安琪和李安妮的例子作为正面教材。

"妈，他老这样对我，我受够了，你知不知道？"天天说。

草莓山镇

"你自己的脾气也不怎么好,整天对我发脾气,我也很烦。"小海反击。

"行了!"姨妈高呼一声,把三个人都吓了一跳,"你们两个还有完没完?你们多大了?快二十一岁了呀,不再是小孩子了。一点正事也没有,就知道整天像大黄蜂似的在我耳边嗡嗡个没完,我都烦得要命!年轻人,把眼光放得长远一些,你看人家姚柳兰——"

话没说完,小海又不高兴了。和急脾气的天天不同,小海的脾气不温不火,属于任何事都没法把他惹火的乐天派。如果发脾气能赚钱,说不定天天会变成富翁,而小海会去住救助站。

"你说过不再拿我和姚柳兰相比的!我生日的时候,你答应过的。怎么才过了一个月,你就不信守承诺了!太让我失望了。"

"要是你做得好的话,我还有机会再提吗?"姨妈问。

但是小海并不领情。天天也闭上了嘴巴,看样子在准备开溜。李安琪手足无措地坐在沙发上,脑袋里一团乱麻。李安妮、邵洋、部门经理,全都搅成一锅粥在眼前晃来晃去。

"好了,妈。也该让安琪姐休息一下了。"天天朝李安琪使了个眼色。

Part 3

Three
秘密花园与姨妈牌料理

多亏了天天和小海的献身精神（他们本人并不知道自己做了件大好事），李安琪算是逃过了一劫。当然李安琪自己是不愿意把自己的解脱建立在别人的战争之上的，不过对于这两个天降奇兵，她也不能不抱有感恩之心。

姨妈气冲冲地站起身来："下午我要去超市买点食材，你们好好在家照顾安琪，不要再闹什么乱子了。安琪，晚上想吃什么？"

"什么都行。"李安琪说。

姨妈走后，三个人满血复活，李安琪终于恢复了正常的呼吸频率。可一听天天提起传说中那间一直空着的度假别墅就在街角——离他们不到一百米的地方，她又开始跃跃欲试了。"在哪？带我去看看。"

秘密花园与姨妈牌料理

小海一脸无措地看着天天,像是在埋怨天天提起这事。"要是老妈知道了,肯定又得唠叨半天。别找我,我是绝对不会带你去的。"

天天摇了摇头:"我也是。"

看来李安琪非得祭出一记绝杀了——威逼利诱。

十分钟之后,三个人站在一栋街角的小别墅前探头探脑。由于房主在国外定居,这里也没人居住,看房的话,他们需要联系房主在草莓山镇的房屋中介。于是三个人只能止步于厚重的橡木门之外。

"妈妈是不是有钥匙?"天天说,"她答应替米阿姨保管的。"

小海耸耸肩:"不知道她放哪了。"

一栋砖红色的双层小楼,一面侧墙上覆盖着厚厚一层常春藤,看起来有点安妮女王风格。这座小房子在偌大的别墅区里算不上是最华丽的,却因娇小和精巧而显得别具风格,是李安琪梦想中的房子——她想攒钱买的那一种。

李安琪对这座小别墅一见钟情了,虽然她已经不想再花所有的积蓄买一座小别墅。

砖红色的小楼掩映在墨绿的树荫中,虽说疏于管理,小花园里仍然是绿树成荫,花草茂盛。一片常春藤中,白桦木的门廊和窗棂看起来格外显眼。

"小花园看起来不错。"李安琪说,"我还以为没人管理的花园会变得很荒芜,像废墟那样,结果还不错。"

"并不是完全没人管理。"天天说。

李安琪扭头看她,等待着答案,不过天天没有再说下去。小海撇撇嘴,瞪了天天一眼。李安琪看出似乎另有隐情。

"其实和附近的几个花园雇的是同一个园丁,由房屋中介在打理。房主和我妈妈是朋友,她已经在国外定居二十年了。"天天说。

"那为什么还要雇人打理花园?"李安琪不是很明白。

"这里的度假别墅几乎每年都能租出去,如果花园太荒芜的话,可能会影响到租客的心情,所以度假旺季中介会特别打理一下。"

李安琪的眼神越过雪白的栅栏里略显杂乱却长得茂盛的花草,飘到了门廊前的一丛茂盛的飞燕草上。绕到小屋一侧,将花园与外界隔开的铁栅栏上似乎挂着什么东西。穿过卵石铺成的小路,走近一看,门上挂了一个木质的小告示牌,上面写着租房信息。

"如有需要,请联系位于草莓山镇橡树街23号的房屋代理处。"另附联系人鲍先生的联系电话,是一个座机号。

"对外出租?"小海惊讶地说。

李安琪拨通了那串数字。"你在干什么啊,姐?"天天说。李安琪将食指竖在唇边,等待有人来接电话。

接电话的是一个中年男人,像是在睡午觉。在李安琪表明意图之后,他也没有变得更热情一些。他的声音就像

秘密花园与姨妈牌料理

希望对方赶紧挂断电话,好让他继续回去睡觉。

她询问了房租,很贵,但是在她能付得起的范围内。内心深处,她很想在这座姜饼屋般可爱的小房子里度过三周的假期。看过这一套之后,大概就连什么海景公寓也入不了她的法眼了。只是一贯节俭的她想不出,去付这么一大笔钱是不是划得来。

"你想参观房间吗?要派人过去吗?"那个男人不耐烦地问。言外之意应该是,不打算租就别那么多废话。

李安琪根本没想好要不要租这套房子,却听见自己的声音说:"好。"小海和天天都一脸惊讶地看着她,想必连她自己也是一副吃惊的神色。

"请在那里稍微等一下。"中年男人说。之后就挂断了电话。

"不便宜吧?"天天说。

小海摇头晃脑:"姐,你不是真的要租下这里吧?这和住在我们家有什么区别?而且你为什么要住这么大的房子?"

其实李安琪后悔了,她一个人,有什么理由要租这么大的房子住?以她的三观而言,房价贵得离谱,她刚才是哪根筋错乱了,才会有非这所房子不住的念头?

她重拨了刚才的电话,想要告诉那个昏昏欲睡的男人,她不想看房了,他还是继续睡觉吧。没人接。她又打了一遍,还是没人接。第三遍,仍然没人接。

"好了，你们回去吧。我等下再联系他，实在没人接我就等着，等他过来再告诉他不租了。"这会儿她的脑子清醒多了。

小海和天天磨磨蹭蹭："我们还是陪着你吧，免得你一会儿又改变主意。"

一个矮胖的中年男人骑着一辆粉紫色的摩托电动车绝尘而来。电动车的后座还插着两面交叉的鲜红旗帜，迎风飘扬。他来到足够近的地方，李安琪才看清旗子上的黄字：顶级房屋代理。

电动车来到三人面前，他一把摘下印着卡通老鼠的粉紫色头盔（和电动车是配套的），盯着李安琪说："十七分钟。"

"什么？"她问。

"从接到你的电话到赶来，总共用了十七分钟。"他捋了捋杂草般的头发，"这是我们代理人的基本素养：诚信、守时。其实刚才接到你的电话时，我正在睡觉，因为我已经三天没有睡觉了。"

李安琪感到局势有些棘手。她一通电话打断了一个三天没睡觉的人的睡眠，他毫无怨言地骑着电动车来带她参观房子，可是要她告诉他，现在我不想参观了，你回去吧。她做不到。天天和小海面面相觑，她避开了他们的目光。

"叫我鲍宝就行。"代理人说，"请问你怎么称呼？"

李安琪笑了："我姓李。"这个年代，竟然还有人主动

秘密花园与姨妈牌料理

要求别人叫他宝宝。他近处看比刚才年轻了一些,三十岁出头。

看她在笑,他过了一会儿才明白:"我就叫鲍宝,不是宝宝。"

李安琪不由分说地被带到了那扇神秘的白色橡木门前,鲍宝二话不说,掏出钥匙开始开门。不知道怎么回事,李安琪的心竟然猛跳了好几下。

白色大门打开的那一瞬间,李安琪正站在一道阴影里。掠过门前的飞燕草花丛吹来的一阵风穿进她的头发,扬起她白色的裙摆。阳光如流水般涌进房间,一眨眼工夫,柠檬色的光芒就浸透了脚下的地板。

一阵夹杂着甜味的微风袭来,让李安琪觉得有些意外。这不是一座无人居住的房子吗?空气不是该更陈腐些才对吗?窗口,轻薄的浅绿色碎花窗帘在摇摆,原来风是从那里吹进来的。她扭头看了鲍宝一眼,他鼓励似的点了点头。

她朝房间迈出了第一步。

橡木地板上,敞开的木门投下一道楔形的阳光。客厅里,白色茶几上的巨大花瓶吸引了李安琪的目光,花瓶里插满了娇艳欲滴的花朵。从她站的地方看去,曲线优美的桌腿上缠绕着华丽的花纹。三张洛可可风格的沙发围绕着小茶几,让她不禁觉得自己走进了哪部古欧洲电影的场景里。

"连花朵也这么鲜亮?"小海问。

"是人造花。"身后飘来鲍宝略显尴尬的低音。

环顾整个客厅,和姨妈家的现代风格不同,李安琪有一种被带入逝去时光的错觉。房间的装饰非常华丽,也显得很古老。想起天天说房主二十年前就已经出国定居了,想必房子的灵魂已经被冻结在了二十世纪。

她像参观博物馆一样跟着鲍宝到处转悠,心情有些忐忑,因为担心自己很有可能租下这套房子。她就快被它迷住了。她喜欢那种穿梭在迷宫中的感觉,更何况此刻她正置身其中。

一切都很完美。

"我先带你们去后面的花园看看。"鲍宝说。

穿过玄关、客厅、餐厅、一间可爱但用途不明的小房间以及阳台,一座小花园跃然眼前。一棵大橡树下摆放着花园长桌和长椅,四处鲜花开放。李安琪被这藏在深处的秘密花园吸引了,像一只迷路的大黄蜂般畅游于花园中。

"怎么样?"鲍宝问。

李安琪点点头。

"我们去看看卧室吧,还有楼上的房间。"鲍宝说。

李安琪迷迷糊糊地跟着去看了卧室和阁楼,不过从后花园回来的这一路,她有点心不在焉。淡粉色壁纸上的点点玫瑰花瓣似乎也散发出缕缕香气,扰乱着她的心智,为什么她就那么想为了这座小花园的二十一天使用权付那么

秘密花园与姨妈牌料理

一大笔租金呢？这可不像她。

"怎么样？"鲍宝又问了一次，假装十分钟之前自己并没有问过这个问题。

"我需要考虑一下价格。"李安琪没有拐弯抹角。

"就这价格，还需要考虑？你看看附近出租的同类型度假别墅，哪里有这里这么便宜的？要不是房主把房子全权交给我们管理，不计价格，也从不过问，我们是绝对不可能把价格压到这么低的。"

"既然价格这么低，怎么还没租出去？"李安琪问。

鲍宝朝天花板翻了个白眼："老实告诉你，这套房子只外租过一次，是在十年前。从那之后，直到去年一直是不对外出租的。近年房主将房子交给我们打理，房屋整修、家具维护、花园修剪之类的，这也是一大笔花销啊。我就趁机劝说房主出租，她没同意。最近她突然有了出售房子的想法，我这才成功说服她。你可以问一下他们。"他瞥了瞥天天和小海，"这房子是不是近年来都没有对外出租过？"

天天不易察觉地点了点头。李安琪记起了天天第一次提起这栋房子空着时的欲言又止，原来是因为一直没有对外租赁。

鲍宝自我陶醉地说："这个价位真的是物美价廉啊。"

"那我们就先去别家打听下再说吧。"天天说。

"但是草莓山镇注册的房屋代理公司只有我们一家，

所以你也找不到别家了。凡是本地需要出租的房屋，一律都由我们代理。"

"那你刚才说别家干什么？"小海问。

"就是一个比喻而已。"

站在李安琪眼前的这个男人是镇上的租房专家。想要租到房子，除了找他，恐怕她找不到更好的人选了。不知道这是一个好消息还是坏消息。

双方僵持不下，小海和天天有点不耐烦了。"好吧，我考虑一下吧。但是如果价格不能协商的话，情况大概不太理想。"李安琪说。

"可以让妈妈联系一下米阿姨。"小海说。鲍宝突然抬起眼睛，略显犀利地看了小海一眼。大概小海看出他的话奏效了，又补充说："我妈妈和米阿姨是很好的朋友，你接管之前一直是妈妈找园丁打理米阿姨的花园。"

"你们就是住在前面的那对双胞胎？"鲍宝问，"怪不得我看你们眼熟。"

到现在他才看出他们是一对双胞胎？这是什么眼神？

现在李安琪明白了。但是她不认为姨妈认识已经搬出小镇二十年的房主，这会对房租有什么决定性的影响。毕竟，生意就是生意。在棕榈市是这样，在全世界都是这样。草莓山镇也不会有什么例外。

可是鲍宝说，既然这样的话，他可以在他的权限之内，给一个最大程度的折扣。"八折。"他说，"这是在房

秘密花园与姨妈牌料理

主认可的价格内,我能给你们的最大优惠。但如果你们直接联系房主本人,说不定能得到更多的优惠,因为她本人好像不怎么像其他房主那样在意租金。她最大的要求是,保证家居和花园的整洁,居住者不能改变和破坏房间的布局,即使是一个花瓶的位置。所以我们并不太盼望这套房子被租出去,否则我们的工作量会大幅增加,因为你知道总有租客乱移动东西。如果租出去,之后我们要请更多保洁和园丁,这些额外的养护费用也是不可小觑的。"

李安琪松了一口气。如果她心里的小恶魔依然叫嚣着要住进这所房子,房租能适当降一下,最起码她的负罪感不会那么强烈。奢侈的租金打过折扣之后,一定会让她因钞票而滴血的心感到一丝温暖。

晚餐之前,李安琪就忍不住向姨妈询问起那套房子的主人。一听这话,姨妈将远红外射线般犀利的目光轮番射向天天和小海:"谁能给我解释一下,这到底是怎么回事?"

天天和小海支支吾吾,李安琪真害怕两人的脸被姨妈的眼神射穿了。

"这次又是谁?"姨妈问。

李安琪接过话头:"不是他俩告诉我的,上午我去散步,路过那套房子,正好看到外面的广告,就问了一下。"

姨妈连连摇头:"不行,我不会帮你联系的!你住在

草莓山镇的疗伤假期

街角那栋房子里和住在姨妈家里有什么区别?你都来草莓山镇了,我怎么能让你住在外边?再说了,那套房子不吉利,再往前数个十年,老草莓山镇的人都知道。这会儿一开放外租,你就要'以身试法'?"

"怎么不吉利了?"小海小声问。

除了一个犀利的白眼,姨妈什么也没有给他。

吉利?李安琪对这个词已经麻木了。以她目前的状况,就算住进"吉利"的房子,也不会有什么吉利的事发生在她身上。而且她明白,这是姨妈的一贯手法,当她不想让你做某事的时候,就用"不吉利"来解释。

"我不同意。"姨妈总结道。

"不是这样的。"

"那是什么样?如果你妈妈知道我放着六间空房不让你住,非要你去外面租房,而且就在不到一百米的街角,她会怎么想我?你可以把男朋友带回来住,不要租那套房子!"

"姨妈,我坚持。"

虽然来草莓山镇的次数不多,但每次来李安琪都非常快乐。草莓山镇在她的童年中画下了最美妙的一笔,那些回忆对她来说近乎神圣。

她知道她不能重温那些记忆,因为记忆中和她形影不离的安妮已经不复存在。她们手牵手奔跑在田野的画面已经跟随她心的破碎而破碎,那年夏天一路萦绕在她们身边

秘密花园与姨妈牌料理

的笑声已经消失。但她仍然希望旧地重游,尽管这里只剩下一个梦。

如果她在草莓山镇不能疗伤,那世界上还有什么地方可以呢?她是来自我治愈的,是来疗伤的。

也许她会在空房间里突然间放声痛哭,也许她会去深夜的街道散步,也许她会去小花园里淋雨,也许她会不带手机在树林里待上一整天,也许她想摘下面具。

她又怎么能在姨妈关注的目光中为所欲为呢?如果不能做自己想做的事,那又怎么能放松下来呢?如果不能放松下来,那要这个假期又有什么用呢?

"姨妈,相信我,我真的有需要独居的理由。"

"告诉我怎么回事。"

目光交会的瞬间,李安琪觉得自己就快退缩了,但她收回了目光,什么都没说。

"好吧,我明白了。"姨妈似乎感受到了隐藏在沉默中悲伤的气氛。她一定联想到了安妮。

天天悄悄靠过来,小声说:"好了,晚饭之后我帮你联系米阿姨。"

年初,姨妈报了西餐料理学习班,学了小半年。她总是找机会展示厨艺,据说没有多少人愿意捧场。这次她终于找到了机会,情绪有些激动。

铺着粉白方格桌布的餐桌上陈列着姨妈三个小时的成果,小海和天天的脸上凝结着略带僵硬的笑容。

草莓山镇的疗伤假期

"开饭了!"姨妈一声令下,大家聚集在餐桌边。小海和天天面面相觑,谁都没朝餐桌伸出魔手。"行了,别那么多事啊,快吃吧。"姨妈说。

小海拿起勺子,狠狠舀了一勺蔬菜浓汤,倒进嘴里。天天等待着他的反应。李安琪没看出这是在演哪出戏。小海面无表情,天天气得翻白眼,李安琪在姨妈的催促下舀了一勺酥皮洋葱汤。

现在她明白小海和天天挤眉弄眼的原因了,原来一切只是生理性反应,因为这汤的味道简直是别具一格。

"太浓郁了。"小海伸了伸大拇指。

第一口已经非常浓郁了,到第二口就有些太过浓郁了,而第三口,已经浓郁得有点让人不敢张口了。一口比一口浓郁,浓郁得呛嗓子。几口下去,洋葱已经打败了所有的食材,成功变身唯一闪亮的主角。小半碗下去,除了洋葱,再品不出别的味道了。

李安琪扭头看了姨妈一眼。谁承想,姨妈的脸上竟闪过一丝得意,像是在说:"我就是我,料理界不一样的烟火。"

唯一还算能入口的是铺在浓汤上的那一小块法棍面包,面包块小得可怜,姨妈还不忘细心地在上面点缀了一小片月桂叶。

"妈,这汤味道有点奇怪。"天天说。

"上次你就喊奇怪,这次没加白兰地,小火煮的时间

秘密花园与姨妈牌料理

还比上次多了一倍,你怎么还嫌这嫌那?"姨妈拿起勺子舀了一口汤,放进口中细细品尝。大家都在等待着她的自我评价,等待着她味蕾的觉醒与抗议。

"我上次在学校门口那家店里吃的好像不是这个味道。"小海小心翼翼地说。

"就是这个味道,没错。"姨妈放下勺子,"自己品尝过我就放心了。正宗的就是这个味道。行了,快吃吧。"

一道香煎比目鱼,味道简直是"感人肺腑"。刚才那一道汤至少还能尝出是洋葱坏了事,这一道却神秘至极。"犹抱琵琶半遮面"说的就是这种感觉,吃了半天也没弄懂味道到底是因何而奇怪。

"太香了。"小海一语破的。

"对啊,因为上次你们都说不香,我又自己改了菜谱,加进一些百里香。"姨妈说。

这下真的很香。香到让李安琪以为她不是在吃菜,而是在喝一杯香水。小茴香配上百里香,不知道姨妈加了多少,这味道香得让人有点反胃。亏了柠檬汁放得不算太多,否则真让人难以下咽。不过把鱼肉浸泡在刚才的酥皮汤里,味道好了一些。也许是以毒攻毒吧。

"我中午在外面吃得有点多。"小海漫不经心地说。

"我开饭前刚吃了一袋薯片。"天天也若无其事地说。

"实际上我也不是很饿。"李安琪放下了勺子。

姨妈"啪"地拍了下餐桌:"给你们说过多少次了,

吃饭前不要吃零食,你们就是不改。老妈说过的话你们什么时候能听?你们是要等我死后才听话吗?"

此话一出,三人又默默地拿起勺子吃了起来,让百里香的味道化作泪水,留在心里。姨妈津津有味地吃着香煎鱼,李安琪第一次怀疑姨妈的味觉出现了问题。

最后一道牛肉土豆泥,她是狼吞虎咽吃完的。并不是因为它有多美味,只是她想赶紧结束这道晚餐,回房间吃袋薯片。黄油和番茄酱都放多了,幸好没有像刚才的百里香那样失控,只是味道有些重而已。

"味道很重。"小海说。

"吃干净点,"姨妈对小海说,"因为今天晚上你要刷碗。"

甜点是牛奶布丁,老实说,味道不错。姨妈为此深表歉意:"今天的时间太紧了,本来想亲手做甜点,让安琪尝尝我的手艺的。不过我忙得晕头转向,时间实在是不够了,只好在糕点店里买了布丁。"

"谢谢。"天天说,"至少还有布丁。"

"下次我自己给你们做。"

"算了,妈。甜点这种小儿戏,并不是能够凸显厨师手艺的终极招数。尤其是您这种资深法式料理学员,没必要把天赋浪费在区区小甜点上。"

姨妈没说话,不过能看出,她已经被小海的话说服了。

第二天一早,早饭之前,天天仍然对昨天那顿法式大

秘密花园与姨妈牌料理

餐心有余悸。其实大家都有点担心姨妈太执迷于西餐料理，再来一顿法式早餐。毕竟姨妈一直信奉，法式料理是招待客人的最佳选择。

所幸没有，他们被放过一马，主要是昨天一下午的下厨，姨妈也累了。他们吃了一顿普通但好吃的早饭之后，姨妈去参加舞蹈课了。天天有话对李安琪说："房子的事我已经和房主联系好了，你随时可以住进去，免房租。"

李安琪被吓到了："免房租？"

"因为妈妈和房主是老朋友，而且米阿姨的本意也不是赚钱。朋友住的话不需要房租，只要爱惜房间里的摆设就好了。"

李安琪傻了眼，事情完全在朝她无法预料的方向发展。"租金是要交的，不交的话也太过分了。只要能给我打个五折，我就很满意了。"

"这是说的什么话？这房主可是我们家的老朋友。昨天没告诉你，主要是大家一直希望你能住在家里，但你坚持要出去租别墅的话，还是住这间比较好。而且离这边只有五分钟的路，过来吃饭也很方便。"

"还是打五折吧。"虽然心疼钱，可是不知何故，不付房租住人家的房子，李安琪觉得心里过意不去。

"不打折，要住就住，不住就住在家里。只住三周而已，人家米阿姨根本懒得收房租。"

"我住。"李安琪握着天天的手，"你可帮了我一个大忙。"

天天眨了眨眼睛，做了个抹脖子的动作："要是妈妈知道了，说不定会要我的小命。"

有史以来最简单的搬家——提着三个行李袋从姨妈家走到街尾的房子。打开那扇神秘之门的瞬间，李安琪有一种错觉：她已经在这里住了很久了。

小海和天天坐在沙发上四处打量，而她却直奔后花园。这里和前一天相比，一点变化都没有，金色的阳光洒在草坪上，就像不知何时掉落下来的无花果一样随意，树叶洒下的阴影在铸铁的花园长桌上摇晃。

一棵石榴树已经开花了，墨绿的枝叶藏不住满树鲜红的花朵，还有几片花瓣被风吹落，落在浅绿色的草坪上。李安琪瞬间产生了一种想在草坪上打滚的感觉，这是一种幼稚怪异的想法，但是她抵抗不住。

毫不迟疑，她躺倒在石榴树下的一小片草坪上。细碎的阳光透过树冠洒在脸上。她闭上眼睛，感受着初夏的光芒在脸上晃动。青草香甜的滋味沁人心脾。有一刹那，她觉得自己已经进入了天堂。如果真的有天堂，她希望会是眼前这幅景象。

不知道躺了多久，也许是一分钟，也可能更久一些——三分钟或者五分钟。她站起身来，往房间里走。刚才的几分钟，可能是她近几年来最安心的时刻。

小海和天天百无聊赖地在房间里四处转来转去，似乎

秘密花园与姨妈牌料理

对这座古色古香的房子并不像李安琪那么感兴趣。天天要赶去参加下午的校园读书会,小海要去下象棋,还要赶在后天上午交物理小组的报告。当然,李安琪也能看出,他们对这所房子的兴趣,已经在进屋的最初十分钟内攀升至顶峰,然后又降至谷底了。

"哎,姐,要不要来我们玫瑰百合园艺会?明天可是我们的玫瑰百合预选赛,只要你来了,绝对不会后悔的。"

"又来了,"小海有点烦,"你真是园艺会最忠心耿耿的推销员。"

"我去。"李安琪说。

"姐,你还真去啊?"小海问。

"你滚,宋小海。"天天喊道。

两人走后,房间里安静下来,李安琪突然感到有点空虚。这是从昨天下午她来草莓山镇之后,第一次真正意义上的独处。房间里静得吓人,当然比她在棕榈市夜间电钻音花样伴奏的公寓好多了。尽管如此,在这唬人的寂静中,她的思绪有点停摆。

接下来要做什么呢?做点什么能摆脱这寂静?对了,去小花园。刚才她不就是在那里找到了天堂般的宁静吗?等等,但是在那之前,她要先去卧室看看。听鲍宝说,二楼有四间卧室,现在她要选一间作主卧了。

橡木楼梯有点年头了,踏在上面时不时会发出"吱吱"的声响,听起来就像夜晚松林里嬉戏的小松鼠。楼梯上，挂着少说也有几十个相框，大部分是风景照，年代有些久远。相片由于常年阳光照射而褪色，更显厚重。

一个个相框里，岁月的痕迹在灼烧。李安琪在照片墙前驻足，扫视着布满灰尘的时光碎片，说不定每一幅都是一段遗失的记忆。这种感觉有点奇妙，现在她正在观看的，是几十年前生活在这里的人们的记忆。

照片中的风景都很美，但都是纯风景，没有主人公。比起照片，它们更像明信片，但又不是。她看不出房主是不是真的去过这些地方，拍过这些照片。

二楼的第一个房间就是卧室，当李安琪踏进那间卧室，就作出了决定：就它了。

Part

4

Four
玫瑰百合园艺会

那天,李安琪花了整整一个下午躺在花园的草坪上,结果她真的睡着了。而且那天晚上,她做了一个梦,梦见她在花园的草坪上睡着了。这是一个有点奇怪的梦,只是把下午发生过的事重演了一遍,不过她很喜欢。一直难以在陌生环境中入眠的她,那天晚上睡得还不错。

第二天差一刻十二点,李安琪接到了姨妈的电话。"你在家里吗?十分钟之内过来,我们马上就要开饭了。"

为了避免再次吃到姨妈特制的法国料理,她撒了个谎:"我吃过了。"

"在家吃的?"姨妈问。

"嗯。"

"嗯什么嗯?你那间房子里没有烤箱、微波炉、电饭

玫瑰百合园艺会

煲,连个能用的炉子都没有,天然气就更别提了。告诉我,你知道超市在哪里吗?"李安琪想打断她,告诉她,自己知道超市在哪,可是姨妈不给她这个机会。姨妈自问自答:"肯定不知道,因为你没有去过,你是在什么地方买来的食材?"

不管怎么说,被姨妈看穿了。

姨妈知道了李安琪趁她不在时搬出去的事后很生气。天天和小海被她狠狠地修理了一顿,两人的脸色说明了一切。姨妈还没有放弃劝说李安琪搬回来的努力,可这又怎么可能呢?好不容易达到目的,李安琪怎么能回来呢?

一刻钟之后,李安琪坐在了姨妈的餐桌前,幸运的是,这一餐不是"法式料理"。不能不说,当姨妈没有挖空心思地展示她从西餐料理班学到的神技时,她做的饭还是挺好吃的。那道西红柿炒鸡蛋差点让李安琪飙泪。

午饭后,李安琪跟着天天去了玫瑰百合园艺会。园艺会去年才成立,位于天天就读的大学校内,会员以校内的学生为主。校外人士也大多是近年毕业的校友,占会员的三成左右。实际上,草莓山镇还有一个会员多达五百人的园艺会,会员大多是中老年人。

步行二十分钟的路程,天天向李安琪作了不少园艺会的科普介绍。

据天天说,玫瑰百合园艺会的场地有点像花卉市场。但比起花卉市场,李安琪觉得它更像一间布置精美的大花房。在场不到五十人,其中带来参展作品的有二十来个。他们一一上前介绍自己的作品,不仅包括玫瑰的种类、名称、生长情况,有的还提到了花朵生长中的趣事。

花房里时不时响起大家发自肺腑的掌声和善意的笑声,还有不少人拿出手机对着玫瑰花拍照。李安琪还担心过这里的氛围会有点像戒酒互助会,但完全不是。一群热爱鲜花和园艺的年轻人聚集在一起,气氛更自在,大家都很友好,没有拘束。

"你也参赛了,宋天天?"身后传来一个男孩的声音。

"这次没有,我准备参加七月的百合比赛。"

李安琪的目光被一盆香槟玫瑰吸引了,完全没法移开视线。如果有一天,她能种出这么美的玫瑰花,也许就拥有了全世界。

"那盆复色玫瑰是我种的。"男孩说。

李安琪将目光移向另一侧的(也是参展作品中的唯一)一盆复色玫瑰。从人群的缝隙中,她瞥到了一朵卷边处镶着珊瑚红的淡黄色花朵。从刚才开始,就有一群人围在这盆花周围,只是一瞥的工夫,它就被另一个穿着粉红豹纹的肥胖身影遮住了。

李安琪回头去看那盆复色玫瑰的主人,那个男孩还在和天天聊天。

大概是因为他遮住了从窗口照进来的阳光,从李安琪这个角度看去,他就像是一缕阳光一般灼眼。当她适应了阳光的亮度，再次看向他的时候，发现他也在看着她。她几乎吓了一跳。

那天花园里的那个男孩——她瞬间就记起来了。昨天那走马观花的一瞥之后，她已经忘记了这个人，可是这次见面，她很快就想起了昨天的事。

他瞥了她一眼，就移开了目光，她也是。很多女人整天叫嚣着自己爱看帅哥，但当帅哥真的出现在眼前的时候，她们很可能会装作视而不见，李安琪也是其中之一。

他长了一张很漂亮的脸。大家很少用"漂亮"来形容男孩，但这个男孩真的很漂亮。很多人以为一个男孩长得漂亮，就代表他不够有男子气概，其实不是这样的。如果有人抱有那样的观点，他们应该来见见这个小伙子。

天天朝李安琪这边指了指，那个男孩眯着眼睛打量过来，脸上带着令人如沐春风的笑意。李安琪也朝他们招了招手，但没有走近他们，而是走近了被几个女生团团围住的那盆复色玫瑰。

李安琪从来就不是那种能光明正大看帅哥的女孩。学生时代，她加入了记者部，如果脖子上不挂着相机、手里不捧着笔记本，她都不敢去看她喜欢的那个男孩的乐队演出。明明心都快跳出来了，还装出一副大公无私的采访姿态。

到了现在这把年纪，她也没有成长为一个能够光明正大看帅哥的女人。不知从什么时候开始，她发现，心动这件事对她来说似乎太难了。而且再怎么说,她绝对不会对比自己小三岁以上的男人动心。

她已经很久没有心动了,因为她不会再对和她没有可能性的男人心动。她没有对邵洋心动,也没有对别的男人心动,就算世界上最帅、身材最好、最幽默的男人站在她面前,恐怕她也不会心动了。她过了心动的年纪。

"姐,你没改变主意吧?"不知道什么时候,天天站在了她的身后。

"什么主意?"李安琪问。

天天一脸无奈,悄声说:"你要做园艺会临时会员的事啊。难道你已经忘了?"

李安琪装作一脸无奈:"我还以为我已经是临时会员了。"

"好吧。"天天松了一口气,"刚才副会长说可以。"她撇了撇嘴,凑近李安琪:"听说李梦怡也在考虑入会,哼。"

李梦怡?李安琪记得从哪里听过这个名字。就是那个被搅进三角恋的女孩?是谁暗恋谁,她有点记不清了,她需要一点时间想想。

"就是小海那个笨蛋暗恋的女孩,不过人家丝毫没有注意到他。我早说她会为了姚柳兰而加入园艺会吧?怎么样?现在明白了吧。他俩已经形影不离了,这下好了,两个人可以亲密无间了。"

明白是明白了,不过李安琪不是很感兴趣。"这是刚才那个男孩种的?"她指着那盆最受女会员喜欢的复色玫瑰说。

天天点了点头。

几个女孩回过头,其中有一个女孩是天天的朋友,天天很热情地和她们打了招呼。从一开始就站在这盆玫瑰前,不曾转移阵地的粉红豹纹女孩突然倒吸了一口气,与此同时,她开始双目放光。

李安琪有点猜到是怎么回事了。一回头,不出所料,刚才那个男孩走过来了。"怎么样,这花很美吧?你们喜欢吗?"

"哟,姚柳兰,这花不错啊。"天天说。

其他女孩只是一个劲咯咯地笑,显然她们有点害羞了。但天天是一个不知害羞为何物的女孩,所以她比其他女孩自在多了。

"姚会长,这花很美。"粉红豹纹女孩羞涩地说。

姚柳兰夸张地笑了两声,一副心满意足的样子。"谢谢你了,小乔。待会儿要投我的票啊。"他美好的"二次元属性"立即土崩瓦解,一瞬间灰飞烟灭。在少女漫画里,最迷人的帅哥不是唇边带着一抹若有若无的高冷微笑,就是不苟言笑。

李安琪觉得这个男孩有点奇怪。

他看起来很年轻,但他的脸算不上孩子气。这一点很奇怪,因为他有点娃娃脸。使他与众不同的,是那双晶莹的眼睛。它们有点像夏夜漆黑的星空，但更像开满虎皮百合的沼泽，你并不知道里面有什么，也不在乎。但当你置身其中时，就像被某种神秘引力抓住了。

现在李安琪明白，为什么像天天这么豪爽的女孩，也会为小海调侃她暗恋男孩而生气了。因为他看起来真的是一个挺特别的男孩，而天天是一个不怎么特别的女孩。

李安琪收回了看他的视线，她担心自己会表现出一种大妈式的黏糊糊的神色。

"你就是天天的表姐吧？"他毫无征兆地开口问。

"对，你好。"

"天天说你对园艺很感兴趣。你是我们的第六十八个会员，呃，临时会员。我们的园艺会正好是去年的六月八号正式成立的，而且你知道吗，今天正好是六月八号。所以你和园艺会真的有缘。"

他这么一说，连李安琪都觉得她和园艺会的确是很有缘。她也明白，自己根本算不上什么会员，只是好奇心重来看一下玫瑰花展览而已。不过玫瑰百合园艺会有一个规定，除了会员，不对外开放，所以能站在这里当然是"临时会员"了。

据天天说，玫瑰百合园艺会就是姚柳兰成立的，他一直担任会长。毕业之前，他辞去了会长职位，在大家的坚持之下，他没有离任，而是做了副会长。很多女孩因为他而想加入玫瑰百合园艺会，但园艺会的入门条件很严格，

玫瑰百合园艺会

没有一定水准的园艺作品或者没有会员推荐,很难入会。

李安琪想起自己上大学时,养过茉莉花和向日葵。她很喜欢养花,一度很想成为园丁,就像想成为推理作家一样。

不过她没有在校园里遇到志同道合的校友。如果那时候学校里有园艺会的话,她说不定会开心到飞起来。可如今,她连迎春花和连翘都快分不清了。

天天让李安琪猜最后哪株玫瑰会摘得桂冠,李安琪猜是香槟玫瑰,但她并不真的相信自己的猜测。

她更喜欢香槟玫瑰,她也能看出大部分会员(尤其是女会员)更喜欢姚柳兰的复色玫瑰。

当然,李安琪也很喜欢他的复色玫瑰,如果十年前,甚至五年前,她也会选他的花,不过对现在的她来说,那株玫瑰有点太浪漫、太缥缈。

按比赛要求,有十株玫瑰将从所有玫瑰中脱颖而出。没什么悬念,呼声比较高的几株花都得到了进入决赛的机会,姚柳兰的花更是以第一名进入决赛。

李安琪的目光漫无目的地穿梭在人群中。靠近花房玻璃墙的大木桌上摆放的一大簇石榴色的剪秋萝吸引了她的视线。在那簇星星般绽放的茂盛花丛后面,她又看到了那个叫姚柳兰的男孩。他一直在四处聊天,这会儿应该听到了自己的玫瑰最受欢迎的消息。

不过他似乎不怎么在意,因为他正一脸笑容,全神贯注地和两个女孩说笑。一个女孩被逗笑了,其实从李安琪的角度看不到女孩的笑容,但那微微弓着背、将手指搭在嘴巴上的侧影,谁看了都知道她在笑。

吸引李安琪视线的不是那个女孩,而是另一个女孩,因为她真的很漂亮。漂亮不是什么了不得的特长,即使年近三十,李安琪也常被人夸奖漂亮。但只是在她那个年纪的女人中看起来漂亮而已。几乎在任何时候,年轻都比漂亮更珍贵。

那个女孩留着一头浅亚麻色瀑布般的长发,看起来只有十六七岁。她穿着粉红色的连帽卫衣和灰色的超短百褶裙,看起来像一个拉拉队女孩。她用手指轻轻撩了一下头发——行云流水般流畅的动作。

这个年纪的漂亮女孩即使轻轻撩撩头发,也会让人有一种娇俏自然流露的感觉。但如果李安琪这个年纪的女人再乱撩头发,就一定会有人觉得不合时宜。

李安琪发现天天正和她看着同一个方向。

"李梦怡来了。"天天说。原来李梦怡就是眼前的这个女孩,李安琪记得天天和小海为了她在车上斗过嘴。

这个女孩眨巴着一双亮晶晶的大眼睛,虽然长得娇俏可人,却不像旁边另一个女孩一样羞涩。她看起来灵动活泼,让李安琪记起她高中时代的拉拉队长。只是眼前这个女孩更漂亮、更洋气。

"她终于如愿以偿进了园艺会。"天天说。看不出她是高兴还是不高兴。

"她很漂亮。"李安琪说。

她也不知道自己为什么会这么说。也许内心深处她有一种错觉,如果大方、公正地评价年轻女孩,承认她们的优势,就代表她自己也没有变老似的。

场内有许多双眼睛都若有若无地盯着那对显眼的帅哥美女,他们却聊得开心,丝毫没有注意到围在复色玫瑰旁的几个女孩的脸色已经变得奇怪起来了。

"我早就告诉宋小海,可他就是不听。他还沉浸在自己编织的美梦中呢!真应该让他来看看这两个人聊得多开心。"天天说。

好吧,又是一场年轻人之间的爱情拉锯战,不过怎么看,小海也不具备什么竞争力。

没过多久,会长宣布活动结束,天天邀请李安琪和她一起去参加她的另一个社团活动:读书会。

"现在?"李安琪问。

天天急匆匆地拉着李安琪从位于校园北楼一侧的花房跑去位于图书馆的读书会据点,一路上两个人跑得气喘吁吁。奔跑着穿梭在怀抱课本的学生中,李安琪一时间回想起了自己的少女时代。有点感伤,有点慌乱。

但是造化弄人,她没有太多时间怀念逝去的青春,因为她已经被五分钟的长跑冲刺折磨得大气都喘不上来,更别提思考了。再也别提什么少女时代了,她已经老了,体力是最好的证明。

跟着天天一路狂奔,两个人终于来到了图书馆门前。现在不是伤感的时候,她需要大口喘气,好让氧气充满肺部。

"姐,你没事吧?"天天问。

"我喘口气。"李安琪说。

即便如此她们还是迟到了。李安琪预料不到,又一个五分钟之后,站在读书会的阅览室里时,她竟然还在喘息。跑了五分钟,竟然还要花一刻钟喘气——这是来自一个已经三年没健身过的女白领工作狂肺部的抗议。

这次读书会的主题是犯罪小说。曾几何时,做推理作家一直是李安琪的"第一志愿",大学时代她为了这个梦想也曾饱读犯罪推理小说,可是这会儿的她,连大侦探波洛的国籍都想不起来了。

"这次我读的是杜鲁门·卡波蒂的《冷血》,这是一本记录现实事件的非虚构小说。在这部小说问世之前,作家们都认为写小说只能靠想象和虚构,后来情况就不同了。现在有很多记者把现实中的案件改编成小说。这给了我一个启示,我们也可以收集现实中发生的犯罪事件,写进小说里。毕竟,艺术源于现实。"那个捧着《冷血》发言的女孩扶了扶眼镜,"言归正传,这本书讲的是——"

就在这时,李安琪的手机响了,几个脑袋同时朝她转过来。发言的女孩也转过脸,给了她一个犀利的白眼。

"忘了告诉你,参加读书会的活动一定要关机。"天天

玫瑰百合园艺会

一脸歉意地小声说。

李安琪像捧着一团篝火般捧着手机冲出了阅览室。

是姨妈打来的电话:"我给天天打电话,一直关机。你还和她在一起吗?她在哪里?还在搞那个园艺活动?哦,读书会呀,不过那也不重要。紧急情况,叫她马上回来!今天晚上有朋友来家里吃晚餐,我一个人忙不过来,需要她回来帮忙。本来是不想叫她的,可是我刚刚在舞蹈班扭到了脚踝。年初铲雪的时候这只脚踝已经伤过一次了——"

"没事吧?"李安琪问,"身体不适的话就取消聚餐吧。"

"没关系,叫天天回来帮忙就行了。对了,叫她顺路去超市买点水蜜桃和罗勒叶回来。"

罗勒叶?又是法国大餐?我的天。

其实李安琪早就听妈妈讲过姨妈和脚踝不得不说的故事。姨妈总是在逃避劳动的时候说扭到了脚踝,这是她小时候的独门妙计。后来也经常听天天抱怨,姨妈总是拿扭到脚踝说事,指派她和小海倒垃圾或者去超市买东西。所以这次听到"扭到脚踝"几个字眼,李安琪并不像自己想象中的那么担心。

李安琪告诉天天,她有事要回去。正在准备读书会发言的天天有点心不在焉地点了点头问:"怎么了?"

李安琪摇摇头。

哪怕只有一秒钟,她也不想看到天天因为一顿诡异的法国大餐,而失去和同龄人交流文学的机会。即使他们讨论的是黄道十二宫杀手或者开膛手杰克的纪实文学。当你离开校园、在繁忙工作的泥潭里打过滚之后才会明白,这一去不复返的时光将会千金难换。

小河边垂柳飘摇,女孩们坐在河边,李安琪只能看到她们一头长发的背影。小树林边缘,三三两两的学生坐在枫树下铺着碎花布野餐,还有一个男孩弹着吉他。这都是李安琪一去不复返的青春。

经过一段法国梧桐守卫的道路,她急匆匆地离开了天天的学校,没有回头,就像当年离开自己的学校一样。

在草莓山广场附近,李安琪找到了一家超市。她买了姨妈要的水蜜桃和罗勒叶,还买了起泡酒、薄荷酒、樱桃、香橙、橘子酱、牛肉、蛤蜊和一大袋蔬菜。经过糕点店的时候,她买了烤面包和布丁,老实说,她不觉得姨妈能烤出满足需求的面包。两手提着满满的袋子,她才意识到,即使独自在棕榈市生活时,她也不曾一口气买过这么多食材。

李安琪回去的时候,姨妈正在做生腌三文鱼,她手忙脚乱,厨房也一团糟。和预料的一样,她的脚踝没有什么大碍。

一听李安琪自愿代替天天为她打下手,姨妈欣慰地抹了把汗:"要是天天能像你这么虚心好学,她早就学到我的手艺了。"

不知道姨妈哪来的自信,不过很庆幸天天还没掌握到

玫瑰百合园艺会

她的手艺,否则世间又会诞生一枚强力武器。

有这么一种人,他们即使没有潜心研究厨艺,但凭借着天生自带的"味觉均衡感",也不至于把口味搞得太下不来台。李安琪就属于这种人。她一眼就看出,当姨妈热情如火的目光触到小茴香的那一刹那,生腌三文鱼就逃脱不了重口味的命运。

李安琪一个机灵,她无法眼睁睁地看着一道菜就这样被毁了。"姨妈,有点多了。"

"什么?"

"小茴香有点放多了。"她硬着头皮,又说了一次。

姨妈皱着眉头,表情凝重地打量她,像是在说"我才是神赐的厨神,你懂什么?竟敢指挥我"。有一瞬间,她以为姨妈会生气,或者好言相劝让她出去喝杯柠檬苏打水休息一下,然后坐等吃饭,但姨妈没有。

姨妈愣了一下,露出一丝不好意思的神色。"可能是人老了,有点糊涂了。"她说。

李安琪根本没有料到一向对厨艺自信的她竟会说出这种话,觉得有点心酸。她想安慰姨妈几句,又怕把事情搞复杂,于是说:"姨妈,交给我吧。其实我也上过厨艺班,成绩很不错的。"

"真的?"姨妈惊喜地问,"怎么没听你说起过?安琪,你可真是多才多艺。"

上厨艺班是七年前的事了。室友小玲爱上了一个男孩，打算遵循"抓住一个男人就要抓住他的胃"的箴言，报了西餐料理班，学得如火如荼，不亦乐乎。结果课还没上到一半，男孩就提出分手。心灰意冷的小玲发誓再也不学什么料理了。为了杜绝浪费，李安琪替她上完了剩下的课。但李安琪从来也没得到一个大展厨艺的机会。当时学的东西，现在一点都记不得了。但是为了让姨妈宽心，又能拯救一个聚会，说点谎又有什么呢？

李安琪拍了拍手掌："全都交给我吧。您腿脚活动不方便，就坐在一边指挥好了。"

其实她并不怎么了解西餐，也没有多少自信，正因为如此，她对作料的使用都再三斟酌。姨妈在自己的厨房里甘愿"退居二线"的高尚行径完全感动了李安琪，她决定无论如何不能让姨妈失望。

烤鸡前，为了不犯"重口味"的错误，李安琪跑到储物室找出电子秤，秤出了鸡的重量，然后按比例在鸡肉里塞进了姨妈在花园里摘来的鼠尾草叶子。

香草牛排就没那么简单了，她试图说服姑妈，此道菜的神韵非普通人所能及，做不好反而得不偿失。

但姨妈认为她已经掌握了牛排的精髓，况且也完成了初步的备料。也许李安琪可以听她指挥，打打下手。发现姨妈想亲自上阵，李安琪有点慌了，情急之下一把抢过迷迭香（也是从花园里摘来的），研磨起来。不管牛排能否鲜嫩，她绝对不能让它散发出香草洗发水的浓郁味道。

玫瑰百合园艺会

用薰衣草枝穿完所有的彩椒羊肉串之后，李安琪的手指已近麻木。姨妈做起了配菜，李安琪本想开口阻拦，但理智却捂住了她的嘴。她的确需要帮帮忙。

天快黑了，厨房里温柔的黄色灯光打在玻璃窗上。李安琪想起了自家的厨房里，妈妈忙碌的孤单背影，感到心里很痛。这时候的她难道不是应该在自己家的厨房帮妈妈做饭吗？可为了追求轻松，她逃到了姨妈家。

就在这时，天天回来了。当她得知真相时，向李安琪投来了感谢的目光。

"到底是谁要来啊？"天天问。

"姚伯伯一家要来。"姨妈说。

"什么？"天天扔下手里的巧克力饼干，"不是吧？姚柳兰不会来的吧。今天在园艺会遇到他，他什么也没说。不过也可能是一直忙着和美女聊天，把这事给忘了。小海见到他会不高兴吧？"

"什么高不高兴？你们这些小孩子以为你们的争风吃醋能引起厄瓜多尔海啸是吧？天天搞事。谁会在乎你们高兴不高兴？待会儿老老实实给我坐下来吃饭！安琪帮我忙了一下午，你倒好，就知道玩。"

"好了，姨妈，是我没有告诉天天。"

"为什么要突然请客人来啊，你倒是提前给我们说一声啊。"天天抱怨。

"我没有提前给你说吗？你知道我给你打了多少个电

话吗?你不接电话!"

"是我关机了。读书会规定参加活动要关机的。"

"整天这个会那个会,到底有什么用?你是想当园丁还是想当作家?没谱的事趁早别再浪费时间了。像你安琪姐一样好好读书,毕业之后找个年薪百万的工作,到时候种花还是种树随你便!不然你连买花种子的钱都没有!"

热火朝天的争吵中,门铃响了,姨妈小跑着去开门,将"脚踝扭伤"的事抛在了脑后。结果门口站的不是别人,而是抱着篮球、一头汗水的小海。

"好啊,宋小海,我让你在家学英语,你非要去打篮球,是吧?"姨妈刚想发飙,只见门后的客人挤了进来,她给了小海一个令人胆寒的白眼之后,不情愿地闭上了嘴。姨妈对客人笑脸相迎:"欢迎,欢迎。"

一个穿着华丽旗袍的女人踏了进来,带进一阵闻起来很昂贵但有点甜腻的香水味。她一定是那种看起来比实际年龄年轻很多的人。她身后跟着一个男人,显然是她的丈夫。这个男人显得很温和,把他的妻子衬托得更加光彩照人。也许人们不常用"光彩照人"来形容像她这种年龄的女人。不过她年轻时一定是这样的,现在仍然留有痕迹。

"叔叔阿姨,好久不见了。"天天似乎有点拘束。

姨妈把她的朋友介绍给李安琪。这对夫妻看起来很有礼貌,不过李安琪有种感觉,他们并不是那种容易相处的人。

"天天,最近怎么样?"秦伯母问。

玫瑰百合园艺会

"还行。"天天说,"田哥小惠姐他们怎么还没来?"

"两个人还要顺路去干洗店拿点东西。倒是柳兰,早就该来了啊。"

"下午在园艺会遇到他了,那时候他好像还不知道这件事。"天天说。

秦伯母摆摆手,将头转向姨妈:"不说他们了。听说最近你的厨艺又有提升?什么时候又报了一个法式料理班?你的意大利料理已经做得很不错了,何必再搞法式料理?"她的神色中分明带着一丝苦涩。

姨妈笑了:"我以为你又会说有事来不了,你已经连续两次拒绝我的邀请了。其实这次聚会是我临时起意,要不是先确定你下午有时间,我也不会开口要你来做客。"

"上次的意大利料理已经够麻烦你了,看你那么辛苦,我们心里都很过意不去。我们都很期待你的新手艺,不过前段时间一直很忙,今天终于有机会了。老姚都迫不及待要吃你做的柠檬烩饭了。"秦伯母说。

"啊,我们今天没做柠檬烩饭。"姨妈遗憾地说。

秦伯母的脸色看起来并不遗憾,好像还松了一口气。姨妈正事无巨细地谈到她学习法式配料的时候,门铃又响了,打断了她津津有味的演说。

一对年轻男女穿过狭长的玄关,走进客厅,大概他们就是天天刚才提到的田哥和小惠姐。一对帅哥美女,这是他们给李安琪的第一印象。

草莓山镇的疗伤假期

也许李安琪在同龄人中算得上高收入,但她的一切都是凭借辛苦工作得来的。而眼前的这两个人,更像是养尊处优的"富二代"。姨妈也很有钱,但小海和天天的身上却有种和这两人不一样的东西,大概是因为他们花的钱是姨夫的遗产,其中带着伤感而非炫耀。

"柳兰怎么还没来?"姚伯伯问姚田,"给他打个电话吧?"

"刚才在街上碰到他了,骑自行车大概慢一些,不过也快来了。"姚田说。

话音刚落,门铃再一次响起。他们的最后一位客人不紧不慢地出现了,脸上带着自在的笑容,向姨妈问好,还夸她上次做的意大利面有一种独特的风格。除了小海脸上的表情有点不自然,大家都因他的到来而感到愉快,就连客厅似乎都变得比刚才更明亮了。

香槟和起泡酒浸在填满冰块的木桶里,安静的木塞等待着像礼花绽放般引发欢笑的那一刻。一切准备就绪,李安琪只希望姨妈的那一大盘什锦水果没什么问题。

Part

5

Five
水仙丛下的钥匙

/ 草 / 莓 / 山 / 镇 / 的 / 疗 / 伤 / 假 / 期 /

什锦水果没什么问题,其他菜色也都还好,除了玉米浓汤不太入味、牛排煎得稍微有点过之外,手艺还算可以——起码没难吃到令人咋舌的程度。

"我真要对你刮目相看了呀。我还以为这次又是花露水味的意大利面和薰衣草洗发水味的烤羊排。"几瓶葡萄酒开塞之后,微醺的气氛中,姚伯伯有点口风不严了。他脸上泛着红晕,"上次的菜可真是——"

秦伯母干咳了一声,狠狠地瞪了姚伯伯一眼。姚田转过视线装作没有看见,眼神聚焦在了他妻子身上。正在和小惠聊天的姚柳兰突然发出一声爆笑,不知道怎么回事,竟然奇迹般地化解了尴尬的瞬间。

"好久没见到你了,柳兰,最近在忙什么呢?"姨妈问。

水仙丛下的钥匙

姚柳兰瞪大了眼睛，看起来有点无辜，但李安琪却感觉到了一丝插科打诨的意味。"我能忙什么呀？就是瞎混呗。"

"这是说的什么话呀？你可是我们的骄傲啊！"姨妈说。

李安琪没明白这话是什么意思。原来姨妈也是外貌协会的？要是长得漂亮算本事的话，姚柳兰的确算得上是他们家的骄傲。

他脸上闪过一丝狡黠，似乎是有点不好意思了。"对了，刚才来的时候看到花园里的枫树上竟然有一只猫头鹰，真的。"

这是在转移话题吗？长辈们都被他逗笑了。几杯葡萄酒下肚之后，李安琪竟然也有点开心起来了。如果不是安妮的笑脸隐隐浮现在她的思绪中，说不定再来上半杯香槟，她的心情就要像飘飘然的气球一般，飞到天上去了。

姚柳兰又以迅雷不及掩耳之势给自己倒了一杯香槟，快到连频频向他抛冷眼的小海也没发觉。不过姚田出其不意地拦住了姚柳兰送到嘴边的香槟："这是第三杯了吧？"

"没有吧。"姚柳兰生硬地说。

"好了，我给你数着呢，不能再喝了。"姚田说。

姚柳兰有点不高兴了，他的语气像是在给固执的老头儿讲道理："明明就是第二杯啊！而且只是香槟，不是啤酒，也不是红酒，就只是香槟啊。"

"第三杯了，我数着呢。"姚田说。

草莓山镇的疗伤假期

这又是唱的哪一出？他都二十二岁了，喝两杯香槟还需要经过大哥的允许？劝人喝酒的人和阻止人喝酒的人一样可恨。要是有人在李安琪才喝了两杯的时候指手画脚，她一定会气得要死。说起来，这个大哥有点奇怪，可他的语气就像在哄小孩，所以让人找不着发火的时机。

"好了，再吃点冰淇淋，别喝酒了。"姚田说。

"柳兰，喝点这个樱桃汁。"小惠说，"别吃太多冰淇淋。"

姚柳兰没说话，把樱桃汁倒进巧克力冰淇淋里，安静地挖着冰淇淋。

没有人用难以言传的表情表达食物味道的微妙，也没有人口是心非夸奖食物好吃引起尴尬。这个晚上还算过得去，比起那些李安琪独自一人生活在棕榈市的夜晚来说好太多了。而且她已经很长一段时间没有喝过酒了，所以这次晚餐显得特别陶醉。

她喝了一杯又一杯，直到忘了自己喝了多少杯。姨妈什么都没说，也许她觉得李安琪有资格借酒浇愁，也许她觉得适当的借酒浇愁有益于发泄负面情绪。不管怎么说，李安琪真的觉得好点了。

她根本不记得是几点钟上床的，连她是怎么从姨妈家走到街角房子的也都模糊了。第二天清晨她在陌生的床上醒来时，花了好几分钟回忆——从她现在置身何处，到她为什么来草莓山镇，再到前一天晚上发生了什么。

水仙丛下的钥匙

幸好早上没有严重的宿醉感，只是微微有点偏头疼而已。神奇的是，她的身体没有来由地感到轻快，就像在蓝天白云之下无际的大草原里醒来一样。卧室里没有挂钟，她不知道几点了，也不想知道。

在床上翻了几个滚，她突然很想去花园里走走。

寂静的花园等待着盛夏的来临，清晨草尖上的露珠等待着一阵清风将它吹落，由此坠向芬芳的土地。李安琪踢掉鞋子，踮起脚尖穿梭在草坪上。

石榴树下的阴影里，被风吹落的鲜红色花瓣贴在草叶上，就像点点盛开在青草间的花朵。

大片蔷薇花从黑色铸铁栅栏上垂落下来，深粉色的花朵抢下了绿叶的空间，填满了栅栏的空隙。它们像失控般疯狂地生长着，越过栅栏的边际，贪婪地伸向对面蜀葵的地盘，送来甜腻香气。一株株淡粉色的蜀葵将花枝伸向夏天水晶色的天空。硕大的花朵爬满花梗，浸透在清晨初现的阳光中。

靠近房子的一小排铁丝网上，爬满了密密麻麻的凌霄花，珊瑚红花朵累累，淹没在滚滚绿潮中。向日葵在花圃的边缘筑起了一道栅栏，展开像正午的阳光一样明亮的花盘。

一只布谷鸟躲在头顶墨绿色的树冠里叫了一声，不知躲在谁家花园里的布谷鸟也叫了一声，寂静的街道上顿时飘起了奏鸣曲。一只虎斑猫从栅栏外的街道上闪过，经过一棵枫香树,然后消失了。

李安琪突然想起了一件事,急急忙忙跑回到屋里。昨天天天给了她一些飞燕草和风铃草种子,现在不正是栽下它们的好时节吗?

听天天说,大概十年前,曾有一位神秘的租客在这座房子里住了很久。她在院子里种了草莓、葡萄、小茴香、薄荷、百里香、迷迭香和很多蔬菜。一到丰收季节,她总是能品尝到最新鲜的番茄、南瓜和甜豌豆。

据说那个女人是一位作家。没有人知道她来自哪里,据传她经过不为人知的变故和打击之后背井离乡,独自在草莓山镇生活了很多年。最后她不辞而别,留下了一座茂盛的花园。

在她离开之后,曾经开辟的那块小菜地渐渐荒废了。如今只留下一些野生葡萄、浆果和薄荷。

和别墅前的花园相比,后花园(李安琪喜欢叫它秘密花园)更疏于管理,但植物却更茂密。这是一场达尔文战争——不请自来的植物落地生根,被雨水和阳光浸透过的植物花团锦簇,张开巨大的叶子抢夺更多地盘。

李安琪用园艺小铲子在一小块草坪上画了一道直线,背靠着覆盖满爬山虎的两层小砖房,沿着这条线刨开,松土。刚想撒进种子,又担心土松得不够,于是她挖出了更多的土。

如果幸运的话,这些种子会发芽、抽枝、开花,明年

水仙丛下的钥匙

的这个时候,它们会枝繁叶茂,姹紫嫣红,像今天花园里的蔷薇和凌霄花。

她试着想象这片草地会变成什么样,也试着想象明年的这个时候她会在什么地方。毫无头绪。

尽管无法亲眼看到由她栽下的种子长成花朵,可她还是希望亲手在小花园里栽下她喜欢的飞燕草和风铃草,而且希望它们会像上一个租客种下的薄荷一样,永远在花园里繁殖下去。

当她离开草莓山镇很久以后,也许她会在某一天记起这把由她撒下的种子,并祈祷它们开出花。

这开花的愿望给了李安琪一丝微妙的感动,种子都撒完了,她还沉浸在感动中。结果越忙越来劲,种下种子之后,她又突发奇想,拔光了一小块野草莓田里的杂草。

当然了,整个花园里的杂草都不能姑息,她想。

说干就干,李安琪的小宇宙在燃烧,仿佛刚才撒过花种子的手掌中已然散发出花香。她手握小铲子,一寸一寸地刨开长满狗尾草、三叶草和甜象草的土地。

记得天天说过,那位租客曾经在花园里种下水仙和郁金香,但根茎总是在冬天被鼹鼠吃掉,她不禁觉得有点神奇。说不定现在,她脚下正有一只鬼机灵的小鼹鼠在啃食着泥土里的块根呢。这难道不是卡通故事里的画面吗?

李安琪一点也不讨厌鼹鼠,但实在不愿意它们吃掉埋在花园泥土下的块根。如果百合、水仙、郁金香、风信子的球茎都被这些小家伙啃掉，那花园里的春天一定会相当冷清。

既然如此，不如趁现在挖出埋在地下的球茎吧。等冬天过去，再让天天来埋进土里。就算是作为对慷慨房主的回报吧。如果知道花园依然生机盎然没有衰败的话，她一定会感到欣慰。

太阳都出来了，是吃早饭的时间了，可李安琪不想吃早饭。待在花园里的她非常快乐，额头渗出一层细汗，双手沾满泥土，裙子上也沾满露珠。可不知何故她就是喜欢这样。待在这静谧的花园里，仿佛被世界遗忘，也遗忘了世界。

担心伤到根茎，李安琪下手很轻，刨得也浅，小心翼翼地挖出水仙球茎，剪掉枯萎的茎叶和残败的花梗。她把这些水仙球放进从储藏室找来的木桶里，覆盖上厚厚的潮湿沙土，动作小心得就像捧着易碎品。

三小排水仙花挖起来不像想象的那么容易，两排还没挖完，李安琪就有点累了。幸好已经掌握了一点规律，她挖得越发熟练：尽量深掘，一铲子下去，就挖出一棵水仙球，比刚才轻手轻脚地刨土快多了。

一铲子下去，又一铲子，招招见实效，最后一排水仙球不一会儿就被一一攻破。清风送来花香，李安琪差一点哼起了歌。再加把油，她对自己说。

再一铲子下去，像是卡到了什么东西。

水仙丛下的钥匙

"坏了。"李安琪的第一反应是伤到了水仙,一丝心疼闪过心间,赶忙拔出水仙球一看,结果它完好无损。

可是刚才她的铲子明明铲到了什么东西,绝对不可能是错觉。朝着拔出水仙球的小土坑铲了一下,分明是有什么坚硬的东西埋在土里。

是挖到宝了?她不禁加快了手上的动作,双手都抓进了泥土里,像沙滩上刨沙的小狗一样奋力刨着。

还真的是挖到宝了!

一个拳头大小的小木盒破土而出。抹掉覆盖在上面的泥土之后,雕刻在盒身上的优美花纹和镶嵌在古老橡木上的彩色晶石出现在眼前,看起来非常昂贵。李安琪惊呆了。来不及想象盒子里面装着什么,她就去拧盒盖上的黄铜转环。

这么宝贵的木盒里一定藏着不得了的宝物,转环当然不会一拧就开。李安琪飞快地盘算着怎么能强力开锁却不弄坏木盒。脑袋里冒出这个念头的同时,只听"啪嗒"一声,转环竟然被拧开了。

她迫不及待地打开盒盖,盒子里有一枚戒指和一把钥匙!

她对着紫水晶戒指研究了半天。指环是由纤细的金色树叶拼接的造型,一枚紫水晶镶嵌在指环中央,在阳光下透出光泽。这真的是一枚很美的戒指,像星空一般深邃。

她将戒指戴在手上,又恋恋不舍地摘下来,放进木盒里。无论如何,戒指是属于花园的,不是属于她的。

她拿起钥匙端详。有一两秒钟,她有点怀疑它是蒂芙尼钥匙项链的吊坠。可这把钥匙看起来就像件老古董,四叶草形状的钥匙柄中心和四角上,都镶嵌着透明的黄色晶石。

李安琪研究了半天,上网查看了钥匙百科全书,甚至还浏览了蒂芙尼钥匙项链图册,她才敢肯定,这确实是一把钥匙。既然它是一把钥匙,就肯定有一把锁等待着它去开启。

这把神秘的锁在哪里呢?

考虑再三,李安琪将装着戒指和钥匙的木盒埋到了石榴树下。

接下来的一上午,她都在心不在焉中度过。那把锁究竟在哪里?打开锁,又会发现什么宝物呢?想想看吧,如果它不重要,主人又怎么会把它锁起来,埋进花园里呢?除了鼹鼠,谁还会心血来潮,刨开水仙根茎下的土壤一探究竟呢?

李安琪不敢相信,她竟然在无意间发现了一个被埋藏的秘密。一旦找到那把锁,秘密就会自动解开。

这把钥匙足够勾起她的好奇心了。好奇心是永垂不朽的。是好奇心使人们即使冒着变成石像的风险也忍不住去

水仙丛下的钥匙

凝视美杜莎的眼睛,是好奇心使潘多拉一狠心打开灾祸的魔盒,是好奇心使俄尔普斯失去了从冥间将妻子挽回的最后机会。

也是好奇心使李安琪备受折磨。她随便冲了点麦片,喝了杯橙汁,就坐不住了。先是在餐厅的壁橱里翻来翻去,意识到她在乱翻别人的东西后,李安琪不禁为自己的失态感到羞愧。虽说房主已经离开了二十年并在国外定居,但这里的东西永远是属于她的。

可李安琪控制不住自己。

经过五分钟的艰难抉择与自我安慰之后,她来到客厅,做贼心虚地朝沙发后面打量,搞得像是房主真的在某个角落监视她一样。她蹑手蹑脚地查看了沙发、壁炉架、窗帘,甚至连地毯下面也没放过。客厅面积虽大,却没有多少适合"藏宝"的地方。

壁炉架上的一个相框吸引了李安琪的注意。

整座房子里有百十个相框,如果没记错的话,它们全都是明信片般的风景照,她甚至不确定主人是否真的去过那些地方。而这一幅,应该是房子里唯一一幅人物照。

夏日夕阳下,点缀着点点花朵的茂盛鼠尾草丛中,一条晶莹的小河流淌着。一个男人站在河边,手指向河水。他侧身背对着镜头,李安琪看不到他的脸,但能够想象到他应该很年轻。

镜头拉得有点远,照片也有点泛黄了,仿佛时光定格,再也不会有任何东西发生改变。

不知何故,老照片中的景象总是会让她感到莫名地伤感,每次她都不禁会想,照片里的人现在在哪里?他们过得好吗?这次也不例外。

意识到自己在思念李安妮的时候,她斩钉截铁地放下了手中的相框。环顾客厅,已经没有什么可搜查的地方了。现在能确定,如果那把等待开启的锁藏在房子里,它一定不会在客厅。

四间卧室,每一间都暗藏玄机。衣柜、书架、壁橱、床头柜、书桌,显眼的橱柜不算什么,肉眼可见却容易忽视的视觉盲区才是挑战。李安琪拿出玩"侦探游戏"的劲头,把自己想象成福尔摩斯,不放过一丝潜在的可疑痕迹。

她找到了壁橱的暗格。不过空欢喜一场,里面只有一个空盒子。花瓶和瓷器内部一一检查过了,脚下的地板也来回敲打了一遍,查看有没有中空。就连壁画都拆下来,查看后面的墙壁里有没有玄机。即使这样,她还是一无所获。

她甚至开始放任想象的翅膀。是不是房间某处藏着一个神秘按钮,只要一按,就会有一面墙自动打开,展示出藏在其中的宝盒?

但这不是拍电影,想象力没帮上什么忙。

一上午的时间就这么花在了"搜查"卧室上,李安琪忙得不可开交。直到接到姨妈的电话,要她去吃午饭,她

水仙丛下的钥匙

才发现原来自己的搜索行动已经到了废寝忘食的地步。李安琪撒谎正在外面,挂了电话之后继续找,也不知道自己着了什么魔。

这会儿只能把希望寄托在储物室了。清查储物室就容易多了,所有的物品都摆在橱柜和架子上,一目了然。

翻遍了为数不多的储物盒之后,她得出了一个失望的结论:没找到。

放弃吧。虽然每个人都有一颗不灭的寻宝之心,不过为了满足一己之欲,在别人家翻箱倒柜,未免也太过分了。当然了,把这么珍贵的假期花在寻找不知是否存在的目标上,也太愚蠢了。说不定那把锁根本就不在这所房子里,她在白费力气。

李安琪劝说自己,别想这件事了,好好睡一觉吧。

午后的风撩动着窗外无花果树上的树叶,李安琪躺在床上看树叶如流水般浮动。暖洋洋的阳光拂过地板,在天花板上映照出晃动的光斑。她脑袋放空,没多久就昏昏欲睡了。

迷迷糊糊之中,她仿佛听见了一个陌生的声音:"阁楼里储存着不少旧东西。"

花了不少时间,李安琪才意识到,这是骑粉紫色电动车的房屋中介鲍宝的声音。"阁楼里储存着不少旧东西。"他来领他们看房的那天,说过这样的话。当这句话第二次在耳边回响的时候,她醒了。

竟然把阁楼给落下了！她还以为自己找遍了整座房子，根本不是这样的，还剩一个最神秘的阁楼呢！古往今来，那些最令人难以捉摸的故事总是发生在神秘的阁楼里。她早就听说过阁楼里存着不少旧东西，怎么会忘了这事？

李安琪不再赖床，起身去了阁楼。

她对这间布置得很舒适的小屋一见钟情。这间蒙尘的小阁楼很静谧。一对看起来有点年头的小沙发，上面铺着印有热带花卉的方巾。雕花木质小茶几下的樱桃木地板上铺着厚重素雅的地毯。

挂在小碎花墙面上的挂钟早已停摆了。李安琪朝窗外望，橡木窗棂外落着一只小麻雀，正心不在焉地打量着站在闹钟上抱着硕大橡实的木质小松鼠。

两面倾斜的天花板中央，悬挂着一盏小水晶灯。李安琪猜不出主人为什么会在这间舒适的小屋里用这么华丽的吊灯。

鲍宝说得没错，这里确有不少旧东西。但它们不是李安琪寻找的那种旧东西。镶在墙上的小木柜里，年代久远的水晶城堡、脖颈上镶嵌着三色玫瑰的陶瓷天鹅、旋转木马古董音乐盒、清澈宁静的圣诞雪花球、镶着华丽花纹的彩绘玻璃花瓶——所有的一切，看上去都有些年纪了。

她在寻找一个挂着锁的容器，不管是抽屉、木盒、储物箱，还是别的什么。最终还是得承认，她什么都没

水仙丛下的钥匙

找到。

但她并不是一无所获。她找到了除了后花园之外，这所房子里第二个迷人的秘密空间——阁楼。

她去书房里找来一本早就想读的推理小说，倚在沙发上翻看起来。不一会儿，天色就变暗了，她甚至不想起身去拉上那扇落着灰尘的天鹅绒窗帘，打开水晶吊灯。她希望一切都保持这一刻的样子，不要改变。

过了一会儿，她睡着了。醒来的时候，不仅错过了晚饭，还错过了一个小时前姨妈打来的电话。回电话时，她只能又一次撒谎说自己已经吃过晚饭了。

夜晚，屋子里静得很，连窗外树枝摇动的声音都仿佛近在耳畔。

托十年前那位租客的福，一间卧室里安装着一台还不算太古董的电视机。为了打发时间，她打开电视，地方科教台正在播《哆啦A梦》。

她一边吃着牛奶泡麦圈和匆忙拌好的水果沙拉，一边看着动画里的胖虎整蛊大雄。在棕榈市时，妈妈经常打电话来告诉她，晚上不要只吃薯片和麦圈。她也知道这样不好，可一个人吃晚饭她总是忍不住偷工减料。

熟悉的片尾曲响起，李安琪起身去洗盘子，回来的时候，儿童节目的开场曲已经奏响了。作为一个十几年没欣赏过儿童节目的人，她竟然被草莓山镇科教频道独特的节目开场惊讶得无法按下换台键了。

草莓山镇的疗伤假期

　　穿着草莓、洋葱头、蘑菇房子、水蜜桃、向日葵玩偶装的五个小朋友一边小跑一边嚎叫，争先恐后地冲到镜头前，跳着天线宝宝式的神奇舞步。欢乐的音乐结束后，小朋友们又嚎叫着一拥而出。接着，云絮般的舞台背景升起，一小块幕布打开，一个身着粉红兔子玩偶装的人出现了。

　　"亲爱的小朋友们，你们好吗？又到了今天的《草莓兔开心英语》时间，我是你们的朋友草莓兔。见到我，你们开心吗？"

　　背景音中传来孩子们夹带着笑声的呐喊："开心！"

　　草莓兔俏皮地扭了扭圆滚滚的身子，包裹在兔子脑袋里的面孔上露出了甜蜜的笑容。这张脸，李安琪总觉得在哪见过。即使穿着玩偶装，她也能看出这只兔子有一张很漂亮的脸孔，他一定是个可爱的年轻人。

　　李安琪停下手上剥巧克力的动作，若有所思。

　　对了，想起来了！她在电视荧幕中见到的，竟然是来草莓山镇这几天认识的为数不多的几个人之一！

　　那个男孩叫什么来着？姚柳兰！就是这个名字。李安琪在从火车站来姨妈家的路上见过他，在天天的园艺会活动上见过他，还在姨妈的朋友聚会中见过他。现在他又出现在儿童节目里，他可真是无处不在啊。

　　这会儿她想起，昨天姨妈说他是大家的骄傲。那时候她还以为姨妈是在夸奖他的帅气呢。想到这里，她不禁觉

水仙丛下的钥匙

得自己有点可笑。

跟昨天晚饭时的插科打诨和被禁酒后的郁闷不同,被一群洋葱头、蘑菇房子围绕着的姚柳兰活泼俏皮,把小朋友们逗得笑声连连。

李安琪接了一个推销电话,回来的时候,台下的小朋友们已经跟着草莓兔吼上了英文单词。

五个穿玩偶装的小朋友叫喊得颇为卖力,一度压下了草莓兔的呼喊。他似乎跟孩子们相处得很好。这景象让李安琪有了一种荒谬的联想:虽然他很年轻,但他大概会成为一个好爸爸。

草莓山镇似乎真的是一个有些奇妙的世界,前一天她在姨妈家见到的男孩,今天竟然出现在了荧幕上跟一帮小孩子做游戏。

她从来没在别的地方遇到这种事。

那天李安琪睡得很晚,蒙眬中,各种杂乱的念头侵扰着她。明天要不要给妈妈打电话?要不要给属下打个电话询问一下公司里的情况?在花园里挖出钥匙的事要不要告诉天天?

在花园里挖出钥匙,应该也算不上什么紧急的事。没必要特意去说,见面的时候顺便告诉她就好了。

不,还是不要告诉她好了。以天天的性格,由她经手的秘密很难不变成众所周知的大新闻。不告诉天天的话，即使找不到那把锁，她还是可以当作什么都没发生过。

一大早，李安琪来到阁楼，继续读前一天没读完的小说。

读着读着，李安琪突然读不下去了。故事的女主角为了逃避追查，决定背井离乡。随身携带藏宝图不方便，临走之前考虑再三，确定第二年天气变冷前能回来的她将藏宝图铺在了壁炉里的木炭下。

重要的是，这段情节竟然被人用铅笔画了线！这说明什么？

画线的人是谁呢？是房主，还是租客？记得天天说，租客是一位神秘的作家，这本书也可能是她留下的。

来不及考虑太多，李安琪一路跑下楼梯，来到客厅的壁炉前。她连想也没想，就将手伸进木炭里抓起来，抓得灰尘和炭末乱飞。她随手操起壁炉边的鸡毛掸子，手忙脚乱地镇压纷飞的灰尘。

扑腾了半天，和她预想的不一样，壁炉里什么也没有。李安琪心想：没这回事你装神弄鬼地在书上留什么记号啊？还神秘兮兮的，搞得跟探险电影里的暗号似的。她气呼呼地站起身来，有一种被欺骗了的感觉。

"哎呀！"她的脑袋撞到了壁炉架上，手里的鸡毛掸子扫到了架子，"啪"的一声，什么东西从上面掉下来，摔在了地上。

水仙丛下的钥匙

是昨天她端详了很久的那个相框。

玻璃碎了一地,在鹅黄色的灯光中闪着微光。失去了玻璃面具的老照片暴露在空气中,泛着时光长河的昏黄痕迹,照片上的人比昨天看起来老了至少十年。

李安琪沮丧地清扫着碎玻璃渣。她有一种感觉,这幅照片对房主来说一定意义非凡。它是房子里唯一一张被摆在客厅里的相框,很显然是房主的心爱之物。刚住进来没几天,她就打碎了人家珍贵的相框,想想吧,房主好心免了她的房租,她就是这么报答人家的好意?

那个慷慨的老妇人的唯一要求就是,爱惜房子里的物品!可她呢,她竟然在乱翻人家东西的时候——

等等!有什么东西隐藏在碎玻璃和木质相框之间。

用手指抹开木板上的碎玻璃,李安琪的心脏几乎停跳了一拍。

这是一张破旧的小地图。轻薄泛黄的稿纸边缘还带着不羁的锯齿,分明是从什么记录本上胡乱撕下来的一页。所谓藏宝图,不都是绘制在羊皮卷或者锦帛上的吗?至少也要画在一张体面的白纸上吧?

可是手里这张废纸般参差不齐的纸片上,那一团乱糟糟的图画,像极了幼儿园孩子午休时的涂鸦。

李安琪不禁联想到,一个年轻女人在急促的敲门声中,匆匆从记事本上撕下一页草绘,塞进相框里的情景。想着想着,她觉得背后一凉。来不及继续胡思乱想,她捧着纸片研究起来。

让她诧异的是，自己竟然认出了"藏宝图"上诡异的图画。如果不是昨天在花园里的水仙球下挖出钥匙，就算打死她，她也认不出图里画的就是那座花园。

"藏宝图"的画风颇有些抽象派画匠的艺术风格。在一棵胡乱勾画出的树下不远处，画着一颗醒目的星星。李安琪认出了那颗星星的所在地，就是如今石榴树旁的水仙丛。

地图上的另一颗星星在离第一颗星星不远处的一排栅栏下。以钥匙为圆心，第二颗星星的方位不就显而易见了吗？

来到花园里，站在阳光下，李安琪突然觉得自己无所不能。挖宝藏、解谜图，还有什么是她不能的？

她一手握着一把园艺铲子，三步并作两步，来到栅栏边挖起来。事实上，掘地三尺，她连一个西瓜虫尸体也没有挖出来，更别提什么宝盒了。

一连串的错误令她怀疑自己的智商了。她质问自己，为什么这么容易被挑动？不是已经下过决心，不再为了捕风捉影的事浪费宝贵的假期时间了吗？为什么仅从书上看到几行画线，就被挑动来花园里挖土做傻事了呢？

适可而止怎么会这么难呢？

不管怎么说，按照她误打误撞找来的"藏宝图"，宝物应该就埋在栅栏下不假，现在怎么会凭空消失了呢？是

水仙丛下的钥匙

不是已经被人挖走了？

如果是这样的话，那"藏宝图"也应该不在了呀。"藏宝图"还在的话，说明"宝物"还没被人挖走，难道不是吗？

明明是按图索骥，可为什么就是挖不到东西呢？李安琪坐在石榴树下发呆。

她拿出"藏宝图"端详着。仔细一看，第二颗星星也并非完全埋在栅栏下，而是埋在栅栏旁的一层黑乎乎的东西里。至于这层黑乎乎的东西是什么，她不是立体主义抽象画家，完全没头绪。

她像被施了魔咒一般忍不住反复琢磨，那黑乎乎的一团到底是个什么东西？不管当时"作者"画图时它代表的是什么东西，现在的栅栏边的确是什么也没有。

她久久注视着栅栏。难不成，纸上画的那团黑乎乎的东西，就是此刻眼前的栅栏外那一块阴影？

虽然看起来有点诡异，不过参考到这诡异的画风，还有什么是更诡异的呢？

如果凌乱的铅笔印代表的就是栅栏阴影的话，那她刚才挖错了地方——不是栅栏下，而是距栅栏至少两掌之外的阴影中。

带着这个推理，她再次起身去挖。

满头大汗，竟然还是什么都没挖到。算了吧，根本就是场闹剧。

草莓山镇的疗伤假期

姨妈的电话将李安琪从这个自找的烂摊子里拉了出来。她一接到电话就答应去吃午饭,连姨妈都觉得有点奇怪。

"今天怎么这么爽快?"姨妈问,"搬进那所房子,一切都还好吧?"

李安琪手忙脚乱地拍掉身上的泥土,发现更多手上的泥土粘在了衣服上。她用手背抹了一把汗:"好。"

一见天天,李安琪就提起前一天晚上在电视上看到草莓兔的事。"他竟然是儿童节目主持人,真看不出来。"

"他不光是儿童节目主持人,还是地下乐队的吉他手。"天天说,"更看不出来吧?"

李安琪的脑动力有点跟不上了。那个男孩是有多重人格吗?一会儿在园艺会忙着种花,一会儿穿着玩偶装陪一帮小朋友瞎闹,一会儿又在地下俱乐部搞起了摇滚乐队,这人可真是个勤杂多面手啊。

"小镇奇人。"李安琪调侃说。

但天天却没有调侃的意思:"他本来就不应该生活在草莓山镇。"

"什么意思?"

"你不觉得他更适合生活在瞬息万变的大都会吗?"

大都会?像棕榈市这样的?曾经的李安琪也觉得自己适合生活在快节奏的大都会,如今却像落水狗一样,夹着尾巴逃到小镇疗伤。

水仙丛下的钥匙

想起独自置身寂静花园中忙碌的他,怎么也想象不出,他和一帮小朋友嬉闹时摇晃兔爪子的俏皮模样,而看到做儿童节目主持人的他,更想象不出,他在一群狂热的摇滚客中间一边洒汗拨吉他一边怒号的样子。这样的人真的存在吗?

这个男孩真的有点勾起了她的好奇心:"那他到底喜欢做什么?"

"这只能问他自己了。"天天说。

李安琪和天天已经很久没有像现在一样海阔天空地胡侃。她们躺在院子遮阳棚下的长椅上,喝着冰柠檬茶和薄荷茶,除了李安妮之外,无话不谈。知更鸟在树上随着性子叽叽喳喳,再也不能要求一切变得比这一刻更美好了。

吃过简单的晚餐回到住处,夕阳已经西下。经过客厅的壁炉时,李安琪突然想起,折腾了她一上午的那张"藏宝图"好像被落在后花园里了,便径直来到花园,果然从园艺铲子下面找到了它。

就在准备离开的时候,她瞥了一眼栅栏。这一瞥,让她觉得有什么地方不大对劲。

栅栏的影子与上午时分相比发生了变化!影子的方位比上午更倾斜了。这样一来,上午和下午的阴影是有所不同的。

天啊,李安琪觉得自己发现了一个了不得的秘密。她再一次一把抓起"藏宝图",捧在手心看起来。找到了!

草莓山镇的疗伤假期

画面中，靠近纸张边缘卷曲的锯齿的地方，太阳不易察觉地隐藏在山坡下——和代表太阳初升的方向相反，它出现在图画的右侧，显然表达的是太阳落山时。难道不是吗？

不管怎么说，碰碰运气总不是什么难事。

她又一次一铲子插进阴影中的泥土里，使劲挖了起来。而这次，似乎真的有什么东西在等待着她。一个十寸大小的木盒，这就是她一直在找的东西。

她的心里像有只大野兔一般扑腾起来。她再次挖出早先埋在石榴树下的小木盒，取出放在里面的钥匙，试着用它打开刚挖出的大木盒。

不出所料，木盒开了。里面装着一个笔记本，布艺封面上绣着缤纷的缎带绣球花和孔雀草。李安琪翻开一看，是一本日记。微风拂过发梢，她翻开了日记的第一页。

Part
6

Six
日记之一

/草/莓/山/镇/的/疗/伤/假/期/

草莓山镇的疗伤假期

1

听哥哥说,他准备年内和小爱姐订婚,我为他们开心,也为我自己开心。因为我总有一种奇怪的预感,一旦他们订了婚,我也能如愿结婚。

我并不怀疑哥哥和小爱姐的感情,他们是被幸运女神选中的、世界上最相爱的情侣。我怀疑的是我自己。

我一直知道,乔林没有我期待的那么喜欢我。当我们在一起时,他的心总是像断线的气球,飘向很远的地方。下午送我回家的路上,他沉默无语,时不时地抬头打量天空中那朵降落伞似的云团。任凭我怎么努力说笑,也没法让他离我更近一点。

每当这时,我都会想起那首诗:"你,一会看我,一

日记之一

会看云。我觉得,你看我时很远,你看云时很近。"

偶尔我觉得很寂寞,也想过放弃。但一想到放弃后就再也没有理由像现在这样和他走在一起,还是不能放弃。

我知道他还没有爱上我的原因。但大部分时候,我宁愿不去多想。因为我不想逼自己离开他。

2

刚才小爱姐顺路来做客,捎给我一条绣着雏菊的围巾。她还记得上次我夸她手帕漂亮的事。她的手帕一角绣着蓝紫色的矢车菊,很可爱。

也许小爱姐看出我在模仿她。我留长了头发,买了剪裁流畅合体的小黑裙,换了香水,还开始尝试高跟鞋。我希望自己没有表现得太明显。不过既然连小莉都看出来了,就没有人会看不出来了吧,更何况是心思细腻的小爱姐。

大概这就是她上周送我柑橘香水,今天又送我雏菊围巾的原因——她看出我在模仿她。

小爱姐是一个真正的淑女,而我更喜欢随心所欲,不受拘束。从一开始——十年前她搬来草莓山镇时,就是如此。

我们就读于同一所学校,我很欣赏她,她对我也很友好。我们志趣相投,成为形影不离的朋友是一件很自然的事。之后我把她介绍给我的闺蜜小莉,铁三角"爱米莉"组合就是那时诞生的,至今我仍然怀念那段时光。

草莓山镇的疗伤假期

高中毕业那会儿，小爱姐曾经很认真地问过我，我有没有在刻意疏远她，我说没有，还嘲笑她幼稚多疑。从那之后她再也没有问过我这个"幼稚多疑"的问题。其实那次我说谎了，她一定也知道。

我从来没有告诉她真正的原因。也许她以为，我是因为她无意间摔碎了妈妈送给我的水晶天鹅而生气。记得四年前，我的确为此很生气。水晶天鹅可是妈妈送给我的十八岁生日礼物，也是妈妈十八岁时，从外婆那里收到的生日礼物。水晶天鹅的重要性不言而喻，但我并不是因此而疏远小爱姐的。

是因为乔林。

如果那时我没有察觉到乔林若有若无的情感流露，如果后来我没有偷看他那封未曾寄出的信件，我和小爱姐会一直无话不谈。

至今我也不敢确定，小爱姐后来有没有发现乔林喜欢她。之后每次和她见面，我的心情都很复杂。时而怒火中烧，时而满怀愧疚——总是伴随着心如刀割的感觉。

我的确嫉妒她。

嫉妒这种东西一经诞生，就会像水晶天鹅触地时的第一道裂痕，四处蔓延。它扰乱我的心智，让我没法心平气和地听她说话，没法将心比心地同她相处。我讨厌这种算计朋友的内疚感，所以只能疏远她。

后来她去了海外留学，我还以为她不会再回来了。没

日记之一

想到去年,她竟然回来了。更没想到的是,她接受了我哥哥的告白。

原来小爱姐一直喜欢我哥哥,我却从来没有发现。我是有多粗心大意,才会没有发现这一点?大概是因为我把全副精力都放在乔林身上,根本没有关注别人。

我问她,既然喜欢我哥哥,为什么还要瞒着我。她说,她没打算瞒着我,是我自己整天心不在焉。而且后来我们变得有点疏远,她没找到机会把这个小秘密告诉我。她笑着说:"我还担心自己自作多情,现在终于等到你哥哥先表白了。"

我想她的确刻意隐瞒过这件事。以小爱姐的个性,她大概以为先喜欢上对方就等于先认输了吧。

回想两人的交集我才意识到,高中时代的小爱姐的确是很喜欢去我家做客的。每次跟哥哥见面,她总是一言不发地低着头,不是抚平裙摆上一道不存在的折痕,就是将一缕不存在的头发塞到耳后。现在我才明白,那些行为的名字是羞涩。

不管怎么说,看到哥哥和小爱姐如此相爱,我也松了一口气。

小爱姐留学的三年里,在我不懈的示爱之下,乔林总算接受了我。我不希望看到自己三年的努力功亏一篑。近来乔林的妈妈总是拿乔林和我曾经定下娃娃亲的事调侃我们,我能看出,她很支持我和乔林在一起。

乔林听到小爱姐回来的消息时坐立不安的姿态,令我感到很心痛。他竟然还以为自己掩饰得很好。

似乎再不懈的争取也换不来哪怕一次心动。而这次心动对我来说,意味着全世界。

我只能安慰自己,小爱姐不会和乔林在一起,她爱的人是我哥哥。

3

今天小爱姐又来了,而且是和哥哥一起来的。他们刚从海边回来,带了系着黄色缎带的海螺珍珠风铃给我作礼物。自打哥哥搬出家里独居之后,还没送过我什么礼物。

看着他们又害羞又幸福的样子,我立即察觉到了异样。

原来是哥哥和小爱姐订婚了!

上周他告诉我和妈妈,他在考虑向小爱姐求婚。我想以他的性格,大概会在年内兑现承诺。没想到今天他就求婚成功了!我真为他们感到开心。

据小爱姐说,海边落日下的求婚非常浪漫,他们还考虑举办一场海边婚礼。不过离开家乡去海边结婚,恐怕长辈们会不方便。不过,不管他们作什么决定,我都会举双手赞成的。

从今天开始,每夜入睡前我都会为他们的浪漫婚礼而祈祷。

晚上和乔林见面的时候,我把我哥哥和小爱姐订婚的消息告诉了他。我想他迟早会知道,与其从别人那里得知,不如由我来告诉他。

人们总说,作最坏的打算,尽最大的努力。我作好了心理准备,不管他怎么反应,我都会视而不见。我要装上一颗石头心脏,还要做一个瞎子。就算他痛哭流涕,我也要装作不明所以。

但他只是点点头,说他知道了。

他没有找借口出去透透风或者一个人安静一下,没有以起身倒茶的借口平复心情,甚至没有把眼神从那本小说上移开。我想安慰他,却无从下手。除非我承认,我早就知道他喜欢小爱姐,而这种事永远都不会发生。

我很难过。我的难过即使不比他更多,也绝对不会比他更少。但既然他若无其事,我就更没有戳破气泡的理由。

对于我刻意做出的那些变化——我的裙子、我的头发、我的香水,乔林似乎没有(或装作没有)发现。但我不会因此讨厌他、讨厌小爱姐,或者讨厌任何人。我仍然相信我能变得更好,变得足够好,好到让他可以忘了小爱姐。

4

今天约好和小爱姐去逛街。本来我是讨厌逛街的,但我无法拒绝,因为我们要去看婚纱。小爱姐要我一定守口如瓶,尤其是不能告诉哥哥,她不想被我哥哥认为是她太心急。可是他们都已经订婚了。好吧,搞不懂她。

她不厌其烦地试穿了七八件婚纱,还问我哪件最好看。其实都差不多。但为了显示诚意,我还是选了裙摆上装饰有花瓣的那一套。

结果小爱姐宣布,她并没有找到心仪的婚纱。

她说他们大概会在冬天举办婚礼。我劝她不用心急,现在离冬天还早呢,她竟然用看外星人一样的眼神看着我说:"即使马不停蹄地准备,能赶在冬天结婚,也是相当仓促的。"

说来说去,具体日子还没有定下呢。

"可得好好查查黄道吉日。"我说,"不好好选日子的话,姻缘会受影响的。"

这话把她逗笑了。她说这种事信则有不信则无,重要的是两人的真心而非黄道吉日。

然后她提起了乔林家的诅咒,问我怎么看。这是我第一次听说这件事。她以为我知道,可从来没有人跟我提起过,我发誓。

乔林的爷爷和奶奶看起来都是再普通不过的老人,没想到他们年轻的时候,还有过这么一段罗密欧与朱丽叶式的经历。

小爱姐说,乔林的爷爷和奶奶来自于两个敌对的家族,两个家族之间的"战火"延续了近一个世纪之久。

有段时间,两家人已经到了在路上偶遇也要干一架的程度。后来,几经摩擦,十几个血气方刚的年轻人竟然开始鼓动复仇。一场决斗之后,两家分别有一个男孩死去,

日记之一

还有几个男孩被送进监狱,一个男孩背井离乡,再也没有回来过。

从那之后,两个家族开始了冷战。他们在逝者的墓碑前发誓,绝对不会原谅另一个家族,两个家族的血脉也永远不会结合。

几十年后,参与过斗殴的一代人都已结婚生子,渐渐老去。一个家族的年轻人无意间救了一位落水的年轻人,而落水的那位正好来自另一个家族。以此为契机,在一个当年参与过斗殴的老人的坚持下,两家年轻人中的有识之士提出正式停战。

乔林的爷爷和奶奶就是在两个家族的"停战会"上一见钟情的。但他们的恋情遭到了两个家族的一致反对。

虽说他们决定停战,可祖先曾在逝者墓碑前发下的血誓覆水难收,从来没有族人敢违背誓言。

双方父母更是坚决反对。他们知道这段姻缘一定会受到先人诅咒。结合的血脉是罪恶的,它将后继无人,这是人们口口相传的咒语。

最后,乔林的爷爷和奶奶不顾族人的谩骂和敌视,坚持和对方共度余生。结婚后,他们生下了一个健康的儿子,还有了两个孙子,乔森和乔林。

"你怎么看?"小爱姐问我,"当时几乎所有人都不相信,他们会生下健康的孩子,可是现在他们不是都好好的?所以说,不能因为黄道吉日、家族诅咒之类的捕风捉影的事而舍本逐末。"

她说得有道理,但我还是觉得有些事"宁可信其有不可信其无"。没想到乔林的身世中还背负着这么一段"传奇故事",连他的诞生都是如此与众不同。

小爱姐说她也是小时候偷听父母聊天时知道的,让我不要跟别人提起这件事。这么一来,世界上又多了一件事是我知道却不能跟乔林提起的。

5

今天小爱姐又约我去看婚纱。

经过上次的折腾,说实在的,我并不是很想去,可又找不出合适的理由。先不说小爱姐的央求,毕竟我是这个世界上最盼望他们尽快结婚的人,怎么能不以实际行动帮助他们早日完婚呢?

好消息是小爱姐决定定做婚纱,这就意味着,我再也不用陪她选婚纱了。其实我并不讨厌逛街买东西,但她总是迟迟不作决定,这就很考验人的耐力了。

下午去乔林家,他不在,阿姨也说不知道他去哪了,还坚持要我留下吃晚饭。乔林很少这个时间不在家,我有些忐忑,没有一点胃口,就找理由拒绝了。还没到家我就后悔了。为什么不留下吃饭,和阿姨聊会儿天,等乔林回来呢?

临走的时候,阿姨问我,这几天乔林有没有跟我说什么。"说什么?"我问。她只是意味不明地笑了笑,没说话。这可把我吓出一身冷汗,难道他想分手?可这也解释不了阿姨那个神秘的微笑。

希望一切都好。

6

天啊,乔林向我求婚了!

今天,我是世界上最幸福的女孩!

我一定要把这一切都记录下来,但不是今天,因为现在的我已经激动得握不住笔了!

我要去树林里的小河边尖叫两声,然后向所有人宣布:我要嫁给乔林了!

7

昨晚一夜无眠,天亮时仍然不敢相信,我已经是乔林的未婚妻了。从十七岁到现在,五年的暗恋终于开出了芬芳的花。

我尽量不去想他的求婚和小爱姐订婚的事有什么关联。就算这是他因为心灰意冷而作出的决定,我也有信心用爱融化他。现在我宁愿做一个傻瓜,一个幸福的傻瓜。只要能幸福,做一个傻瓜又何妨?

我还以为自己永远不会等到这一天,曾经也有过被他的冷漠冻僵、想逃离的时候,真庆幸我一直留在他身边。昨天傍晚,他说在许愿池前见面时,直觉就告诉我,会有什么不同寻常的事发生。

好运气就像灿烂的狮子座流星雨一样从天而降,砸得我目瞪口呆。没记错的话，这是我生命中命运女神第一次对我如此慷慨。等我那被好运砸得晕乎乎、轻飘飘的脑袋反应出发生了什么的那一刻，我不禁泪流满面。

"一定要陪在他身边。"就是这种信念支撑我一路走下来，来到这里——和我心爱的人一同站在许愿池前。每当我觉得不管怎么努力也看不到前方的路时，就是它让我多坚持了一天，然后又是一天。它如此盲目、如此脆弱、如此自欺欺人，甚至在内心深处，连我自己也渐渐开始动摇。

但奇迹发生了。

那一刻，乔林单膝跪地，举着钻戒问我愿不愿意嫁给他时，我的脚下瞬间开出鲜花，缤纷的花朵四处蔓延，覆盖了目所能及的一切。所有的心酸与那一刻相比都不值一提。我变成了迪斯尼电影里的公主，漫长的等待和悲伤都化作尘埃，随风而逝。

如今我是世界上最幸福的女孩。

乔林问我能否考虑一下，说得就好像我才是一直被追求的那一个。但我不想考虑，我的人生就是为了这一刻而存在的。我有什么理由说不？

他说我有可能会拒绝他，而且婚后我们可能会离开草莓山镇，去临近的城市和小镇工作一段时间。他问我想不想跟他一起走。

也许他不知道，只要和他在一起，不管哪里我都愿意去。因为拥有了他，我就拥有了全世界，拥有了我想要的一切。再也不需要更多了。

8

这几天我一直在猜想,也许乔林没有我想象中那么迷恋小爱姐也说不定。

四年前偷看的那封信,在我的心中埋下了一颗小小的种子,日复一日,它在嫉妒和自卑的灌溉下日渐长大。它让我心痛,也让我越来越渺小,越来越难以相信自己。它将小爱姐描绘成一个不可逾越的形象。她像女神一般笼罩着万物,在她耀眼的光辉下,我苟延残喘。

我并不否认,她对乔林来说是一个特别的存在。但一切都不是永恒的,时光不是,暗恋也不是。不管是以前、现在还是今后,陪在他身边的,是我而不是其他人。接受他求婚的女人是我,而不是其他人,我有什么理由不相信自己?

乔林说他想尽快结婚,没有人会比我更赞同这个提议了。我说希望我们今天晚上就结婚,他笑了。但我觉得这没什么不可能的,我们可以办一场只有我们两个人的婚礼。只要能和他结婚,我不在乎。

最后我们还是决定,在夏天结束之前结婚。我会如愿成为一个夏日新娘。还是不敢相信,我就要结婚了。

另:近来总是兴奋得难以入眠,可还是有用不完的精力。读书的时候,有好几次不知不觉就笑了出来。跟小莉吃饭的时候,她也说我最近脾气好得吓人,连有人插队都视而不见。也许这就是爱情的力量。

小爱姐也很为我开心,我知道她是真心的。大家都没想到,我会赶在哥哥之前结婚,不过新郎是乔林的话,他们当然是不会有什么意见的。

9

最近每个人都在为我担心——婚礼能否像我宣称的那般如期举行,但我却不怎么为这事伤脑筋。最阴霾的日子已经过去,现在没什么能打败我了。

老实说,我忙得不可开交,连日记也没时间写了。大到新房、婚礼和蜜月,小到鲜花、香槟杯和请柬,再到不能忽视的婚纱、礼服和礼仪,都让我晕头转向。幸好有小莉和小爱姐时不时来帮忙。

我有点过意不去,毕竟小爱姐还要准备自己的婚礼,但她说没关系,反正她也想长点经验。

忙是忙,但一切进展顺利。

10

人生中最后一次单身聚会,不知怎么的,到最后竟然弄得有点感伤。

今天和小莉、小爱姐去了游乐场,之后顺路去了公园的大橡树下野餐,看了场关于结婚的喜剧电影,还去了树林散步,坐在小时候常去的树屋下聊天。聊着聊着,我们三个都哭了,哭着哭着,又笑了。

今天是难忘的一天,我们三个变得像小女孩一样幼稚、敏感、叽叽喳喳，都是因为太快乐了。我们在许愿池合照留念，那时候小爱姐正逗我笑，希望我的表情没有太夸张。

婚礼的准备工作接近尾声。之所以会这么快，是因为我一直坚信：只要不影响婚礼预期的进程，除了新郎，没有什么是不可替代的。

听我说没有彩绘玻璃杯，就用雕花玻璃杯替代时，小爱姐发出了不可思议的惊呼。当然了，如果可能的话，我也想像她那样精益求精，可如果事事追求完美，大家都会很累，而且婚期可能会延后。在我看来，一切都能商量，唯有婚期不能商量。

最近乔林很忙，我猜他在劝说父母同意他接手桃花岛的业务，这样我们就能在婚后搬去桃花岛常住。乔林一直很想去那里，也一直想知道不靠父亲，他能发展到什么程度。如果能得到那里的工作，我想他会非常开心。

和乔林在一起，我不在乎是不是要离开草莓山镇，也不在乎我们会去桃花岛还是去其他什么地方。

11

十天，还有整整十天，我就要举办婚礼了。

有时候觉得时间慢得几乎凝固，有时候又觉得仿佛一觉醒来，我就会身穿婚纱，头戴橙花，手捧白色马蹄莲，置身于婚礼现场。

昨晚我做了一个梦。

草莓山镇的疗伤假期

婚礼上,当我们交换戒指的时候,我是如此激动,所有的记忆涌上心头,以至于无法抑制地大哭起来。哭泣中,我渐渐看不清他的脸,只觉得格外悲伤——从未如此悲伤。

他开始轻拍我的肩膀安慰我,周围的人虽然没说什么但也有点不耐烦了,我赶紧手忙脚乱地取戒指。这时候才发现,戒指根本不在身上!悲伤变成了恐惧。我满头大汗,连乔林也开始不耐烦了。他轻描淡写地看了看手表说:"要不改天吧。"

然后我就被吓醒了。

前天我也做了类似的梦。在梦里,我总有办法搞砸婚礼,而且总是在交换戒指的前一秒钟。大概是我最近太紧张了。

幸好一切都准备就绪,没有什么好担心的了。小爱姐似乎有将婚礼延期到明年春天的打算,因为她还没有准备好最完美的婚礼蛋糕、印花请帖和搭配礼服的缎带。她说:"一生只有一次的盛大婚礼,怎么能留下不完美的印记呢?"

不过我觉得,有数千种方式让一场婚礼变得完美,只要对你来说,男主角是完美的。说来说去,也许只是我太心急了,并且不得不为自己的心急找个体面的借口。幸好乔林也不是完美主义者,所以我们绝对不会将婚礼延期!

进入倒计时!

日记之一

12

三!

13

二!

14

一!

15

时间过得好快,我的日记竟然已经停了足足一个月。作为世界上最幸福的女人,我当然不会浪费珍贵的蜜月用来写日记了。

小爱姐说,每个人都会对自己的婚礼铭记终生,但我想,等她经历过婚礼之后,也许会改变主意。

婚礼当天,我像世界上最忙的戏剧演员一样,从一个场景里被拽出来,再被拉进另一个场景里,毫无喘息之机。

幸好之前大多数担心都是多余的。那一天,疲惫、忙碌、脑袋空空,甚至连担心的时间都没有,只是跟着既定的程序,被指挥着做这做那。

也许是太过兴奋的缘故,我好像得了暂时性失忆,一个个场景像流星一般闪过,竟然没在记忆中留下太多痕迹。

那些泪水闪烁中的幸福时光融化成了碎片,在记忆的长河中飘散,也许还需打捞,才能再次将它们拼凑起来。

我多么希望那天的记忆能够早日失而复得,不过我当然不会为此担心。因为余生的每一天,我都会不停地复制那一天的幸福。

我们去了桃花岛度蜜月,是我提出的,我想乔林也一定很开心。毕竟那里一直是他想去的地方。

每个人都应该赶在夏天结束前去桃花岛游玩。

那一天,八月的夜空繁星闪烁,淡黄色的月影映在河湾中央,静谧的清风在水上拂过,留下点点涟漪。鼠尾草开花了。如水的月影覆盖着星空下的一切,每一棵鼠尾草的叶尖上都沾着清凉的月光,连叶尖上的每一颗露珠里都透着摇曳的月光。

我们倚着一棵绒花树,树下落着缥缈的粉红色花朵。花朵像绒花球一般,被风一吹,四散而去。

我们聊了很久——过去、现在和未来,我们的朋友、家人和老相识,只是心照不宣地避开了小爱姐。

那时候我才发现,原来乔林将整个未来都列入了可预见的计划之中。我早就知道他做事按部就班,但还不知道他的计划简直可以用微积分来书写。

我禁不住设想,和他共度余生是一件多么幸福的事。

16

今天乔林不回来吃饭,我约小莉去逛街,顺路去看了妈妈。哥哥也在,我去的时候他在跟妈妈说着什么悄悄话,表情严肃得吓人。我开玩笑问他怎么还不赶紧结婚,他说婚礼也许还会延期,要我先别告诉小爱姐。

我说我早就知道了,婚礼会推迟到明年春天,小爱姐

日记之一

已经告诉我了。她不想因为时间紧张而怠慢婚礼。每一条缎带、每一朵鲜花、请柬上的每一个花体字、餐巾上的每一条波纹,她都要最称心如意的。

她总说,婚礼是每一个女孩最后的童话。

可哥哥说,婚礼还会再推迟一段时间。我让他解释一下,他支支吾吾了半天,说没什么可担心的,他只是想在结婚之前彻底处理好工作上的事,脱手公司在草莓山镇之外的生意。我问这是否代表公司拓展业务的计划失败了,他没说话。

过了一会儿妈妈说:"你哥哥只是在收拾你叔叔他们留下的烂摊子,没有什么成功失败之说。我们本来就没有奢望那些能带来多大的收益。说到底,还是不要忘本,我们是靠什么挖到第一桶金的?如果顾此失彼,本末倒置,不但新业务搞得一塌糊涂,我们的老本也要被拖累。"

她还说,她早就不看好"多元化发展"这一说,只要精益求精就可以了。

老妈总是这么风声鹤唳、草木皆兵。一有点风吹草动,她就会神经过敏。虽然我不懂生意经,可我觉得罗马不是一天建成的,当然也不会在一天之内骤然倒塌。

一个成功的体系难道不像四通八达的战壕吗?它逐渐发展成有利的路线,以适应战况的发展。这条路走不通,我们可以作其他调整,怎么可能因为一条路走不通就失去整个战役呢?

哥哥说我们不用担心,他会处理好。我当然相信他。

17

晚饭时,乔林说我哥哥的生意可能遇到点问题,还说以为我早就知道了。最近我们不经常一起吃晚餐。他总是很忙,吃早餐的时候也总是《财经报》不离手,问他什么也懒得回答。难道我的蜜月期这么快就结束了?我宁愿相信他真的很忙。

乔林说"遇到点问题"是什么意思?这种说法有些含糊其词。"遇到点问题",是大问题还是小问题?

他说他也不太清楚,最清楚的人应该是我哥哥。

我相信哥哥能处理好,乔林没有多说什么。吃完晚饭他就进了书房,一直到现在也没出来。已经差一刻十二点了,写完这篇日记,我就要去睡觉了。

Part

7

Seven
草莓兔的绝杀

草莓山镇的疗伤假期

李安琪已经困得睁不开眼了。

她斜倚在软绵绵的沙发椅里,怀抱着傍晚时分从花园里挖出来的老旧日记本。

从晚饭结束到这会儿,她已经读了整整一个晚上了。用蒙眬的睡眼瞥了一眼墙上的挂钟,差一刻十二点。这所房子里的夜晚似乎格外漫长。

忘了从什么时候开始,一到夜晚入睡之前,她总是隐隐感到莫名的不安。但这天晚上是个例外。抱着一本不知道主人是谁的日记,她睡得很沉。从月亮落下到太阳升起,好像只用了一眨眼的工夫。

清晨睁开眼,看到枕边的日记本,她立刻记起了昨天发生的事:先是刨水仙块根刨出了神秘钥匙,又无心插柳

草莓兔的绝杀

地打碎相框,发现了藏宝图。

在命运女神的指引下,她发现晨曦和夕阳投射在栅栏上的角度有所不同,造成的阴影也不同。就这么误打误撞,她竟然找到了埋藏在花园里的秘密日记。虽然日记才读了四分之一左右,不过她已经从中嗅出了一丝不同寻常的意味。

直觉告诉她,这本日记里说不定隐藏着什么惊天秘密。如果它不是那么不可告人,日记的主人为什么要费尽心思把它埋进花园里?

"不可告人"这个奇妙的意象吸引了李安琪的注意力,她那被埋藏已久的侦探梦又一次在火热的小宇宙中燃烧起来。

万一她一不留神就以古典推理法破获了几十年前的奇案,找到隐藏在地下数百年的宝物呢?若果真如此,她一定要把这件事从头到尾写成故事。做一个推理作家可一直是她少女时代的梦想,它并没有消逝,只是被现实压抑了。

要是这本小说成了畅销书,她会立刻收拾行李,离开棕榈市,用版税在草莓山镇这样的小镇租一座带花园的房子,清晨写作傍晚种花。

这样的话——李安琪揉揉睡得乱蓬蓬的头发,从床上坐起来——她就不得不苦恼了。想想吧,别说畅销书,只要书一出版,她的破案传奇就已公之于众,挖出宝藏的事更是会被广为流传。如此一来,宝藏也要物归原主。她的富翁梦在几秒钟内破碎了。

草莓山镇的疗伤假期

到底是做一个安静的富翁还是做一个传奇畅销书作家,这难道不是一个痛苦的抉择吗?李安琪皱了皱眉头。

李安琪连早饭也没吃,又捧起了日记。这本在花园里埋藏了至少二十年的日记,似乎散发着魔法棒般的神秘之光,让她移不开眼睛。过了二十五岁,还没有哪本悬疑小说能像它一样,让她如此求知若渴。

她瞥了一眼挂钟,今天的计划是读完这本日记。

天天的电话打断了她的计划,她问李安琪有没有时间跟她去看演出。李安琪想不出会有什么大明星来这所静谧的小镇演出,不过就算滚石乐队来,她也不在乎,因为她今天一定要搞明白日记里发生了什么。

沸腾的好奇心已经不容许她再耽搁了。

"今天下午在松林街的地下俱乐部有一场演出,Smash(绝杀)乐队也会去。上次你说不敢相信穿粉红兔子玩偶装的儿童保姆姚柳兰会在一个乐队里,他听了这种说法之后,觉得很有意思。我有两张门票,小海是绝对不会跟我一起去的,如果你不陪我,那我只能一个人去了。"

"我什么时候叫他儿童保姆了?"李安琪问。

"其实你就是这个意思嘛,我就是把你的观点整理了一下,你也知道,我一向善于整理信息和传达思想,所以——"

"你还告诉他了?"

"告诉谁了?姚柳兰?没事的,他没生气,他不会放

草莓兔的绝杀

在心上的。他觉得你的说法挺有意思的。一听到'儿童保姆'这个词,他笑得够呛,说你很有搞笑天赋。"

"可是我没说过这话啊。"

"你确定没说过?"

李安琪无奈了:"我当然没说过了!你以为我连自己说过什么没说过什么,都分不清了吗?"

"好吧。"天天果断结束了那个话题,"你知道我为什么会讨厌一个人去松林街吗?就是因为李梦怡。她老是假惺惺地凑过来和我搭讪,一举一动都带着正宫娘娘鄙视嫔妃的那种不可一世的劲头。我都懒得跟她解释,这个世界上并不是所有的人都像她一样,被姚柳兰迷得变成了脑残。你知道吗?她把所有的女孩——尤其是我——都当作假想情敌,简直是被害妄想狂,真让人受不了。"

那个叫李梦怡的女孩,长相甜美出众,就算进了当红少女偶像组合也不会有一点突兀。就是这么漂亮的女孩,李安琪不明白,为什么还要和那些被她衬得平凡无奇的女孩过不去?她不会连这点自信都没有吧?

"她是我见过的最小心眼的人。"天天说,"我和姚柳兰是铁杆朋友,用小海的话说,我们这叫竹马之交。她整天撺掇姚柳兰,不让他和我来往,还惺惺作态地来打招呼,其实就是在炫耀。这也太霸道了吧。"

天天经常嘴上说得义愤填膺,不过李安琪知道,她并没有表面上看起来那么坚不可摧。想到她一个人站在人群

草莓山镇的疗伤假期

中孤立无援,还被姚柳兰的女朋友冷嘲热讽的样子,实在是可怜。除了力挺她,还能怎么办呢?只能暂时放下秘密日记,陪她去喽。

Smash乐队的出场是在下午五点之后,李安琪和天天是差一刻五点到的,那时候几支其他的乐队已经轮番上场,场内站满了人。

看着此起彼伏的人群狂热地舞动,李安琪的太阳穴突突地跳动起来。这可是费洛蒙狂飙的年轻人的地盘,怎么就跟着来了?话是这么说,不过趁自己还没太老,跟着年轻人疯狂一把的想法也是挺诱人的。

"姐你怎么了?我都叫你好几声了!"天天挤进人群,一把拉住李安琪。连李安琪自己都不知道,她是怎么从角落被挤进人群的。

"发生什么事了?"

"别问了,跟我来吧。"天天抓起李安琪的胳膊就往后面走,走出大厅,穿过一个凌乱的房间,之后是一条迷宫似的蜿蜒长廊,灯光暗淡。就在李安琪认为她们再也绕不出去的时候,天天娴熟地拐进一排木门里的其中一个。

原来这是大厅的一个侧门。经过侧门,两人终于绕到了离舞台最近的地方。

站在那里的人可以分为极端的两类:最疯狂的和最冷静的。几个只穿着胸衣的朋克女孩和没穿上衣的长发男孩在舞台下的护栏后疯狂地甩着头发,如入无人之境。另一

草莓兔的绝杀

边,几个穿着迷你裙和高跟鞋的辣妹放松地站着,个个玲珑有致,时不时朝台上挥挥手,看起来应该是乐队成员的女朋友们。

李安琪刻意走到离甩头少年们更远一些的地方,却又被天天拉了回来,天天看了一眼另一边的辣妹团说:"那一边才更可怕。"

辣妹团的几个女孩扭头朝这边看了看,就漠不关心地移开了目光,只有一个女孩看了很久,还朝这边走了过来。天天装作四处观望,但那个女孩依然步伐坚定地走向她们。

"天天,你也来了?"女孩说。

"你好。"天天说。

看她不自在的表情,李安琪才将她的"死对头"李梦怡和眼前的这个女孩联系起来。几天前的一个上午,她在花房里见过这个女孩,看起来最多也就是十六七岁,长得很甜。可是这会儿,在昏暗的灯光下,她看起来很美,但和上次相比,很难看出是同一个人。浓重的眼影别有一番风情,迷你裙将个子娇小的她衬托得曲线十足。

李梦怡看了李安琪一眼:"这是?"

"我姐。"天天说。

一向废话连篇的天天这会儿惜字如金,李梦怡却丝毫不在意。"柳兰就要上场了,他特意叮嘱我离那些人远一点。"她忽闪着睫毛,用眼神示意另一边的狂热分子。

"是吗?"天天僵硬地问。

"先走了，下次聊，拜拜。"李梦怡踩着高跟鞋朝她的朋友们走去。

天天的心情似乎有点低落："你一定觉得，她不像我刚才说的那么恶劣。"

李安琪没说话。老实说，她的确有这样的感觉。这个女孩可能就是有点爱显摆自己，找找存在感之类的，不过这也不代表她心地坏。

"如果你认识她更久一点就会明白了。而且她刚才说姚柳兰让她远离那些人，肯定是撒谎。他绝对不会说这种话。"

"为什么？"

"因为他和我一样了解那些人，他们不会伤害任何人。"

一阵高昂的欢呼掩盖了她的声音，Smash乐队来了。李安琪朝李梦怡的方向看了看，朦胧灯光下，她正仰着头，一脸陶醉地看着台上的男孩。

"下午好，你们今天过得好吗？"那个男孩一脸生动的笑容，"我们要开始了，你们准备好了吗？"

李安琪差点没反应过来，他就是她认识的那个草莓兔男孩。

她上一次看摇滚乐队的演出，还是在学生时代。初次见面时，她假公济私地捧着采访手册站在人群中，注视着台上那个疯狂的男孩。男孩毕业之前的那一夜，他们在月光下的蔷薇小径上跳了一曲慢舞，他轻轻的一个告别吻，

草莓兔的绝杀

仿佛结束了她一生的爱情。

从那之后,她再也没有爱上过任何人。一眨眼的工夫,再也回不去了。不过没关系,只要有了那一吻,一切都没那么难熬。

"来一记绝杀!"人群爆发出狂喊,把她吓了一跳。李安琪突然看透一件事,最疯狂的乐迷恰恰是那些和乐队沾不上什么关系的人。而乐队成员的女朋友们则永远气定神闲地注视着一切,颇有傲视群雄的气度,仿佛那是一种天赐的特权。

作为场内为数不多的"大婶"级人物,李安琪虽然表现得甚是高冷,但也不得不承认,台上的小伙子们还是有几把刷子的。

天天的朋友——那个叫姚柳兰的男孩,现在她终于明白,他如何在粉红兔子和摇滚乐手之间作平衡了:什么都不用做。

他的言谈举止看起来和前天那只粉红兔子没什么两样,只是少了一套兔子玩偶装而已。与此同时,他看起来又像是一个自得其乐的摇滚乐手。

这是最不可思议的地方,他怎么能看起来既像一只活泼俏皮的兔子,又像一个自在的摇滚乐手呢?李安琪原以为他会收敛一下,至少要耍酷什么的,但是他没有。不知道怎么回事,这反而把他衬托得更酷了。

而且这个小伙子真的很帅。李安琪早就发现这一点了，但当她从舞台下方再去看一个人的时候，情况又不一样了。也许是舞台射灯，也许是观众的注视，也许是其他一些更难以言传的东西，给他镶上了一圈光芒。

"他大概是草莓山镇最受欢迎的男孩吧？"李安琪喊道。

"看看她那一秒钟都不敢懈怠的样子你就知道了。"天天看了看另一边的李梦怡，"她的假想情敌太多了。"

李安琪想说，"可她们大都不是她的对手啊"。但她没说出口。

一曲略抒情的歌曲结束后，激昂的节奏点燃了激情。姚柳兰抱着吉他在小小的舞台上转来转去，有点像喝醉了的大黄蜂。

后面的鼓手看起来激情四射，甚至有点义愤填膺，他使劲拿鼓槌敲打着架子鼓，让人忍不住为他担心：他到底带没带足够多的备用鼓槌。看这架势，一晚上敲断个三根五根一点不成问题。

姚柳兰的劲头一点也不比鼓手差，真不愧是一个乐队的。他们翻唱了谁人乐队（The Who）的《我这一代人》（*My Generation*），但听起来更像是绿日乐队（Green Day）的版本。大家都在跟着唱，看来这首歌乐队唱了不少次了。

"必唱曲目，"天天说，"姚柳兰的最爱。"

虽然他玩摇滚，可是他看起来不像是那种叛逆的男孩。至少和李安琪学生时代认识的那个摇滚男孩截然不同。

草莓兔的绝杀

在人们的固有印象中，摇滚客不是萎靡不振，就是颓废不堪，再就是愤世嫉俗，甚至是悲观避世。可是很明显，姚柳兰这个男孩性格活泼开朗，爱说爱笑。就是这么一个男孩，竟然偏爱这么一首反抗意味十足的歌曲，不是有点矛盾吗？

尤其是唱到"我希望在变老前死去"那一句时，他那一脸真挚急切的表情，差点给李安琪吓出一身冷汗。他的样子就好像已经等不及要去见造物主了。护栏边的辣妹团这会儿也兴致高昂起来，跟着节奏扭动着。

越过几个晃动的脑袋，李安琪看到了李梦怡陶醉的侧脸。正把吉他柄扭向一边、用手背擦完汗的姚柳兰迅速地冲着李梦怡的方向指了一下。

李安琪偷偷看了一眼身边的天天，看她有没有生气，只见天天一脸平静。所以也许就像她说的那样，她就是像喜欢一个朋友那样喜欢他。

李安琪觉得自己很久没有这么兴奋过了。

摇滚有着无限的能量，就像年轻人一样。激情是一种很好的东西，它是一种天然抗衰老剂。在这间充满激情的屋子里的每一秒钟，仿佛都脱离了地心引力，待在这里大概会比待在其他地方老得更慢一点。

乐队表演了大概五十分钟，之后被其他乐队换下。天天说他们可能在十一点之后还有一场，问了身边的人才知道，那一场已经临时取消了。

草莓山镇的疗伤假期

　　李安琪松了一口气。这会儿才六点。虽说这里气氛迷人，可要一口气待到午夜，她可有点吃不消。这就是不再那么年轻的人和年轻人之间的区别：你明知某事很有意思，却拗不过体力不支。

　　这场演出像一支麻醉剂。当它结束时，糟糕的感觉才开始慢慢来临。那感觉将她的回忆带至遥远的青春时代，为她带来了一些感伤和忧郁。

　　为了对抗不期而至的孤单感，她去了姨妈家吃晚餐。幸好姨妈不知道她会去，没有准备"特别"的料理。

　　一顿简单可口的晚餐之后，她和天天坐在沙发上看探索频道的谋杀案纪录片。李安琪看得心不在焉，因为想起了那本秘密日记。最起码打听一下日记主人的身世也好啊。

　　日记的主人会是谁呢？是那位神龙见首不见尾的房主，还是那位天天曾经提起过的神秘作家？李安琪发现，这会儿她正在脑中描绘一个年轻女人在花园里埋藏木盒的情景。可她是谁呢？

　　"你曾经和我提起过的那个神秘房客，她除了种花，还有什么爱好吗？"

　　天天被问傻了："你说什么？"

　　"就是那个曾经住在我现在住的房子里的女作家，你以前和我说过一点她的事。"

草莓兔的绝杀

"为什么突然提起她?"天天的表情很诧异,伴着电视里连环凶杀案纪录片的诡异配音,气氛变得奇怪起来。

李安琪产生了一种感觉,自己的问题好像触发了某种秘密机关。

"没什么,我就是对这个人有点好奇。你看,她孤身一人来到小镇,在院子里种了那么多美丽的花,其中有一些至今仍然开得很茂盛。她好神秘,就像是小说里的人物。"这么说也不算说谎。李安琪曾经真的很羡慕那种归园田居般的隐士,尤其是疯狂加班的时候。即使现在,这一点也没有改变。

"其实我对她也不太了解,大都是听妈妈说的,毕竟那是十来年前的事,那时候我还是小学生。没想到整个草莓山镇最让你感兴趣的人,竟然是一个已经离开十年之久的异乡人。姐,你可真是品味独特啊。"

"忘了这事吧,就当我犯傻了。"

"我是真的不太了解那些事,不过你可以问问妈妈,她和那个阿姨认识。我只记得她是一个很漂亮的阿姨,举手投足间都带着优雅,是大家关注的焦点人物。但她从来不参与草莓山镇的任何小圈子,有点心事重重的样子。"

"她有钱吗?"

"我怎么知道?"天天瞪大了眼睛。

李安琪心里敲响了警钟,问得太多也许会被怀疑的。

当她以为她们就要结束这个话题的时候,天天突然说:"应该挺有钱的吧,她手上戴的一枚玉石戒指给我的印象很深刻,上面刻着雕花,像是纹章之类的,很酷。她的穿着、举止,都让她显得很与众不同。"

这位神秘的房客显得更为神秘了。她来自一个富有的家庭,因某种变故来到这座小镇,过着独居生活。难道是因为被某事伤透了心,才来这里疗伤吗?这么一来,李安琪觉得,自己和这位未曾谋面的女人之间似乎产生了某种微妙的联系。李安琪不禁想象,那个女人就是另一个平行世界里的自己。

这不是一件很巧合的事吗?她为了疗伤来到一所小镇,住进一座房子,然后发现十几年前也曾有一个年龄相仿的女人,为了疗伤来到这所小镇,住进这座房子。

在那个女人身上到底发生了什么?被埋在花园里的日记中又记载了什么秘密?作为与她身世相似的自己,难道不是更有义务去了解发生在那个女人身上的事吗?说不定被埋藏了这么久的日记之所以存在,就是为了等待她的到来。

这是命运。这么想是不是有点太自恋了?

"我记得你提起过,她是个作家?"李安琪说。

"据说是这样。"

李安琪最初的愿望也是当作家。她强烈地感觉到,日记的主人就是这位神秘的房客。

"你们在聊什么呢?聊得这么火热。"姨妈坐在了沙发

草莓兔的绝杀

上——李安琪和天天之间的空座里,"哟,怎么我一来就都不说话了?女孩子之间的小秘密?"

"哪有,妈,我们能有什么不可告人的小秘密?"天天无奈地看了李安琪一眼。

"是在谈论男孩的话题吧?"姨妈问。

"没有啦。"天天不耐烦了。

"也该谈谈了。"姨妈毫不示弱,"安琪啊,你觉得前天来做客的姚柳兰那个小伙子怎么样啊?"

李安琪被这个没头没尾的问题吓了一跳,为了掩饰惊讶,也来不及考虑姨妈的意图,说:"不错,挺好的。"

"怎么样?和我们天天配不配啊?"姨妈又问。

"哎呀,妈,你怎么老是惦记这事啊。跟你说了多少遍了,我们真的只是朋友,而且他有女朋友。你总是这样的话,我和他之间也会很尴尬的。"

"什么女朋友不女朋友的,男孩子年纪小,就是不知道自己要什么,被外面乱七八糟的女孩子勾引去。也是怪你,天天,整天这么没心没肺,像柳兰这样的男孩子,怎么会缺女孩子追?你就是不上心,看吧,被别人抢走了吧。"

"你烦不烦人啊。"

"一说这个你就烦,也不知道你整天烦些什么,这么好的男孩子都被人家抢走了。你俩可是青梅竹马啊!"

"青梅竹马又怎么样?难道全天下所有从小玩到大的朋友,最终都会在一起吗?我们就是不来电,我们就是没有缘分！他有喜欢的女生，那你要我怎么办？难道要我非他不嫁吗？"

"你这孩子怎么这么不识趣？要是你坚持这样，不改变自己，别说姚柳兰，什么男孩子都不会喜欢上你！"

"那就让我孤独终老吧！"

眼看火药味越来越浓，两个人吵得各不相让，李安琪恨不能得到瞬间转移的超能力。

"我说了多少次，对姚柳兰这样的男孩子，你要多费点心思。整天穿着短裤满街跑，你看看别的女孩，一头披肩长发，连衣裙那么漂亮，我看了真是羡慕。"

天天不说话了，李安琪看出她想起身离开了。

"不过别气馁，从现在开始改变的话，你还没完全失去机会。这个年纪的男孩子爱玩，也没有定性，那个女孩也只是和他交交朋友而已，要是真的想发展，还要入得了你姚伯伯他们的法眼。毕竟我们家和姚家可是世交，长辈们还是很看好你的。"

"妈，你真的很无聊。"天天站起身来，走了。

"哎，你这孩子，现在越来越没有礼貌了。你给我回来！"

"姨妈，我也该走了，还有点事情没做完。"李安琪说。

"安琪啊，你看你妹妹，到现在还不开窍。身边有这么好的男孩，还被人家抢了去，真是让我替她操心啊。他们俩可是从小一起长大的啊。两个人关系好得不得了，那

草莓兔的绝杀

时候我们都开玩笑说他们长大会结婚。"

"姨妈,感情的事——"

姨妈听而不闻:"感情的事还是要靠争取啊。"

靠争取?李安琪不知道。她曾经遇到一个人,让她奋不顾身地去争取,可事实证明,不太管用。时间就这么过去了,她不再年轻了。如今看来,争取在一段感情中是微不足道的,如果他注定不会爱上你,那过多的争取只会变成两个人的负担。难道不是吗?

"好了,姨妈,天天还小,再过几年,她全都会明白的。您担心得太早了。"

"当妈的就是这样啊,对了,安琪,你的终身大事怎么样了?准备得还顺利吗?上次你好像说你男朋友也要来的,他什么时候来做客啊?"

"姨妈,我还有事,真的要先走了。"

"别走啊,他喜欢吃什么?喜欢法式料理吗?我们用法式料理招待他好不好?"

在姨妈的坚持盘问下,李安琪已经走出了客厅,走到了玄关。"姨妈,要不我们下次再说吧。我男朋友不会来草莓山镇,他工作很忙。"

说完这话,她简直想抽自己一个巴掌。明明前男友都已经结婚了,为什么就不能堂堂正正地说出口:我是个大龄单身女青年!我被甩了!我没有男朋友!结婚的事八字没一撇,因为缺了个男主角!

草莓山镇的疗伤假期

不过她没有呐喊出内心的呼唤,而是装作有急事走了,为了强迫自己不要夺门而出,她也是颇费了一番力气。

刚进门,姨妈的电话就追了过来:"安琪啊,你走得太急了,我都忘记告诉你了。明天我们还有一个小聚会,你有时间吗?"

"这个——"有时间是有时间,可时间是用来读日记的。这是目前唯一还能引发她兴趣的事。

"没什么事的话就过来吧,大家一起聚一聚嘛。你来到姨妈这边还老是自己待在租房里,也是说不过去。你光待在那间阴森森的房子里干什么?来帮帮你妹妹,帮我开导开导她嘛。你看她这个样子,我都要急死了,你过来帮她挑一下衣服,你看看她——"

"好吧好吧,我去。"

"那好,你九点到就行,我们十点之前出发。"

"出发去哪?"李安琪问。

"去哪?我刚才没跟你说吗?上次我不是请姚家来我们家小聚嘛,这回他们要请我们过去坐坐。这也正好是天天和柳兰的机会,我怕她又不拿它当回事,你帮我说说她。你们是同龄人,你说的话她肯定听。"

天啊,又是姚柳兰。他简直就是一摊"红颜祸水"。为了他,姨妈早晚要把天天烦得够呛。天天都说了,他俩不来电,况且他已经有了一个洋娃娃一样的女朋友,为什么还非要推着天天去受那份罪?非得让她自寻其辱,然后

草莓兔的绝杀

铩羽而归,自尊心被伤得一塌糊涂,才能放过她?

李安琪并不是觉得天天不好,只是她的"对手"太强大了,而且她和姚柳兰只是朋友,一切都只是姨妈自己的想法而已。

"姨妈你就放过她吧。"李安琪是想这么替天天说句话的,可是她说不出口。毕竟姨妈也只是个为了自己女儿的终身大事而担心的母亲。解决问题的办法不是逃避,而是让天天和姨妈好好谈谈,让她明白真相。

"我会和天天谈谈的。"李安琪说。和她谈谈,叫她不要逃避,将真相和姨妈好好说说。

"太好了,安琪,太好了。你也知道,天天这孩子就是听你的,我说的都不管用。对了,刚才听她说,你在问以前房客的事?"

"我就是有点好奇,觉得房子里留下了很多她的痕迹。"

姨妈不说话了。过了一会儿,她一改刚才的急切,声音变得冷静下来。"很多痕迹?什么痕迹?"

李安琪觉得自己有点说漏了嘴:"就是感觉而已。"

转念一想,自己是做贼心虚,才会吞吞吐吐,毕竟没经过别人的允许就偷看人家日记是一种极其恶劣的行为。

"你的感觉很奇怪啊。"姨妈似乎在思考李安琪的话,"怎么会有这么奇怪的感觉?你既没见过房主,也没见过房客,怎么就知道房里的痕迹是房客而不是房主留下的?"

李安琪被问蒙了。不就是随口一问嘛,竟然被敏感多疑的姨妈推理出这么多疑点，可真是出乎意料之外。

"你是不是发现了什么东西？"姨妈问。

"什么东西？"李安琪吓了一跳。

那把钥匙原本是她无意间挖出来的，这其实也没什么可隐瞒的。可突然被这么一问，她差点惊出一身汗。毕竟日记还没有读完，秘密还没有揭开，如果这时候就把日记的存在告诉他们，那她可能就没有机会继续把日记读下去了。

"就是一些让你觉得是她留下痕迹的东西啊。"

"没什么东西啊，就是感觉而已，比如院子里那些花和蔬菜之类的。"

"嗨，你说的是这个呀。"姨妈似乎松了一口气。

"您以为是什么呀？"李安琪问。

姨妈呵呵一笑："我还以为你发现了什么了不得的痕迹。"

有那么几秒钟，李安琪甚至怀疑姨妈知道了这座别墅里藏着秘密日记的事，最起码姨妈对别墅里的小秘密略有耳闻。她也不知道为什么会这么想，就是一种毫无根据的感觉而已，就像第六感之类的。但这灵感一闪而过，消失了。

姨妈不可能知道的吧？否则秘密就不是秘密了。听天天说，神秘房客在草莓山镇没有真正意义上的朋友，这样的话，她怎么可能把自己埋在泥土里的秘密日记告诉姨妈呢？她们最多也就是个点头之交而已。

"好了。"姨妈说，"明天一定要来啊，我们会等你来了之后再出发。"

Part

8

Eight

月下之夜

/ 草 / 莓 / 山 / 镇 / 的 / 疗 / 伤 / 假 / 期 /

草莓山镇的疗伤假期

天天穿了件小飞袖的浅紫色荷叶边上衣,搭配简洁的短裙,看起来很不错:既好好打扮过,又没有显得用力过度。李安琪从皮包里拿出一盒腮红,在天天微笑的颧骨上刷了一层淡淡的粉红色。

不过姨妈不怎么满意,她认为天天该穿她唯一的一件粉红色连衣裙。经过一番积极劝说之后,天天仍然听而不闻,姨妈只能生着闷气放弃了。

"我们可以出发了吧?"天天抱怨道。来到门前,李安琪的目光四处搜索着天天的车。"找什么呢?"天天问。

李安琪才反应过来,原来目的地也在这座别墅区里,只有不到十分钟的路程。第一天来草莓山镇时,她就路过了那所房子,当时姚柳兰正在花园里种花。

月下之夜

"所以,他和大伯伯母住在一起?"李安琪问。

姨妈说,姚柳兰是跟着他的伯父伯母长大的,就是那天来做客的那对夫妇。他从小就是家里的掌中宝,尽管姚田才是真正的继承人。后来,姚田和小惠接过了姚家的传统衣钵,对这个弟弟爱护有加。在姚田结婚搬出去之后,姚柳兰还一直和伯父伯母住在一起。

"你看看,人家姚田和小惠也是青梅竹马。"姨妈看了天天一眼,话里有话,"结婚还是要选知根知底的人更合适。"

天天装作没听见。

"柳兰一直是个很讨人喜欢的男孩,到哪里都是众星捧月的对象。"姨妈说。

李安琪想起那天晚饭时,哥嫂看到他倒第三杯香槟时的紧张劲头。这下她知道他们为什么会那样了。可即使再宝贝他,毕竟他已经长大了,再拿对待小孩子的那一套对待他,也太自欺欺人了吧?难道他们还想一直把他像蔷薇花苞那样,装在玻璃瓶里养着?

"看得出他们很宠他。"李安琪说。不过她自己是宁愿没有人宠,也不愿意被这样宠着。谁让她天生就是那种不招人疼的倔强鬼呢。

"可能也与年龄有关吧,姚柳兰出生的时候,田哥都七八岁了。如果他俩同龄的话,会争宠也说不定。不过这也难说,田哥从小就早熟,而且志向远大,说不定不会把这些事情放在心上。"天天说。

草莓山镇的疗伤假期

只要不被姨妈当靶子，天天还是挺善谈的。三个女人一台戏。三个人一路边走边说，姨妈也没再数落天天，气氛还是不错的。一只哈士奇猝不及防地从谁家茂盛的冬青丛里冲出来嗷嗷叫，吓了李安琪一跳。

姨妈哈哈大笑，天天蹲下来摸了摸哈士奇的头："菠萝，你是出来迎接我们的吗？"

"蔡阿姨！"出来倒垃圾的姚柳兰朝她们站的方向挥手。

"安宁路开了一家西餐厅，他们都说不错，我很想去吃，还没有时间。这次还以为我们能去那里，结果嫂子说她要亲手为大家做。"姚柳兰说。

"当然了，她也需要机会展示一下手艺嘛。"姨妈说，"上周小惠也报了法国料理学习班，是我推荐的，现在我们是一个班的。"

天啊，那今天的料理有得吃了。天天皱着眉头看了李安琪一眼，现在一听到法国料理班，她就会露出这种表情。

小惠在厨房里忙活，姚伯伯和姚田正兴致勃勃地看球，一脸无聊的秦伯母一看到姨妈来了，瞬间来了精神。两个人如同干柴遇烈火，一相遇就展开了热烈的交谈，那架势就像已经八百年没有说过话了。天天和李安琪则有些不知所措地坐在沙发上，四处打量。

这所房子比李安琪现在住的小别墅大多了，客厅甚至比姨妈的客厅还要大上两倍。怪不得他们不希望孩子们搬出去。这么大的房子，如果空下来那可就显得太空了。

月下之夜

姚柳兰不知道去了哪，天天也有点坐不住了，这会儿李安琪也后悔了，如果事先知道是来别人家里做客而不是去餐厅，她是不会答应的。

"我们去厨房给小惠姐帮帮忙吧。"天天说。好建议，李安琪松了口气。

秦伯母却说："不用帮她，是她自己非要露一手的，怎么劝她也不听。安琪，听天天说你在棕榈市工作？"

"是。"李安琪说。

这位秦伯母不管是在别人家，还是在自家，都是一派贵妇人的风范。李安琪能看出这并不是刻意炫耀，而是无意识的习惯。尽管如此，这会时不时地给周围的人带来一点压力，大概她自己也不知道。

"前段时间柳兰一直说，想去棕榈市工作，往那里的一家公司投了简历，还过了初试。他要去面试的前一周，我们才知道了这个消息。家里人都反对他去棕榈市。他从小就没离开过家，现在一个人去那么远的地方工作，谁能照顾他呢？他说会照顾好自己，反正打死我我也不会信的。"

"柳兰这孩子听话，家里不同意，他就不去了。"姨妈看了天天一眼，"你什么时候能稍微听一下我的话啊。"

"柳兰也是到了叛逆期，现在也开始不听话了，前段时间总是嚷着去棕榈市，姚田不知道开导了多久，也没说服他。最后是因为我正好在面试前几天生了重病，他才肯放弃的。即使这样,我看他还是没死心啊。"

"什么重病?我怎么没听说?"姨妈问。

秦伯母脸上闪过一丝尴尬。"已经好了,我怀疑是误诊。"

天天给了李安琪一个意味深长的目光。

两个人都有点坐立不安,内心深处,她们是挺想去厨房帮忙的。那个贵妇风范不输于婆婆的小惠竟然会报料理班,沉迷于下厨,这也是让人有点惊讶的。李安琪还记得她那一丝不苟的精致妆容和合身的奢侈品牌连衣裙。

时间过得无比缓慢,李安琪想起了她在公司里开过的几次漫长的会议。

一个穿着剪裁合体的粉色连衣裙的年轻女人从家庭酒柜边露出半截身体,急匆匆地叫着姚田的名字,看起来有点生气。即使这样,她的举止间也不乏优雅。李安琪回过头,和她的目光撞在一起。她给了李安琪一个微笑。

"姚田,你过来帮帮我端盘子啊。"她的声音中带着责怪。

一脸认真劲看球的姚田慢吞吞地从沙发上站起来,朝餐厅走去,秦伯母不以为然地"哼"了一声。李安琪怀疑是自己听错了。

"这孩子从今天早上天不亮就开始忙活。"姚伯伯说。

"姚田和小惠昨晚住在这儿没回去。"秦伯母悄声说,"我们都说想去那家新开的餐厅,可她非要展示什么学习

月下之夜

成果,要做法国料理。"

"既然学了,也要时不时展示一下嘛,要不然就是学无用武之地了。"姨妈突然说,"是我推荐她去报班的,也是我建议她抓住机会多加练习的。"

秦伯母清清嗓子,像是要说什么,结果什么也没说。

"好了,开饭了。"姚田的声音从餐厅里传来,将李安琪从极度无聊中拯救出来。

"柳兰这孩子又跑到哪去了?"秦伯母问。

餐桌上摆着丰富的晚餐,看起来还不错。不过姨妈的料理看起来也不错,所以卖相好也不能代表味道好。餐桌几乎有电影里十五世纪欧洲的餐桌那么大,上边摆着红酒、烛台、鲜花和盛满食物的精致餐盘。

"在花园里?"姚田问。

"我去叫他。"天天不由分说地站起身。

"这孩子小时候就喜欢花草和动物,小孩子都这样,我们都没放在心上。上了大学之后,不知道怎么回事,他竟然迷上了种花种草这种老年人的爱好。"秦伯母说。

果不其然,他和小狗菠萝在花园里待着呢。

姚伯伯频频举杯:"来,今天大家聚在一起很开心。我就不多说什么了,免得年轻人觉得我啰唆。最近姚田很忙,也做出了不少成绩,老实说,我真没想到你能做得这么好。我们家从你爷爷那一代开始就只做绿茶,到了我这一辈,也只盼望不要辜负了父辈的家业,从来没有过多的野心。年轻时,眼看同辈因为雄心勃勃而毁了事业时,觉得没有野心说不定也不是什么坏事。所以前年姚田最先提起花茶那件事时,我是非常反对的,我很担心盲目地拓展我们不擅长的业务领域只会得不偿失。可是他做得很好,他用行动证明了他是对的,证明了我这个老头子已经有些过时了。自从他接手我的摊子,现在我已经轻松多了,他以前是个很好的帮手,现在已经是一个能够独当一面的继承人了。"

虽然这个姚伯伯平时不怎么说话,不过一说起话来还是挺喋喋不休的。秦伯母看了他一眼说:"好了,再说下去,孩子们该烦了。"

但是姚伯伯听而不闻,接着说下去:"至于柳兰呢,不知道前段时间我们谈的那件事你考虑得怎么样了。你也知道,你哥哥一个人忙不过来,我也越来越不想参与这些费心事了。加上最近又谈妥了几个花茶项目,你哥哥就更忙不过来了。这一切都这么顺利,是老天爷保佑我们家族兴旺,我们总不能把这送上门的福气拒之门外吧。说实话,你能接受那份电视台的工作,我和你伯母都很高兴,虽然是地方台,至少轻松,也不会吃什么苦。我们总是要传承家业的,你也是时候回来帮帮你哥哥了。有什么不懂的可以学嘛,你已经长大了,不要再沉迷于那些不切实际的想法了。"

难道姚伯伯有点醉了?姚柳兰一言不发。

月下之夜

在秦伯母的催促下,大家已经品尝了好几道主菜了,姚伯父还沉浸在自己的气氛中。出乎李安琪的意料,几道菜味道竟然不错。青柠鸡块口味恰到好处,清爽可口。红酒炖牛肉香浓入味,烤洋葱汤尝起来细腻,炒蘑菇口感不错,如果不是以美食家的专业视角评价,至少入口味道还是不错的。

"爸,好了。"姚田说,"柳兰已经想好了,他会帮忙的,只是现在还需要时间适应一下。"

"这鸡翅味道怎么样?"小惠问。

秦伯母没听见,她握住姚柳兰的手:"孩子,别再说什么去棕榈市的傻话了,你去了那里谁照顾你?"

"这鸡翅味道怎么样,柳兰?"小惠又问了一遍。

"挺好的。"姚柳兰说。

"好了,我们还有客人呢。别再说些有的没的了。"秦伯母说。

姚伯父又一次举起酒杯:"欢迎我们的客人,我们家族的老朋友,你们的蔡阿姨。我们成为朋友的时间比你们几个孩子的年龄大多了。还有天天和安琪,看到你们这些孩子我很高兴,你们就是家族的希望。天天和柳兰是一起长大的,一眨眼的工夫,你们就成了大人。"

"好了,爸,菜要凉了。"姚田说。

"爸,尝尝这鸡翅好吃吗?"小惠问。

姚伯父刚把鸡翅塞进嘴里没几秒就大声说道:"好吃

好吃!"估计这几秒是尝不出什么味道的。

"比起天天,柳兰还是很听话的了。我们天天,唉,别提了,现在也就还听她安琪姐的话了。"两杯红酒下肚,姨妈打开了话匣子。

"妈!"天天叫道。

"蔡阿姨,您酒量又见长啊。"姚柳兰说。

"对了,昨天看了《草莓兔开心英语》,你们是不是又增加了新场景?那个蘑菇树是节目的新单元吧?要保留下来吗?感觉还不错。"天天说。

"你就别调侃我了,好吗?"姚柳兰说。

"谁调侃你了,那个新单元真的有意思啊。"天天说。

"你都多大了,还爱看儿童节目?"姚柳兰问。

"不是因为里面有你吗?难道你不知道这个节目有至少一半的收视率是你的'迷妹'贡献的?"天天说。

"自从儿童科教频道决定不再播放动画片之后,草莓兔的收视率就开始一路走低。要是再持续降低,估计这个节目就要改版或者被砍了。"姚柳兰说。

"别担心,我们很多人真的是因为你才看这个节目的。"天天说。

姚柳兰撇了撇嘴,没说话。

"真的呀,至少我认识的人都看草莓兔,他们可不是小孩子了。如果不是你主持的话,我们是都不会看的。所以说,别妄自菲薄嘛。"

月下之夜

"算了,我明白你的意思了。"姚柳兰说。

"就是说,你也不是没有优点。"天天说。

"我知道我有啊。"他说。

两个人进入了斗嘴模式。这是一种相处久了的朋友很容易进入的模式,旁若无人且不以为然,当事人还根本察觉不到给周围人带来的恐慌。

"那你自己说几个。"天天说。

姚柳兰装作一副苦思冥想的样子,皱着眉头,神情严肃。

姨妈瞪了天天一眼:"天天,不准没礼貌。"

"别管孩子们了。"姚伯父说,"他们从小就斗嘴惯了,我看是改不了了。"

"再给我几分钟时间,让我好好想想。"他说。

李安琪看出他在开玩笑。如果没有来他家里做客,也许她会觉得他是一个有点难以接近的人,一般长相特别好看的人不是都要自带"偶像包袱"嘛。

一个人到底可以有多少面?大概有的人天生就像钻石一样,拥有很多切面。

"别费力想了,我替你说一个吧。"天天说,"你种的玫瑰花是我们玫瑰百合园艺会里最好的,这是大家公认的。"

他抿着嘴笑了笑,能看出这番话还是让他挺高兴的。

"你的吉他也弹得很棒啊,乐队也不错,那天你们演出的时候,女孩们都在尖叫。"李安琪说。

草莓山镇的疗伤假期

话音一落,整个房间都安静了下来,她甚至能听见哈士奇菠萝在玄关轻轻吠叫的声音。

这是怎么了?难道她无意中按下哪个神秘按钮,将大家都冻结了?这不明所以的沉默简直让李安琪度日如年。是她说错什么话了吗?

姚柳兰一家面色奇怪,天天也一脸尴尬,李安琪求助地看向她。姚田清了清嗓子:"安琪看的肯定是很久以前的演出录像,那小子已经很久没搞乐队了,你们又不是不知道。也可能是安琪认错人了,毕竟柳兰退出之后,乐队还要继续嘛。"他看了一眼想说什么的姚柳兰,"行了,别说了,快趁热吃饭。"

天天扭过身子,小声对李安琪说:"姐,抱歉,我忘了告诉你了,他是瞒着家里搞乐队的,因为伯父伯母都不同意。"

天啊,李安琪这一句话可真是闯了大祸,她恨不得能瞬间就消失。一句话搞砸气氛,以前她只在电影里见过。没想到发生在自己身上时,真的不好受。

"是我认错人了。"她说,"是我认错人了。"

自始至终,姚柳兰一句话也没说。和平时的活泼好动不同,这会儿的他显得格外安静,双眼低垂,看着面前蔬菜浓汤里的香菇愣神,颇有点等待审判的意思。

天啊,这家人到底是怎么了?这么好的一个男孩,难道就不能做自己喜欢的事吗?李安琪都不敢看他了,毕竟

月下之夜

因为自己的失误,他正面临着窘境。要说他家人对他不好,那绝对是胡说八道,可他们对他有点太好了,让她想起在哪里读过的一个故事:被爱拘禁的人。

这种不着边际的想法,也许是酒精和内疚造成的判断性失误,李安琪对自己说,不要胡乱评价别人的家庭。

"是我认错人了。"她又说。

可认错没认错,看姚柳兰的表情,就什么都知道了。说不定他已经不想再继续说谎掩饰下去了。

"好了好了。"秦伯母说,"客人还在,我们能不能不要再提这件事了?有什么事明天再说吧。没事的,安琪,认错人很常见。"

不知道怎么回事,这个"明天再说"让李安琪心里咯噔了一下,这都是她闯的祸啊,她如坐针毡。

"安琪,我做的鸡翅好吃吗?"小惠笑着问。

"好吃好吃。"李安琪说。

这会儿她已经没有心思品尝美食了,脑袋上的汗珠都快滴下来了。老实说,这气氛并不比她在公司开过的最乌烟瘴气的会议气氛更好,这会儿,空气中似乎飘浮着某种令她尴尬的因子,躲都躲不了。

大家又说笑起来,但也更小心翼翼了,一顿饭总算是没再出什么岔子。

饭后,天天和李安琪提出帮忙刷碗,秦伯母拒绝了。姚柳兰的手机响了,他拿起手机小声说了几句什么,就去花园了。过了至少五分钟,他又急匆匆地回到客厅,径直去拿茶几上的钥匙。

"怎么了?"秦伯母问。

"李梦怡出了点事,我得去看看,可能今天晚点回来。不用等我,你们早点休息吧。"他说。

"又有事,这个姑娘怎么这么多事啊?这都几点了,你还要出去,有事就不能等明天吗?这是去哪啊?等等,柳兰,十点半之前必须回来啊,外面坏人太多了。"

话音刚落,姚柳兰就没影了,只听见玄关外传来他的声音:"放心吧,不会有事的。"

天天撇了撇嘴。不知道怎么回事,他走了,李安琪竟感到一阵解脱。秦伯母建议打麻将,得到了姨妈和小惠的强烈支持,不情愿的天天也被她们拉了去。对麻将一窍不通的李安琪坐在姨妈身边,心不在焉地看她洗牌,心里很羡慕正悠闲地看着球赛回放的姚伯父和姚田。

她很想找个什么理由离开,姨妈和天天全都把精力放在麻将上,谁也没注意到她的犹豫。

挣扎了一刻钟之后,她实在忍不下去了。她感到自己所剩不多的耐心正在渐渐消失。

正要站起来说"有点事得回去"的时候,手机铃声响了。与此同时,一个主意在脑中瞬间成型了。真是谢天谢地,这个电话来得太是时候了。不管是骚扰电话、诈骗电话还是打错了的电话,都挡不住她的感恩之心。不管怎说，她一定要抓住这个机会，装作有急事离开。

手机屏幕上显示的是一个陌生号码。李安琪心里有数，八成是广告电话。她装模作样地按下通话键："你好。"结果那边并没有人说话。"你好？"她又问了一遍。

还是没人说话。这是什么套路？难道最近的广告都学会用欲擒故纵这一招了？不过她可没那么多耐心。

"什么？真的假的？"才不管那边是说话还是挂断，她故作夸张地问，"天啊，不是吧？太可怕了，我马上回去，等会儿再说。"

果不其然，这番耸人听闻的自言自语成功引起了麻将桌上几个人的注意。她迅速地朝那个方向瞥了一眼，姨妈和天天已经停下了手上的动作，关注着她呢。

"好的好的，再等一下。"她说。

正当她想挂断电话，告诉他们她刚接到公司的电话，准备回去传点文件时，电话那头真的开始说话了，而且说的话令她大吃一惊。

"安琪？安琪？"花了几秒钟，她才反应过来那是谁的声音。"安琪，你这是怎么了？发生了什么事？好好说话，你这样很吓人。"

是邵洋。李安琪已经很久没有想起过这个声音了，尤其是来到草莓山镇之后，她一次也没有想起过。

有一瞬间，她似乎丧失了思考的能力，不是因为激动、紧张或旧情难忘，而是因为愤怒。她早就不想和他联系了,也把他的手机号拖进了黑名单。当初为了富家女说要去结婚的人是他,现在他又打电话来做什么?她猜不出。

"安琪?"他的声音听起来很不安,"你还在听吗?"

"有什么事?"她冷淡地问。

"能不能见你一面?"他像是下了狠心似的轻声问。

"我不在棕榈市。"她说。话一出口,顿时感觉有些不妥,她担心他会理解为,如果她在棕榈市就会愿意和他见面。

"我打你的手机总是打不通,上周去了你公司门口等你,遇到你的同事,他说你请了长假。"他的声音中透露着虚伪的沮丧。

他该不会是认为,她被他甩掉之后太过悲痛,以至于无心工作,请了长假自我疗伤吧?她是在疗伤,不过跟他关系不大,毕竟她没有真的爱过他。如今不管他怎么想,对她来说都不重要了。

"有什么事吗?"她知道自己不该这么问,其实她也不是真的那么好奇。自从他决定离开她的时候,她就将他在她的人生中完全删除了。她只是想赶快结束对话而已。

他吞吞吐吐:"安琪——"

"要是没什么事,我就挂了。"

"等一下,安琪,我们能见个面吗?我很想你,你想我了吗?"

她大概能猜想到发生了什么。

月下之夜

"你还在听吗?我们什么时候能见个面?你什么时候有时间?你现在在哪里?我可以赶过去。"

"你不用上班吗?"她问。

"我已经辞职了。"他说。

"到底发生了什么?"

"呃——"

"不想说就算了,我现在有点忙——"

"别挂电话。"他说,"我和那个贪婪的女人分手了,是我提出取消婚约的,因为我很想你。我们见一面吧,见面再谈。"

李安琪挂断了电话,把这个手机号也加进了黑名单。以她这几年来对邵洋的了解,他主动提出甩了富家女是万万不可能的,除非他找到了条件更好的下家,当然这也是不可能的。否则他也不会再来啃她这根难啃的回头草了。想想吧,像他这样的男人,一生之中被富家女挑中两次的概率几乎为零。

不管他为什么被人家甩了——富家女找到了更好的替代品、她心上人回来了,或者她打掉了胎儿——都不关李安琪的事。她一点也不好奇,既不想笑话他,也不想报复他,只是不想再与这个男人扯上哪怕半点关系。

"安琪,怎么了?"姨妈问。

"我有点事,得先回去。"

"回棕榈市?"

"不是，我有点文件要传给公司。"她说。

走出姚家大门，来到院子里，第一缕夏夜的凉风掠过脸庞时，她感到神清气爽。虽然已经不在乎邵洋的死活了，但听说他的下场之后，她还是感受到了一丝报复般的快感。

小镇的夜晚，别墅区里一个闲逛的人也没有，只是时不时有淡黄色的灯光从路过的一扇扇窗户里流淌出来。

李安琪慢悠悠地走着，竟想起了小时候那条放学的路。那时候她总是心不在焉、东张西望。不和李安妮同行的时候，十分钟能走完的路，独自走时要走上半个小时：一会儿停下看看梧桐树上新开的紫色花朵，一会儿追逐花坛边的蝴蝶。可是那时候的她很开心。

微凉的风带来了不知谁家花园里的花香，吹起了李安琪的裙摆。头顶的树叶发出沙沙的摩擦声，月光洒在寂静的小路上。她踮起脚，踩在路灯透过树影投下的破碎灯光中。一只胖乎乎的猫趴在某家院子里的蔷薇丛下打盹。

小路拐角的地方，几棵茂盛的大橡树下，有一个可爱的小亭子。放在以前，她是绝对没有任何理由进去的，可是在这月下之夜，她就是想进去坐坐。三杯葡萄酒的微醺恰到好处，她现在不想回家。

李安琪爬上一个小陡坡，钻进树丛里，踏上了通往亭子的台阶。幸好有对面街道上的盏盏路灯，亭子才不至于陷入一片黑暗。

月下之夜

这会儿的李安琪被眼前的情景吓出一身冷汗。一个黑影正斜靠在亭子最里端的柱子上呢。这一看就是个犯罪分子啊!说不定正躲在暗处整理刚从谁家偷出来的赃物呢,她竟然羊入虎口,自己撞上门来了。

天啊,她吓得都走不动路了,只能愣在原地。

"谁?"没想到那个人先说话了。他的声音听起来也有点紧张兮兮的。

"你是谁?"她鼓起勇气问。

然后亭子里那个人的手机屏幕亮了,他们这才算看清了彼此的脸。她眼前这个拿手机屏幕照亮自己脸庞的人竟然是姚柳兰!他在这里干什么?

街道上路灯的微光飘浮在亭子里,这里还没有暗到不辨人影的程度,大概是刚才两个人都太过紧张了,才没认出彼此。

"你来这里干吗呢?"他问。

"顺路进来看看。"她说。

"我也是。"他说。可他刚才不是急匆匆地说,他的女朋友李梦怡需要帮助,他会晚一些回去吗?"聚会这么早就结束了?"他又问。

"呃,因为我有点急事——"

他笑了:"所以你就溜达到这里来了?"

她一时不知该如何回答,客人被主人发现为了提前离开而说谎,毕竟是有些尴尬的。

"我也是。"他似乎看出了她的尴尬,"其实也没什么紧急事件,也没人需要我的帮助,我就是想出来透透气。"

这会儿,两个人像是两个在游戏机室偶遇的翘课学生,尴尬散去,找到了隐藏至深的默契。姚柳兰很自然,不过李安琪感觉不那么自在,她站在离他有一段距离的亭子边,准备道别。

"听天天说,你刚从棕榈市回来?"他突然问。

"对。"今天秦伯母也问过这个问题。

"那里怎么样?我是说,真的怎么样?当你在那里住过一段时间之后有什么感觉?我只去过几次,旅游和定居肯定是截然不同的。"

她想告诉他,糟透了。

她在以繁华著称的棕榈市工作、生活、打拼了五年,总是野心勃勃、拼命工作,为赚到更多的钱、坐上更昂贵的办公椅而艰难奋斗。她一刻不停地为达到预设的目标而努力,偶尔迷茫,之后又是没完没了地工作。

可她得到了什么?她甚至开始怀疑一切,不知何去何从。事情不该是这样的。努力工作就会得到回报,她永远支持这种说法,现在依然如此。所以问题到底是出在了哪里?原来,她一直没有搞明白过。

她搞砸了自己的人生。她事事不顺,面前一堵死墙,做什么都是徒劳,也找不到继续工作下去的勇气。她不知道自己是不是做错了,也不知道该怎么做才是对的。她是个失败者,确定无疑。

但这并不意味着她可以对棕榈市指手画脚或者胡说八道。是她自己搞砸了,她迷失了方向,并不代表棕榈市不是个好地方。只是她的确不知道棕榈市是不是一个好地方,尤其是在面对一个对去那里闯荡一番抱有梦想的年轻男孩询问她的时候。

"是一个好地方,也是一个不怎么好的地方。"李安琪说。她也不知道自己怎么能说出这么没品位的话。

他似乎不介意。"当我问别人的时候,他们有的人说很好,有的人说不好。我觉得你的说法更平衡,俗话说,有阳光的地方总会伴随着阴影。"

"你想去棕榈市吗?"她问,"或者你很喜欢棕榈市?"

"嗯,我不知道。我很想趁年轻去那里闯荡一番,你知道吗?那里有全国最受瞩目的地下摇滚俱乐部。很多大名鼎鼎的乐队——比如'绿天鹅'——出名之前都是从那里出来的。"

绿天鹅?李安琪被吓出一身冷汗。

绿天鹅是她青春的觉醒,也是她青春的终结。学生时代,她曾经以校刊记者的身份打掩护,看过上百场绿天鹅的演出,就是为了接近一个男孩。他拨动吉他的样子,依然深印在她的脑海里。

"我一直希望我们的乐队也能闯出点名堂。"姚柳兰说。

他的话打断了她缥缈的思绪,使她想到刚才餐桌上发

草莓山镇的疗伤假期

生的事，她不经意的话给他惹了麻烦。"抱歉。"她说，"我不知道你的家人禁止你去俱乐部演出。"

"没事，别放在心上，他们早晚是要知道的。其实你无意间帮我作了决定，因为我一直很苦恼，该不该对他们说、该什么时候说，这事把我烦得够呛。现在我已经没有这个烦恼了，算是塞翁失马。"

虽然他这么说，她还是有点过意不去。是她使他失去了自我坦白的机会。"可你准备怎么办呢？"这不关她的事，不过她有点好奇，毕竟他现在看起来这么平静，就像已经作好了决定。

"还不知道。"他说，"看看情况吧。伯母的脾气来得快去得也快，过几天大概就不再提这件事了。"

"我是说，你是不是真的想退出乐队？"

"我猜有一天我会退出吧。等我到了三十岁，还没混出什么名堂，周围的朋友都结婚生子，然后我发现自己整天和一帮醉鬼、嬉皮士和无家可归的人混在一起，和主流社会格格不入。所有人都讨厌我，家人和朋友也都离开了我，最重要的是我知道自己这辈子也混不出什么名堂了。也许那时候，我就想退出乐队了。"

"所以你并不打算现在退出？"

"我不知道。"

"好吧，祝你好运。"生活在这么一个家庭里，他面临的问题还挺棘手的，她只能祝他好运了。她也该走了。

月下之夜

"如果时光倒回的话,你会不会还选择去棕榈市生活?"他问。

"我还没考虑过这个问题,可能吧。"她说。这是一个连她自己也不知道答案的问题。

"我有一种预感,如果我去了那里,就不想回来了。并不是说我一定会成功之类的,就是这么一种感觉,我会喜欢上那种自由的生活,虽然自由的并不一定就是好的。"

她离开亭子之前,回头问他:"你喜欢绿天鹅乐队?"

"我是他们的超级'粉丝',如果我的乐队能赶上他们的十分之一,我就要谢天谢地了。"

"你们已经很不错了。"她说。

"你也是绿天鹅的歌迷?"他问。

"我毕业之前经常去看绿天鹅的演出,有一段时间,他们在大学城附近的一家俱乐部驻场,那时候乐队还不像现在这么出名。"

他的眼睛闪闪发光:"你太幸福了!我只听过两次现场。"

她能听出他真的很喜欢绿天鹅。就像女孩们谈起自己喜欢的偶像时那种雀跃的神色和略显夸张的口吻,这些都是很难掩饰的。

"你一定见过彭于飞很多次。"他说。

"我认识彭于飞。"她说。

原本不想提这件事的,她曾经打算再也不提。可是看

草莓山镇的疗伤假期

到他那副惊喜的样子,她竟然忍不住说起了这件事。那是她的青春,略带苦涩的滋味。曾以为伤感会伴她终生,可它却在不知不觉之中渐渐淡去了。

一听这话,他猛地从柱子旁站起身来。"天啊,你竟然认识伟大的传奇人物彭于飞!真的假的?你不会是在骗我吧?是绿天鹅的彭于飞吗?你认识他?我简直不敢相信!他是我的偶像!"

她都有点不好意思了,他真的很崇拜绿天鹅。在她那个时代,绿天鹅只是一支地下乐队,后来他们稍微有了点名气,也只是小众乐队而已。他们在圈子里很受追捧,但在圈外知名度不怎么高。只是近几年乐队才突然爆红,大概连彭于飞自己也有点惊讶吧。

是姚柳兰送她回去的,顺路是不假,但她知道他原本是不打算这么早回去的。只是作为绿天鹅的超级乐迷,他实在是不能放过任何一个了解他们的机会,更何况是第一手资料。

他既风趣又随和,和他聊天很有意思,也不用担心冷场。李安琪从来没想过会因为一支老乐队和一个年轻的男孩找到共同语言。

那天晚上,洗完洋甘菊精油的泡泡浴,穿着浴袍喝了一杯冰镇柠檬茶,李安琪仰面躺在床上,回想起她毕业前经常去看绿天鹅演出的事。那可真是一段自由自在的时光,现在看来已经很久远了。久远到她已经不可能再变回

月下之夜

八年前的那个女孩,而那个女孩也逐渐成为一个陌生人了。

也许每个人都是这样被逝去的时光抛弃,然后长大的。她带着淡淡的伤感,翻开摊在床上的日记本,准备去别人的故事里再寻逝去的时光。

Part
9

Nine
日记之二

/草/莓/山/镇/的/疗/伤/假/期/

1

昨天晚上直到我入睡之前,乔林都一直待在书房里,后来我也不知道他是什么时候睡觉的,那时候我已经睡着了。

今天早上醒得很早,花了两个小时做早餐,蛋饼卷、鸡蛋羹和炸糯米球。他吃了几口,只是一个劲端着茶杯看《财经报》。

我不记得他以前有这么热爱报纸,连增刊上的香皂广告都看得全神贯注。问他早餐哪里不合口,他说没有,问他是不是没有胃口,他说不是。

如果他拿出看报纸的精力的十分之一来敷衍我,我想我就会很满足了。可是他不想那么做。现在我明白了,原

日记之二

来婚姻并不是苦难的终结。原以为结婚就是胜利，婚后就可以成功晋级，根本没那回事。

他总是给我若喜若悲、若即若离的失落感。

一整天我都在想，是我的孜孜不倦和死缠烂打维持着我们之间的关系。在我们的关系中，我就像一台永动机，但我其实不是，因为我也会有疲惫和倦怠的时候。一旦我停止了，我们的关系将会陷入岌岌可危的处境之中。就像现在，当我稍微松懈时，我们之间的电力就不足以维持我的需求，明显变得冷淡下来。

孤立无援——那种感觉就像独自一人站在冰冷的雪原等待着救援，但是不会有人来。

我，而且只有我，才能照顾我们的婚姻。

2

最近一连几天，乔林都是午夜才回来，他说他在忙新项目的推广，最后的成败还要看近期投入市场的情况。

我总是忍不住胡思乱想，觉得莫名的心慌。我讨厌这样的自己。昨天去超市，遇到了乔林助理的妻子，她说老公最近忙得几乎住在公司了，还抱怨两岁的女儿都快认不出爸爸了。

虽然有点同情她，不过她的话让我感到极大的解脱，几天来的沮丧一扫而光，我差点当场握住她的手，唱上一曲赞美歌。

原来乔林没有骗我，我应该更相信他才对的。

草莓山镇的疗伤假期

我打电话给乔林。他正在工作,急乎乎地问我有什么事,我说只是突然很想和他说话。一般在最恶俗的爱情电影里才会出现这么恶俗的桥段吧。可这恶俗至极的对白,就是我那一刻的真心话。

我听出了他的不耐烦。但沉默了大概几秒钟的时间,他说今晚会回来吃饭,不过可能晚一些,我可以不用等他。

一听这话,本来只准备买花草茶的我,又买了蔬菜、水果、豌豆、玉米、肉类和巧克力。我要好好为他做一顿晚餐。我们已经至少两周没有在一起好好吃晚餐了。

从下午一点起,我就开始清理食材、收纳分类、准备作料、调拌酱汁、翻看菜谱,不做不知道,每一个步骤都比想象中耗费时间。

满头大汗地做完这些,都快四点了。天啊,时间到底是怎么过去的,是用飞的吗?本想休息一下理理头绪的,也没有时间了,只能马不停蹄地继续战斗。

幸运的是,所有的原材料都按菜色整齐地摆在盘子里,只需要下锅就好了。但不幸的是,下锅是整个过程中最困难的一道程序。蒸煮炖还好,只要放进锅里,酌情放入兑好的作料、定下时间就好了。煎炒炸可是颇费一番功夫,还需要靠自己的"体会"操作。

我作好了计划:趁炖牛肉的时候将蔬菜下锅,之后处理难对付的炒鸡,最后趁焖鱼汤的时候拌凉菜——既节省时间又不乏秩序。

日记之二

不过计划不如变化快，炖牛肉不像菜谱上说的那么省心，不仅要把握火候、找准下锅的时刻，还不能在慌乱中放错作料。对一个新手来说，这简直就是一场对应激能力和心理素质的考验。

后来越忙越乱，我也记不清到底该先做什么、再做什么了。脑袋里也是一团糟，甚至有点后悔做这种傻事了。也不知道什么时候，天色变暗了，腾腾的热气弥漫着厨房，餐厅里也渗进了浓浓的食物香气。

看到食谱中的照片——成型时，我感受到一种前所未有的成就感，也许这就是很多人迷恋料理的原因吧。将自己的心意变为美味的食物，让心爱的人吃下去，这大概就是很多女孩学习料理的本质。

虽然耽误了点时间（比预计的结束时间晚了近三个小时），成品也没有食谱书中的那么鲜亮，不过我还是满意的。

看了看墙上的钟，快八点了。摆盘、将饭菜端上桌、布置餐桌、收拾餐厅、整理好厨房、倒垃圾，急匆匆地做完这些，坐在餐桌旁时，心还在扑通扑通地跳。九点十分，门铃响了，我飞速去开门，开门之前提醒自己带上一抹微笑。

是推销员，我顿感无力。

后来我突然想起应该去花园里摘几束飞燕草回来，装点餐桌上的花瓶，就去了花园。在花丛里挑拣了一番，又按记忆里几年前的插花课上学的技巧修剪之后插进花瓶。

突然想起应该摘几束情人草的,我又返回到院子里。

又是一番忙活之后,花瓶里的花总算是弄好了。再一看表,竟然十点了。我的心开始一点一点下沉,没多久就像浸入深海一般冷冰冰的了。很想打电话给乔林,又觉得他也许在路上,马上就能回来了。

就这么又挣扎了二十分钟,他回来了。一副风尘仆仆的样子,像是刚坐飞船从外星球赶回来。叫他吃饭的瞬间,他愣了一下,很显然是已经在外面吃过了,而且完全忘记了说要回来吃饭的事。

那一刻,我真的很失望。

几秒钟之后,他似乎回想起了上午说回家吃饭的事,看起来有些为难,我说已经吃饱了的话不必勉强,毕竟已经十点半了。但他还是坐下来喝了鱼汤,还吃了几口凉菜。他说味道不错,可我只是觉得他很累。

3

昨晚那顿落空的晚餐让我的心情很沮丧。今天早上,以为乔林又要沉浸在报纸和早茶中的时候,他竟然正经八百地把报纸往餐桌上一放,摆开了一副谈心的架势。如果不是一刻钟之后他就要出发去上班,我会认为我们要展开一场漫长的谈心。

他问我怎么看我哥哥的那件事,我问他什么事。他不耐烦地看了我一眼,就好像我在明知故问。

"到底是什么事?"我不想被他当成傻瓜。

日记之二

他停顿了一会儿说:"你哥哥的公司倒闭了,你还不知道?"话是这么说,可他一副"别装作不知道"的表情,让我觉得不舒服。而且我真的不知道。

我问他是怎么知道的,他说几乎所有相关的同行都知道了,到处都传得沸沸扬扬的,用不了多久,不相关的人也会知道。

我不想相信,不过他的样子认真得吓人,而且关于生意的事,他从来不会弄错。我问他要怎么才能帮到我哥哥,他说他爱莫能助,不管谁在这场混乱里横插一脚,都只能挫伤自己。

"已经到了这么严重的地步了吗?"我问。

他只说:"你最好问问你哥哥吧。"

这么说就像是在宣判死刑,就像宣判我、我哥哥、我的整个家庭都完蛋了,但他却能置身事外,作壁上观。不过事实就是如此。

"他应该很早之前就知道了。"他说。

我问他什么意思,他没说话。我又问了一遍,他说我哥哥应该在几个月前就知道了,甚至更早以前就看出了苗头。

他漫不经心地问:"难道你不知道吗?"

我明白了。他指的是,我哥哥在我结婚前就知道了这件事,我想他在暗示,我也早就知道了,他似乎从一开始就这么怀疑。

草莓山镇的疗伤假期

我觉得有点恶心。他以为我是想在我哥哥公司倒闭前嫁给他,以保全富裕的生活?他以为我是迷恋富家小姐的生活,才急着在身价降低之前嫁给他,以免如今门不当户不对以致无法如愿以偿?

看着他的脸,我在考虑一件事,如果我哥哥的公司在我们结婚前倒闭,他还会娶我吗?不对,我还有一个更现实也更残酷的问题,现在他后悔了吗?

他避开我凝视他的目光,从椅子上站起来,披上外套。我站在原地不知所措,一瞬间,浑身上下充满了寄人篱下的奇怪感觉。

我甚至忘了这也是我的家。

"不用担心。"这是他临走前说的最后一句话。

不用担心什么?不用担心他会抛弃我,还是不用担心我会落魄成无家可归的乞丐?似乎没有什么区别。

目送他的身影离开,我竟然感到一丝解脱。我立刻打电话回家,家里没有人。这个时间家里很少会没有人。我的心紧张得几乎要打颤。

度日如年也不过如此。

一秒钟、两秒钟、一分钟、两分钟、十分钟、二十分钟,我几乎每隔一会儿就打上一个电话,一直没有人接。有几次忍不住夺门而出,可是又扔下钥匙,回到电话边。要是家里没人的话,就算回去也还是无济于事。

大概经历了两个多小时的煎熬,电话终于打通了,不

日记之二

过是小爱姐。她说我妈妈上午在花园里扭伤了膝盖,去了一趟社区诊所。

我犹豫再三,但为了尽早结束煎熬,还是问出了那个问题。"你知道关于我哥哥生意的事吗?"

她沉默了一会儿说:"你哥哥的公司倒闭了。"

4

我该怎么办?

昨天一夜未眠,脑袋里充满了各种可怕的念头。焦虑得要命,却又无人可以倾诉,只能凌晨三点起来写日记。

乔林今天也待在公司过夜,所以即使我凌晨坐在书桌前也没关系。

小爱姐说我们是被算计的,但这对我来说都不重要了,因为我们输了,而且输得很彻底,一着不慎满盘皆输。"几乎难以卷土重来。"这是爸爸以前用来形容企业亏损严重的话。一夜之间,一眨眼的工夫,我们已经没有立足之地了。

我还以为一家公司会像一座古宅那样,构架被蛀虫侵蚀,耗费时日才会消亡。结果它像高危烂尾楼一样骤然坍塌了。

以前有个女孩醉酒之后对我说,命运就是个婊子,我觉得这是耸人听闻、胡说八道,不久后还和她绝交了。当然不完全是因为这个原因。不管怎么说,她也不应该说脏话,而且她不能将自己的失败怪罪于命运。

这会儿我觉得，说不定她这么说也没错。就算命运不是婊子，它至少是个虐待狂，最喜欢趁其不备在人背后捅刀子。

我知道我需要考虑一下接下来该怎么办。可我脑袋里一片空白，不管是白天还是晚上，都像行尸走肉一样，失去了思考的能力。

昨天下午我们送妈妈去了郊外的疗养院。疗养院是社区诊所的医生建议的，那里环境清新安静，医务人员对患者照顾得无微不至，重要的是，他们从邻市聘请了一位有名的康复专家。

我和哥哥觉得，在她彻底恢复前有专业医生护士照顾会更好一些，而且我们希望能尽量让她远离最近的这堆麻烦事。

虽然妈妈坚持说只是扭到膝盖，可她连走路都很困难了。检查结果上看，扭伤没有她说的那么轻，绝对不是"休息一段时间就没事了"。

5

听哥哥说，他们要卖掉桃花岛的那套度假屋，我知道他和小爱姐原本是打算在那里度蜜月的。

昨天跟小爱姐见了一面，她哭着告诉我，哥哥说希望她能尽快找到合适的另一半。我们都明白他的意思，他不想耽误小爱姐的时间，不想连累她。

哥哥是一个坚强乐观的人，他从来不会轻易认输。我

日记之二

知道他不会放弃。但既然他这么说，大概意味着我们绝无可能在短时间内东山再起了。也许我们永远也不可能东山再起了，所以他要她离开。

小爱姐泪流满面，说她不能离开，但我无法给她任何意见和劝告，只能看着一切发生。作为一个妹妹，我希望她陪在我哥哥身边，但作为一个朋友，或仅仅是一个女人，我知道这对她来说不公平。

除了她自己，谁也没有资格对她面临的境况指手画脚。她是一个不折不扣的富家女，有谁会想将她绑在一个已经破产了的男人身边呢？不仅哥哥坚决不会同意，她的家人也会坚决反对吧。

哥哥说最近不想见到小爱姐，小爱姐要我劝劝哥哥，有什么事他们两人可以一起面对。我答应了。但我了解我哥哥，他们之间完了。因为哥哥真的很爱小爱姐。

即使这样，内心深处，我仍然有一丝羡慕小爱姐。她有一个那么爱她的男人，而那个男人也正是她爱的人，这一点是我可望而不可即的。即使乔林破产，我也非常愿意嫁给他，但现在的他大概已经后悔娶我了。

6

从那天心血来潮下厨做晚餐到昨天，我只跟乔林一起吃过两次晚餐。

他一直在忙新项目，一天到晚都在工作。虽然很希望有更多时间和他在一起，不过也许现在这样更好一些。

草莓山镇的疗伤假期

今天他回来得很早,我还以为是回来取什么东西,可他说一天的工作已经结束了。那时候才七点。没料到他会回来这么早,我只简单吃了点橙子和麦片粥作晚饭。不过他已经在外面吃过了。他说前一段时间的辛苦工作可以告一段落,他总算可以歇口气了。

自从我家发生了那件事之后,我和乔林还没有机会像今天这样有那么多时间独处。我反而有些不自在,他也是。

他突然没头没尾地说,不要太为那件事难过,我不会变得一无所有。他说话的时候神情那么认真。

这是我这辈子听过的最感人的告白,花了很大力气才控制住自己没有大哭一场。

7

最近没发生什么值得记录的事,也许是因为我变得倦怠了。每一天都昏昏沉沉,像极了前一天的复印件。但至少还没有更糟糕的事情发生。大概是因为最糟糕的事情已经发生了,还能有什么更糟糕的事呢?

妈妈还不知道家里的事,我们暂时不打算让她知道。我每周至少去看望她三次,她恢复得不错,气色也不错。

我和乔林像以前一样相处。鉴于我与他数年来的相处经历来看,他一直是一个有点冷淡的人,我当然不会指望他突然变得像四月的春风一样温暖。内心深处我早就知道,我们之所以能顺利结婚,和他父母的期待不无关系。为了家庭责任感,他也不能抗拒他们。

日记之二

我像以前一样关注他,把他当成宇宙的中心,可不知从什么时候开始,关注点产生了偏差。

我时不时会意识到,我在考虑一些从前不曾考虑的问题。比如:他为什么一直盯着我手上的祖传绿宝石戒指看?是觉得它对我来说太过贵重了?他问起我哥哥的婚礼是否如期举行时的漫不经心是假装的吗?他提起我哥哥曾经的手下希望为他工作时扬了下眉头,那又是什么意思?

每次发现又在想这些有的没的,我总会强迫自己停止胡思乱想,不去为一些捕风捉影的事情担心。但每一天,我发现我强迫自己停止焦虑的次数越来越多,多到两次之间的间隔只是挂钟上秒针的一次移动。

如果我的确在控制自己的话,那为什么它会出现得如此频繁?即使坏念头没有减少,也不应该像如今这样越来越多。

我想不通。

8

今天小爱姐打来电话,问能不能和我见一面,我找借口推辞了。

她说想尽快和我哥哥结婚,什么烫金请帖、丝绸缎带、水晶花瓶都不重要了,她也不想要尽善尽美了,只想让我劝一下哥哥。他太固执,她说的每一句话他都听不进去,而且拒绝见她。

小爱姐没做错任何事,我们没有权利把她拉进这场混乱中。正因为太希望她能嫁给我哥哥，所以我才更帮不上什么忙。我担心，我会因为掺杂太多的个人情感而影响了自己的判断力，生怕一句鼓励的话就会把她害惨。

说不定哥哥的事业就此完了，谁也不知道我们还能不能再次找到立足之地。她本可以明哲保身，继续过千金小姐生活的。既然这样，为什么还要支持她走入这深不见底的泥潭呢？我可不希望她有朝一日会恨我。

老实说，没有人比我更希望小爱姐能和我哥哥有情人终成眷属，很难过，我什么也做不了。哥哥不会听我的劝告，即使他会听，我也做不到劝告他。

9

今天乔林说，他下周要去桃花岛考察，去三周左右。我问了我能不能一起去，意料之内，答案是不行：这不是私人行程。

三周可是一段很长的时间，我真不知道该怎么打发这段时间。至少他还可以赶在八月中旬回来过生日。

最近一直在考虑送什么礼物给他。

10

不知道是不是季节交替的原因，明明什么都懒得做，却整天累得要命。平时喜欢的小说读不下去，日记没心思写，连饭也没有胃口吃。一天天过去，也不记得做了些什么。晚饭前打电话给乔林，他说刚开完会，正在回桃花岛宾馆的路上，让我好好吃饭，不用挂念他。

日记之二

我怎么能不挂念他？我只希望他快点回来。可今天只是他离家的第二天。下午小莉打来电话约我出去，她说多出去散散心对我有好处，不要老是闷在家里。可我实在不想去看电影，只有撒谎说得了感冒。

11

我真的感冒了，这是说谎的报应吗？

12

扛了两天实在扛不住了，上午去小莉工作的私人诊所拿了药，中午和她去诊所对面的快餐店吃了午餐，之后去附近的公园坐了一会儿。她又劝我不要老是闷在家里，多出来走走之类的。话是这么说，不过我真的没有心情。

13

很早就开始考虑乔林的生日该送他什么礼物。

当时打算买一支镶碎钻的钢笔给他。上一次去店铺时，因为对那一款钢笔的花纹不太满意而犹豫不决，几天之后再打电话过去，钢笔已经被人买走了。没想到几个月之后的今天，我再也买不起这支笔了。

昂贵的礼物是不切实际了，就算以前可以不眨眼买下的礼物，现在也得好好掂量一番。会不会太奢侈，会不会太廉价？

选项越来越少，顾虑却越来越多了。

想来想去——经过了大概一百次的自我反驳之后——我突然想起可以送他一枚定制的诞生石戒指。

草莓山镇的疗伤假期

镇上有一家叫"星石"的戒指作坊,老板是一个近八十岁的老人,是我爷爷的老朋友。他做的每一枚戒指都是独一无二的,因为他从来不会做两枚一模一样的戒指。我母亲从父亲那里收到的第一件礼物就是"星石"的戒指,现在她仍然戴在手上。随着年龄变老,老人几乎不再去店里了。据说近五年来他只做了三枚戒指。

爷爷在世时,经常和老人一起去湖边钓鱼,在夕阳笼罩的亭子里下棋。如果拜托老人的话,也许他会答应我吧?只是,在两周的时间里做出一枚戒指,对日渐衰老的他来说,应该会有些吃力吧。

不管怎么说,我还是抱有一线希望。至少要去问问他。

为了保险起见,我先去了那家叫"星石"的小店铺,老人果然不在。去他家拜访时,他正在院子里喂相思鸟。就像猜到我的意图似的,我开口请求他的时候,他一点也不惊讶。

他乐呵呵地说,已经有两年没有碰戒指了。

"像我这样的老头,连我自己都不知道还能不能看到明天的太阳。所以如果你不介意我会因为不可抗因素而爽约,那就交给我吧。"

听他的口气,是准备做到猴年马月呀。可我两周之后就要用,该怎么开口对他说呢?

全都是我不对。没有人会提出这么苛刻的时间限制。我本该遵照常识,提前预约的。更何况他能答应下来就很

日记之二

好了,还要提什么时间要求,有点太过分了。

我几乎不敢看他的眼睛。

这是生日礼物,如果不在两周之内做好的话,那就没有意义了。犹豫再三,我还是硬着头皮问,能不能在两周之内做好。

他停顿了好几秒钟。我的心脏咚咚直跳,真害怕他挥舞着鸟笼子,把我赶出去。对于一个将制作戒指当作艺术的老人来说,我的要求大概是个侮辱。

我琢磨着怎么道歉离开。

他抬起眼皮,透过镜片上方打量我。过了好一会儿,似乎在考虑着什么。过了大概有一整个夏天那么久,他张开了嘴,但是什么也没有说。我以为他会问我这么急着需要戒指的原因,结果他什么都没问。

"我知道提这个要求太过分,事到如今还有两周,有点太迟了。"我说,"就当我没说过吧。"

"我尽力吧。"他突然说。

他的反应让我觉得自己太自私了,甚至有点后悔来拜访他了。

"我打造一枚戒指的最快记录是十一天,在我三十一岁那年。"他说,"我不能给你百分之百的保证,你可以作两手准备,以防有什么意外发生。"

这话有点把我吓住了。我一整天都在回想这件事,而且总是忍不住想象所有可能发生的意外。

14

去拜访戒指铺老人回来的第二天,我发烧了。前前后后折腾了十几天才见好转。早上做了一个梦,梦见一群债主要把我家的房子卖掉抵债,我被吓醒了。醒来之后发现自己还躺在熟悉的床上,才松了一口气。

病痛渐渐退却,沉睡了许久的感受恢复了敏锐。我被一阵名为孤独的感觉击中了。房间里如此安静,除了阳光和影子相互追逐,一切都是静止的。幸好还有两天乔林就要回来了。

15

今天接到戒指店老人的电话,要我去拿戒指。

细小的金色叶片拼接成的指环中央,镶嵌着一枚亮晶晶的紫水晶,在昏暗的工作间里发出晶莹的微光。

"你要的诞生石戒指。"老人说。

我对这枚戒指一见钟情。

它是一件不折不扣的艺术品。我开始想象乔林见到这枚戒指时的样子,我想就算是他,也不能幸免于这紫色发散出的魔力。一想到他惊喜的神色,我就觉得开心。

16

原本打算去火车站接乔林的。我兴致勃勃地化好妆,换好衣服,就在准备出门前接到了他的电话,说要延迟几天回来。心情一下子跌到了谷底。我问他具体会延迟几天,他说看情况,一切以项目的成功接洽为重。

日记之二

17

我今天打电话给乔林,他说会在生日前赶回来。下午在餐厅预订了座位,真希望他的生日赶快到来。

18

今天我打电话给乔林,他说应该能在生日前赶回来。问他发生了什么,他只说项目进展得不太顺利,一听这话,我就没有勇气再问下去了。要是因为自己的小心思耽误了他的工作,那就太不识大体了。

19

明天就是乔林的生日了。他应该可以回来吧?我们婚后他的第一个生日,我很希望和他一起度过,也希望今后的每一个生日都和他一起度过。我很想亲手把戒指交给他,看他戴在手指上,说他很喜欢。

晚饭时他打来电话,说明天尽量赶回来,如果他回不来,也希望我不要太介意。

"你不希望看到我的事业完蛋吧?"他说,"毕竟以后庆祝的时间还有很多,男人还是要以事业为重。"

我告诉他,我在餐厅订了餐,如果时间太紧,他可以直接去那里和我见面。

他叹了口气,说好吧。"但是如果我没能赶到的话——"

"没关系。"我说。

20

尽管昨天打了预防针,但不知道怎么回事,我还是相信他能赶回来，也许是一种直觉，也许他是想给我个惊喜吧。

我选了一条淡紫色的连衣裙，十点半出发，去了河岸边的餐厅。乔林坐的是上午的火车，下火车赶到餐厅至少要十二点，这还是在没有意外拖延的前提下。这个时间去有点太早，不过我不想弄得太慌张。

餐厅里的生日餐桌装饰得很不错，戴着生日王冠的巨型玩偶，五彩的气球，纷飞的彩带……

十一点一刻，餐厅的一个服务员叫我去听电话。

是乔林。他说往家里打电话，我不在，就试了试餐厅的电话。他没赶上上午的火车，我说没关系，我会等他，但是他说不用等了。因为计划有变，他们会再待一段时间才回来，这是昨天晚上开会时的突然决定。

我真的很生气。我知道他很忙，但是每天都开会到夜晚，有这个必要吗？丘吉尔还活着的话，也不会比他们这几个红酒商人更忙碌吧？本来说去三周左右，现在又要延期，到底是什么生意，天天谈还谈不完，现在又要延期？

我说好吧，就挂断了电话。

既然现实已经无法改变，再多的争辩和反驳也只是徒劳。挂断电话，身边满脸通红的年轻服务员用同情的眼神看着我。我问她能否取消预订的餐桌，她说可以，但按照餐厅规定，不会返还定金。

她小声说，考虑到这种规定，还是简单吃一点东西更

日记之二

划算。我知道,可是我什么也吃不下。我说去考虑下,然后去洗手间哭了一小会儿。

我像做贼似的偷偷溜出了餐厅。没有吃午饭,没有吃晚饭,也睡不着觉。

21

让乔林也爱我,是我这辈子最大的理想。在这场漫长艰难的搏斗中,几乎一直是我在孤身奋战。我以为我可以改变他,结果只是改变了我自己。我一步一步后退,直到现在,再退一步,就要跌进万劫不复的深渊了。

我有种预感,他就要离开了。

我不能强迫一个不爱我的人爱我,但我可以把他留在我身边。只要他答应不离开,自欺欺人没关系,相互欺骗也没关系。我需要更多时间来忘记他不爱我这件事,但我不想忘记他,也不希望他忘记我。

从餐厅回来的路上,我一直在掉眼泪,越想忍住,眼泪越是不停地流。我将那枚紫水晶戒指戴在右手无名指上,发誓这次一定要留住乔林。

我要孕育一个小生命——用亲情将我们缠绕在一起,至死不渝。

乔林说过,他不想太早要孩子,尤其是现在他还没有准备好。原本我以为他还没有放弃接手桃花岛的工作,无奈在短时间内又说服不了父母。现在看来,桃花岛的事也不是一天两天能解决得好的了。

草莓山镇的疗伤假期

我决定一定要在年内怀孕。这一点,他的父母也会全力支持。凡是他父母期盼的事,就算要他的命,他也不会违背,比如娶我。

现在我想通了。今天他回不回来已经不像刚才那么重要了。巴士在我平时下车的站牌停下,但我没有下车,我去了乔林家。这是一个临时决定,但算不上唐突,我们已经结婚有一段时间了,没有理由不安定下来。

不出意料,公婆立刻站在了我这一边,他们答应一等乔林回来,就和他好好谈谈。靠我自己的力量当然说服不了他,但有了他们站在我这一边,我是无论如何也不会失败的。

如果在这最后的一场战役中失败,恐怕就再也没有机会留住他了。所以,这次必须要成功。

Part

10

Ten
姚柳兰拉锯战

不知何故,这篇"请求公婆援助"的日记和下一篇隔了八个月有余。中间发生了什么事?李安琪迷迷糊糊地想。

实际上,在蒙眬睡意的阵阵侵袭下,她已经失去了思考的能力。

都是因为前一天读那本日记读到太晚,第二天睡醒时已近正午。赖在床上的李安琪接到了天天的电话。

"姐,昨天你怎么了?没什么要紧的事吧?"

"没有。"她说。

"昨天接到那通电话之后,你就变得很奇怪,我有点担心。现在没事了吧?"

迷迷糊糊的李安琪想起了昨天邵洋那通让她不禁嗤之以鼻的电话,他简直拙劣得可笑。她又想起在凉亭里遇到

姚柳兰拉锯战

姚柳兰的事。回来的路上,他一个劲地问一些关于绿天鹅演出的问题,说到兴奋处还手舞足蹈,就像一个小男孩,跟他在松林街俱乐部舞台上演出时的样子判若两人。

"都没事了。"

"出什么事了?"天天试探着问。

李安琪当然不能告诉天天,是她的垃圾前男友在傍大款千金失败之后,又想重新回到自己身边的事。"是公司里出了点问题,不过现在都好了。"

"那就好。"天天说,"今天要和我去园艺会吗?"

李安琪有点犹豫,她不想去。她发现自己迷恋植物爱好园艺,但并不那么热衷于参加园艺会的活动。

天天欲言又止,李安琪一听就知道她有话要说。"姐,昨天晚上姚柳兰回家之后,悄悄跟我说他在路上遇到了你,还说想邀请你去看今晚Smash乐队的演出。"

"嗯。"

"发生了什么?"天天问,"他回来之后好像有点异常。"

"我们聊了一会儿天。"李安琪说。

"聊了什么?他只是说你认识他最崇拜的乐队的成员。是真的吗?他从中学时起就是那支乐队的超级歌迷,记得有一年还为去棕榈市听他们的演唱会和秦伯母斗智斗勇呢。姐,你真的认识那些人吗?他们对姚柳兰来说,可是天神级的人物啊!尤其是吉他手彭于飞。"

草莓山镇的疗伤假期

"曾经认识。"李安琪说。

少女时代的她怎么也不会想到,她热爱的小众地下乐队和她迷恋的乐队男孩,在十年后的今天,竟然被偶遇的年轻人崇拜着。

"现在呢?"天天焦急地问。

李安琪不明白,这很重要吗?"现在不来往了,我毕业之后只和彭于飞见过两次面,都是他来棕榈市的时候顺便见的。上一次见面是在三年前。"这下天天应该明白了,她和乐队算不上太熟。

"天啊!"天天尖叫一声,"你竟然和他还是朋友?恐怕姚柳兰还不知道吧?要不然他都要找你要签名了。他现在就已经够崇拜你了,要是知道你是彭于飞的朋友,他说不定就要膜拜你了。"

李安琪笑了,这也有点太夸张了吧。

不过她也是从他们这个年龄过来的,她知道摇滚客们对乐队有多狂热,有些年轻人简直把自己崇拜的乐队像神迹一般膜拜。

这是一种难以戒掉的瘾。如果不是认识彭于飞,又不得不离开他,也许她自己也无法说服自己戒掉这种瘾。

"姐,你知道吗?我一点也不夸张,姚柳兰从十五岁生日开始到现在,只有一个梦想,就是能成为摇滚乐手。你不知道这对他来说有多重要。其实,这是他真正想做的事,可是你知道的,没有一个父母会眼睁睁地看着儿子背

姚柳兰拉锯战

着吉他背井离乡而不加以阻止,尤其是姚伯父一家,他们这么宠爱他,当然更不希望看到他风尘仆仆,风餐露宿。他们希望他过富足、安宁的生活。于是他做了儿童节目的主持人,但他从来不曾忘记内心的梦想。作为他的发小,这一点我还是能看出来的。"

虽然多少也猜到了一些,不过这是李安琪第一次听"知情人士"谈论他的"隐私"。奇怪的是,这也是她第一次从内心迸发出对姚家的理解。

他们毕竟是凡人,对每一个爱孩子的父母——他们对姚柳兰来说似乎无异于父母——来说,他们只想让孩子过得幸福舒适。他们希望孩子成为医生、律师和广播员,而不希望他们成为前途未卜的摇滚乐手。搞乐队在他们眼中,不比无业游民好多少。

"对了,姐,你不会拒绝他的邀请吧?明天晚上还有一场演出,在松林街。"

"我去。"

老实说,李安琪感到有点受宠若惊。她从来没想过能和姚柳兰这种"万人迷"式的男孩成为朋友,更别提被他大肆羡慕了。这个世界是怎么了?一个这么年轻的男孩竟然有着如此复古的品位,迷恋着她那个年代的乐队。

"太好了,姚柳兰一定会很开心的!"天天说,"姐,没想到你竟然这么深藏不露,你太厉害了!"

"是你们太夸张了吧?绿天鹅从来就不是主流乐队,

他们被你说得就好像好莱坞大明星似的。没那么夸张,虽然一直在活动,不过也是近年才开始受追捧的。"

"不主流是不主流,可他们是真的酷啊。就像那支乐队,叫什么来着,'地下丝绒'?他们的音乐很多人听不懂,但欣赏他们的人中又有很多艺术家之类的。所以你看吧,有时候这和主流不主流、受追捧不受追捧没什么关系。"

虽然李安琪至今没法喜欢上地下丝绒,不过她没法否决天天的理论。

"还有个事,你下午要不要来园艺会?园艺会的活动结束之后,我们正好一起去听乐队演出。"

李安琪心生一计。原本是打算赖在床上读日记的,不过她还有点事想问天天。而且,姚柳兰这个男孩真的让她很好奇。爱美之心人皆有之,但她并不是因为被他的美貌迷住,才激起久违的好奇心的。他的周身似乎围绕着一层神秘的光芒,而他又那么友好,让人忍不住去接近他。

"好啊。"

她试穿了一件粉红色波点连衣裙,不过考虑到俱乐部里客人的平均年龄,她还是决定不要穿粉红色,以免有装嫩之嫌。那些跟着音乐狂舞的年轻人都是十几岁到二十岁出头,他们才应该是粉红色的代言人。

粉红色是李安琪最喜欢的颜色。作为一个整日拼杀于职场的年近三十的女工作狂,衣橱里至少有一半的衣服是粉红色的,这也是一件难以解释的怪异之事。

姚柳兰拉锯战

她从带来草莓山镇的为数不多的衣服里挑了一件黑色连衣裙。

黑色平衡了裙子本身略显繁杂的设计，总体还算流畅，尤其是飘逸的裙摆，她觉得还不错。不过妆是不是化得有点浓了？就算是去夜店，她也不想被人看作是浓妆艳抹的奇怪大婶。

又不是去参加选美，有必要这样刻意打扮吗？意识到自己在为这种无聊问题大费脑筋的时候，她换掉了唇膏的颜色，扫掉了腮红，还换了一副更自然的假睫毛。

她们约好三点在天天的学校门口见面。李安琪站在停着一辆红色脚踏车的梧桐树下，远远的，看见一个身影向她跑来，是天天。看了一下手表，三点整。天天一直是一个守时的女孩，从来都是准点出现，决不早到哪怕一分钟。

这一期的玫瑰百合园艺会显得有点冷清，人数比上次少了近一半，尤其是女生。这是怎么回事？

天天说，因为姚柳兰一般是两周参加一次园艺会的活动，所以每到第二周，来参加活动的女孩比起第一周会有所下降。

原来如此，李安琪环顾四周。现在场内的会员里，真正的园艺爱好者占的比例应该更大了吧。就在四处张望的时候，她猛然看到一个身影正朝她们走来，把她吓了一跳。

"你好。"姚柳兰说。

"你怎么来了？"天天惊讶地问，"你上周不是来过了吗？难道是忙得记错日期了？"

姚柳兰笑了笑："刚才去了电视台，顺路过来看看。"

"这么忙还来啊？"天天调侃道。

姚柳兰瞥了天天一眼，一副拿她无可奈何的神色。

"既然来了，就别走了。"天天继续调侃。他看起来有点为难。"你女朋友在外面等你吧？"天天说，"行了，快约会去吧，重色轻友是人类本能。"

没想到，姚柳兰没头没尾地问李安琪："彭于飞真的每次上台之前都要吻一下他的宠物兔子奥斯丁吗？"李安琪没料到他会突然问出这么奇怪的问题，天天也一脸诧异，但看他求知若渴的表情，怎么也不像是在开玩笑。"我一直都很好奇，真的。"

原本，这些点滴在她的记忆长河中已经沉到了河底，如果不是他一次次提起，也许她再也不会有机会回想起。

记忆仿佛覆盖了一层灰尘，明知发生过，不知为何却像是假的。

"据我所知，不是每一场。"李安琪说，"在大学城演出的那段时间，乐队养了一只兔子，那是鼓手的前女友留下的。那段时间，他们到哪里都带着兔子。彭于飞很喜欢它，叫它小兔子奥斯丁，他的确经常在上台前吻它一下。但在他离开大学城之前，奥斯丁就死了，所以他并不是每次上台前都会吻它。因为这件事被当时的校报记者大事报道，所以就在地下摇滚圈子里流传了下来。"

姚柳兰拉锯战

"天啊,你连这些小细节都如数家珍,你们一定是很好的朋友。"

"因为我就是当时的校报记者。"

他瞪大了眼睛,半天没说出话来。

"你傻了?"天天问。

"我真的想不到,彭于飞的朋友有一天会来到草莓山镇,给我讲乐队的故事。太不可思议了,我到现在还觉得很奇妙。这一定是命运的指引。"

"彭于飞就是一个搞乐队的男孩,像很多男孩一样,他有普通的地方,当然也有不普通的地方。只是——"她想说归根结底他也只是个男孩而已,是姚柳兰把他的形象过于神化了。可她发现这话很难说出口。

她认识彭于飞的时候,他就像姚柳兰现在的这个年纪。那时候的他和现在的姚柳兰有着若有若无的相似之处,时而又截然不同。

彭于飞是她这辈子所知道的最酷的人。如果没进乐队的话,他很可能会是一个平凡无奇的男孩,尽管他一直是一个意气风发的帅哥。但有的人天生就是为某件事而生的,如果放弃做自己,他们会顿失光彩。她早就知道,彭于飞是为了背着吉他四处漂泊而生的,这就是为什么当他说再见的时候,她只是点了点头。

这个叫姚柳兰的男孩不一样。她不认为搞乐队和不搞乐队会使他的生活产生什么本质性的变化。他到哪里都是

草莓山镇的疗伤假期

受人们瞩目的焦点。他追求年轻人追求的东西。他可以追求所有他想要的东西。也许乐队对他来说是一个追求，而对彭于飞来说，他的乐队就是他本身。

"我明白。"他说，"我只是想做一个他那样的人。"

他不明白，因为他永远不可能成为彭于飞那样的人。

"其实，我和他并没有很熟。"她有点后悔和他谈论彭于飞的事了。

他点点头："能遇到你，听到这么多他的故事，我已经很幸运了。"

天天一副不耐烦的样子："你的女朋友还在等着你呢。"

果不其然，花房的玻璃门前探进半个身子，是一个身穿黑色摇滚T恤的男孩。他环视四周，像是在找什么人。一看就是姚柳兰的朋友。不一会儿，一个扎双马尾、穿粉红色方格连衣裙的漂亮女孩也站在了门口，李安琪认出她是李梦怡。

姚柳兰看到了正在朝他招手的女朋友，也朝她挥了挥手。"我们要去松林街的咖啡厅坐会儿，要和我们一起去吗？如果那帮家伙知道你和彭于飞是朋友，一定会很激动的。"

"算了吧。"天天说，"快陪你的女朋友去吧。"

他沮丧地看着她："天天，你知道吗？如果你和梦怡能够相互喜欢的话，我会很开心的。你是我最好的朋友，我不希望为了一个误会，你们变成这样，而且她已经道

姚柳兰拉锯战

歉了。"

"如果不被拆穿的话,她是不会道歉的吧。"

"天天!"他不高兴了,"别那么小心眼,就是一把雨伞而已。"

"我小心眼?是你有眼无珠吧?"

"再说下去,连我们也要吵起来了。"他摇摇头走了。

"什么雨伞?"李安琪问。

"别听他说,才不是一把雨伞的事呢,十把雨伞都有了。他就是甘愿被那个女孩骗,觉得她说什么都是对的。只要长得漂亮,他就会自动屏蔽她的精神缺陷。"

巧得很,天天她们在快餐店吃过晚餐,来到松林街的俱乐部之后,遇到的第一个认识的人还是李梦怡。李安琪这才看清,她的双马尾上扎着和连衣裙同样图案的粉红方格蝴蝶结,显得娇俏可爱。

自己也有过这样的时候吗?李安琪有点没把握,即使自己也有过年轻漂亮的年华,大概也不曾像她这么漂亮吧。

不过现在可不是追忆似水流年的时候,这个女孩和天天正像两只维护地盘的野猫似的剑拔弩张呢。

"这个时候,你不是应该在后面的乐队成员休息室吗?"天天问。

"他们是要我待在那里的,说外面太乱,我还是想出来转转。你今天怎么来了,不是有园艺会的活动吗?对了,你是安琪姐吧?我听柳兰说,你是绿天鹅乐队的朋友，太巧了！受柳兰的影响，我们都很爱这支乐队。在你们那个年代，绿天鹅也像现在这样，在年轻人里人气这么高吗？"

"拜托，我姐怎么也是'九零后'，你们算不上两个年代的人。"天天说。

女孩点点头："我是九九年的，今年十九岁。"

好吧，二十八岁和十九岁，她们的确是两个年代的人。

"这几天柳兰兴致很高，还说要带我和乐队去棕榈市。他好久没提这件事了，我以为他被家里说服，已经忘了这事呢。我倒是没什么意见，棕榈市一定有更多模特兼职的工作机会，我们去了那里可能就不会回来了。以后他的家人和朋友想要和他见面的话，恐怕就会有点不方便了吧。"

天天不为所动："秦伯母和田哥不会答应他去的，他只是说说而已。"

"你呢？"李梦怡甩甩双马尾，"作为最好的朋友，你应该希望他的梦想成真吧？"

天天没说话。李梦怡的朋友们也来了，她们亲昵地跟李梦怡打招呼，天天一眼也没看向她们。

"我不觉得姚柳兰会带她走。我知道他很喜欢她，但我还是不觉得如果他走的话会带上她。就是预感而已，也说不上什么原因。"天天说道。

姚柳兰拉锯战

也许她只是出于小女孩的嫉妒心才会这么说吧。自己最好的朋友被一个不怎么友好的女孩抢走了，这可不是什么值得开心的事。并不是说她一定得爱上姚柳兰才会这样，有时候友情和爱情一样复杂。

Smash乐队的出场总是伴随着尖叫，"辣妹团"骄傲地看着这一切发生，一个个就像蔑视众生的女王。李安琪不禁去想，自己做彭于飞女朋友的那几个月，怎么就没有过这种傲视群雄的自豪感？

也许是因为自己早就知道，他会随时离开。从一开始，离别的弦就上好了，就等最终一刻的来临。

今天的姚柳兰似乎比上一次更卖力，他滑动着吉他弦，时不时用胳膊迅速地抹去额头上的汗水。谁都能看出，他喜欢人群的尖叫和欢呼。并非其他的表演者不喜欢，但李安琪能看出他格外喜欢，甚至是为了它们而表演。

姚柳兰像扮演草莓兔时那样旋转手臂，没有了那身笨拙的、毛茸茸的粉红兔子套装，他的动作更灵活了。李安琪想起了昨天晚饭时的事，她原本打算在《乱世佳人》前的广告时间看会儿《草莓兔开心英语》消磨时间的，谁知道看着看着，竟然全都看完了，错过了电影的开播时间。

要是用一个词来形容姚柳兰，李安琪会选"活泼可爱"。他是一个挺可爱的男孩，但他自己并不太清楚。

彭于飞是个很酷的人。二十岁出头的彭于飞比二十岁出头的姚柳兰成熟多了，而姚柳兰更像是那种需要关注和照顾的男孩。

意识到自己又在拿彭于飞和姚柳兰作比较,李安琪无奈地叹了口气。叹息声瞬间消失在震耳的音响声和喧闹的欢笑声中。

手机响了,是姨妈。来这里之前,李安琪特意把手机调成了振动。她连想也没想,就接通了电话。"我听不清,等一下。"她给了天天一个眼色,辗转绕出了场馆,一路小跑来到了人来人往的走廊,捂着一边耳朵,对着手机喊话。

"我给天天打电话,就是打不通。"姨妈说。

"我们在松林街的俱乐部里。"李安琪说。

"都到晚饭时间了,你们又跑到松林街干什么?告诉天天,你们两个给我马上回来!以后不准再去了!"

"我们会尽早回去的。而且天天已经成年了——"

姨妈打断了她:"快回来!对了,我打电话是想说,叫天天路过超市买一瓶番茄沙司回来,家里没有了。你们秦伯母刚传授给我一道拌沙拉的妙招,今天晚上我一定要做给你们吃吃看。"

一听"秦伯母",李安琪的心里敲起了小鼓。姨妈现在不会和秦伯母在一起吧?这样的话,秦伯母一定听见了她们刚才的对话,要是她疑心够重的话,就会联想到姚柳兰说不定也在松林街。果真如此的话,后果不堪设想。

想想她那犀利的眼神,李安琪感到有点冷。

姚柳兰拉锯战

正这么想着的时候,电话那头响起了一个陌生的声音:"安琪呀,你好,我是秦伯母,我们家柳兰现在也在松林街吧?"长辈们拿松林街代指他们的眼中钉——草莓山镇的"摇滚圣地"。她的声音和蔼可亲,和李安琪记忆中的她判若两人。

这一定是一个陷阱,不过李安琪尽早看穿了。"没有,没有。"她说。

秦伯母还不甘心,又发起另一轮挑战:"真的?"

李安琪坚定地说:"真的。"上一次说错话惹来的麻烦,她还记得一清二楚,这回决不能再犯同样的错误了。"真的不在。"

"那可就奇怪了呀。"秦伯母的声音里透着疑惑,"他说过要去松林街看乐队表演的。"

这招打了李安琪一个措手不及,她有点慌了。这也是一个考验吗?她有点拿不准。要是自己说看见他的话,说不定就中了她的圈套。她的目的不就是要让她松口说出姚柳兰在这里吗?她又一次坚定了信心:"没有。"

这下秦伯母的声音真的充满焦急了:"那可就奇怪了呀,难道是出什么意外了?那我再给他的其他朋友打电话问问吧。"

"没有,他很好,别担心。"李安琪抢着说。说完之后,她觉得有点不对头,支支吾吾地挂断了电话。

上次是她不知情,这次是她想多了,难不成又在无意间给姚柳兰惹了麻烦?她默默祈祷秦伯母什么蹊跷都没听出来。

回到舞台前,乐队还在表演。"怎么了?"天天扯着嗓子问。

"姨妈的电话,让我们快点回去,路上捎一瓶番茄沙司。"一听这话,天天的脸色一下子暗了下来。李安琪催促道:"我们回去吧?"

"还有十来分钟,Smash就要表演完了。"天天说。

大概一刻钟之后,伴着最后一声高昂的鼓点,姚柳兰跳上了音箱,将口袋里的一块方巾远远地扔下了舞台。短暂的哄抢之后,它被一个一边尖叫一边哭泣的女孩抢走了。幸好再没接到什么询问姚柳兰在不在松林街的电话,李安琪松了一口气。

李安琪和天天是跟姚柳兰、李梦怡和乐队鼓手一起离开的。原因是鼓手听说李安琪认识绿天鹅乐队之后,急切地想和她见一面。他滔滔不绝地向她表达着对绿天鹅的崇拜之情,她很想告诉他,她和彭于飞已经不再见面了,没法替他转达他的感情。

出了俱乐部,李梦怡很想去冰淇淋店再喝点东西,天天和李安琪要去超市买番茄沙司,他们驻足向彼此道别。

路灯透过姚柳兰的背影,在地上印上了一块阴影,覆盖了李安琪脚下的一小块街道。掠过他,她的目光落在不远处一辆没有熄火的黑色跑车上。

姚柳兰拉锯战

"拜拜,下次再见。"姚柳兰随意地把胳膊搭在女朋友的肩膀上,跟两人道别。那辆跑车发出了鸣笛声,他推着李梦怡往前走了几步。结果跑车又一次发出了鸣笛声。他回头一看,呆住了。车上走下一个人,是姚田。

"我就知道你在这里。"姚田说。

"我跟伯母说了,我要来看乐队的演出。"

"是这样吗?"

姚柳兰大言不惭,在李安琪看来有点故作镇定。"当然了,你知道我不会骗你的嘛。如果没有伯母的允许,我是再也不会踏进这里一步的,这你也是知道的啊。"

"可是我们也说好了,不管长辈们怎么说,你都不来这里了。"

"我们当时可不是这么说的。"姚柳兰拉开了一副要理论一番的架势,很快又改变了战术,他身边的李梦怡一言不发,皱着眉头看姚田,敌意十足。"这里不是说话的地方吧?"姚柳兰问。

"那上车吧。"姚田说。

"不就是看了个演出吗?"姚柳兰不高兴了,"至于这么上纲上线吗?我下半辈子还不能来松林街了是不是?"

"是看个演出这么简单吗?"

"是啊。"姚柳兰面不改色。

"据我所知,可不是这么简单的。"

几个人面面相觑。他这么说是什么意思?刚才他进俱乐部看了演出？姚柳兰心虚地瞥了李梦怡一眼，装出一副不以为然的神色。

"亲爱的，我们不去吃冰淇淋了吗？"李梦怡卷着头发问姚柳兰。

姚田看了她一眼，没说话。

"哥，要不我们晚点再谈？"

姚田站着没动，李梦怡也是，没有人说话。几个人站在俱乐部门口着实尴尬，李安琪看看天天，她似乎也在为找一个合适的时机道别而苦恼。几个人僵持不下，天天终于开口说了句："田哥，我们先走了。"

"等会儿。"姚田说，"我正好也回家，顺路送你俩回去吧。"

这种情形之下，李安琪宁愿自己走回去，不过天天没有提出异议。她不易察觉地用手肘顶了天天一下，天天看了她一眼，仍然没说话。"要不我们顺便散散步回去吧？"她试着小声问。

"走回去？姐，你疯了？走回去要一个钟头呢。"天天说。

姚柳兰有点蔫了，和刚才活力十足的他判若两人。李梦怡大概也注意到了这一点，她摇了摇他的手臂，像是在为他打气。

"哥，我先把梦怡送回家，再回去。"他抬起眼睛埋怨地看了姚田一眼，像是在说，你总不能不让我把女孩送回

姚柳兰拉锯战

家吧。

"杜晓没搬家吧?"姚田越过姚柳兰,突然问站在他身后的鼓手。这时候李安琪发现,那个男孩和她一样尴尬。

"没有没有。"男孩恭敬地说。

"好了,既然杜晓没搬家的话,他送梦怡回去就好了。他们不是住在一栋楼里吗?"姚田问。

"没问题。"杜晓说。

李梦怡气得翻了个白眼,姚柳兰没说话,看起来在生闷气。这会儿连天天都有点面露尴尬了。沉默了一会儿,李梦怡飞快地瞪了姚田一眼,踮起脚,在姚柳兰脸上轻轻地嘬了一下。她甜蜜地笑着:"亲爱的,明天见。"

"明天见。"姚柳兰说。

姚柳兰坐在副驾驶上,天天和李安琪坐在后面,谁也没说话,车上的气氛仿佛冻结了。"田哥,你怎么到这里来了?"过了足足五分钟之后,天天实在挺不住了。

"路过这里,就临时停了一会儿。"

李安琪觉得不对劲,难不成这次又是她暴露了姚柳兰的行迹?秦伯母又不是傻瓜,肯定是在电话里听出了破绽,才有了姚田来捉人这一出。

本是为了避免再犯和上次相同的错误,没想到,转来转去还是犯了同样的错误。要是姚柳兰知道是她第二次拉他下水,会不会对她恨得牙痒痒?她越想越觉得做贼心虚。

姚田和天天有一搭没一搭地聊着,一听就是为了打破车里的尴尬气氛而胡扯的话题。就算这样，也比没人说话要好多了。

突然，姚柳兰像是听不下去似的打断了他们："有什么了不得的事，非得现在说？我上了车你又不说了。我把李梦怡送回去又能花多少时间？这一会儿也不能等吗？"他真的很生气。

"非得现在说吗？"姚田问。

"想现在说的人不是你吗？"姚柳兰据理力争，"无所谓，现在说吧。"

"还是回去说吧。"姚田说。

"我没做什么需要上纲上线、开批斗大会的事吧？"

"你觉得呢？"姚田在红灯前踩了刹车。

姚柳兰说："没有啊。"

"我刚才进去看见了你们的演出，那首歌叫什么来着？对了，《69年之夏》（*Summer of '69*）挺不错的，我喜欢那首歌。还要继续谈下去吗？你保证退出乐队的，上次我也相信你了，前一次也相信你了，我到底还能不能再相信你？"

从那会儿开始，四个人就这么沉默了一路。在姨妈家门前下车的时候，李安琪松了一口气。"姚柳兰有麻烦了。"天天说。

"搞乐队是什么见不得人的事吗？"李安琪不明白，"姚柳兰也不是那种乱来的男孩，他在本地电视台做儿童

姚柳兰拉锯战

节目主持人,把园艺会的花卉推广进了草莓山镇花卉市场,他已经做得挺不错了。就算加入乐队又怎样?难道这比无所事事还要罪大恶极吗?"

"你不了解田哥。"月光下,姨妈院子里的碎石子路被她们踩得咯吱咯吱。

"搞乐队就仅仅是一个摇滚梦想,又不是加入黑手党,有必要这么大惊小怪吗?"

"你看吧,这次事情没那么简单。姐,你这么说是因为不了解田哥。田哥真的对姚柳兰特别好,他不会让弟弟受一点伤害。可是——其实姚柳兰这边也快受够了,你知道吗?不是说他不知道田哥他们对他好,就是,怎么说呢?"

"我明白。"李安琪说,"他不想让他们再对他这么好了。他觉得自己被限制了自由,他觉得像在坐牢一样。"

天天吃惊地看着李安琪:"你会算命吗?他就是这么说的。"

"不用想也知道。"李安琪说。

据天天说,这大概和姚柳兰小时候发生的一件事有关。他还是小婴儿的时候,亲生父母就在交通事故中遇难,他被伯父和伯母抚养长大,从小身体虚弱。有一次和姚田玩闹的时候掉进了河里,送进急救室差点没出来。据说是从那一次开始,姚田发誓如果姚柳兰被救回来,一定好好对待他。

草莓山镇的疗伤假期

"然后呢?"

"然后他就一直对弟弟很好啊。"

"我总觉得这故事有点奇怪。"

"哪里奇怪了?"

李安琪想了想:"有点像报纸上的故事。我总觉得姚田这样做,有点——"

"你不会是想说心理变态吧?"天天说,"如果是发生在别人身上,我可能会同意,但田哥,绝对不可能。我太了解他了,他就真的是为姚柳兰着想而已。而且伯父伯母和小惠姐,所有人都很在乎姚柳兰的幸福。他就像是一个小火炉,散发着热量,大家都喜欢他,还会时不时靠他取暖。"

会吗?看来自己还不了解他,李安琪想。

一进到客厅,姨妈就对着两人伸出手来:"番茄沙司呢?"

"坏了,忘记了!"天天喊道。

刚才两个人坐在气氛压抑的车厢里,一心只想着赶快下车,都忘了去超市的事。姨妈叹了口气:"天天,你为什么就是不听话呢?"

"妈,怎么连一个番茄沙司都能引出您的一顿训话?这不是番茄沙司,这是定时炸弹啊。我这就去买,行了吧。您可别生气了。"

"算了吧。"姨妈对着正坐在沙发上幸灾乐祸的小海

姚柳兰拉锯战

说,"整天不着家,一回家就打游戏,快去洗几个番茄来。"

小海瞪了天天一眼,慢悠悠地朝厨房走去。

"快点!"姨妈在他身后喊道。

一番惊险过后,李安琪总算是找到了点安宁。她才想起今天去园艺会的主要任务还没完成——她是打算问问天天关于日记主人的事的。其实日记里潜藏着不少线索,只要调查的话,她相信还是能够查出点蛛丝马迹的。

不过日记中提到的地名、人名和其他细节,她都没有听说过,所以至今还没有一点头绪。而且奇怪的是,日记中只有数字标码,没有日期,让她无法推测时间。

"关于那个你说过的神秘房客。"李安琪小心翼翼地问天天,"她是不是有一枚紫水晶戒指?"

天天慢慢地摇头:"我没有那么了解她,不知道她有没有紫水晶戒指。不过据我所知,她应该只戴过一枚雕花玉石戒指。"她仔细地打量着李安琪:"你最近对她真的很感兴趣。"

"怎么了?"姨妈端着一瓶葡萄汁走了过来,"天天,快收拾收拾餐桌。"

"妈,你记不记得曾经住过米阿姨房子的神秘房客?就是那个女作家,她有没有戴过紫水晶的戒指?"天天问。

姨妈愣住了,她转过身问:"你说什么?"

Part
11

Eleven
日记之三

/草/莓/山/镇/的/疗/伤/假/期/

草莓山镇的疗伤假期

1

八个月了——从决定生小宝宝到现在八个月过去了，肚子还是一点动静都没有，唯有期待一次次落空。繁衍生息本来是人之常情，生命的诞生也是顺其自然，现在对我来说，却成了难以企及的梦想。

如果我们的婚姻没有爱情、结晶，也没有理解和陪伴，那这样的婚姻有什么存在的意义？我不相信命运会促成我们这种"毫无意义"的婚姻。

一开始我安慰自己，我们只是还需要更多时间而已。就像故事里说的，秋天来了，苹果树上所有的苹果都会熟透，只是有的成熟早一些，有的成熟晚一些。

"我们的苹果迟早会熟透，只是晚一些。晚一些并不

日记之三

代表它不会来。"我每天都这样安慰自己,也会这样说给乔林听。

我每天都捏着鼻子灌下各种补品。小莉要我别着急,她说他们诊所的一个病人经历了三年的治疗才怀孕,小爱姐说自己也算得上是"迟来的婴儿"。

听小爱姐说,哥哥终于不再拒绝和她见面了。

哥哥卖掉了他独居的那所房子,现在搬回了家里。妈妈还住在疗养院,昨天看望她的时候,她问起了哥哥和小爱姐的事,我搪塞过去了。

小爱姐说,上周她和哥哥来了一场彻夜长谈,终于说服了他,他暂时同意她留下来。她对他们的谈话内容守口如瓶,老实说我也不太想知道。

我想事情不会像她说出来的那么简单,她一定费了不少力气说服他。他那么爱她,一定不会忍心看到她从衣食无忧的富家小姐变成市井街头为一分一厘而头疼的贫穷主妇。尽管这样,我仍然像以前一样羡慕她。

2

刚才乔林说他会很晚回来,让我不用等他吃晚饭了。我知道他在逃避,最近也回来得越来越晚。他被"小宝宝的事"弄得很烦,我也是。

我们还能撑多久?

一次次期待,一次次落空。这种感觉就好像在黑暗的迷宫里绕来绕去,却不知道什么时候能绕出去。有时候我觉得自己已经无法忍受了,可一转眼,又情不自禁地看起了婴儿画册。

上周小莉建议我做一下相关方面的体检,我当时拒绝了。内心深处,我有些害怕。如果不是运气不好,而是我的问题,我该怎么面对?

不知道该怎么办,好苦恼。

3

考虑了几天,下午终于鼓起勇气去小莉工作的诊所做了体检。她答应会对我去做体检的事保密。

回来的路上一直在胡思乱想。如果是我的问题,我要怎么开口告诉乔林?收拾好行李,写封信不辞而别?

等待审判吧,除此之外没有别的办法。

4

不是我的问题!

不是我的问题!体检结果出来了,没有任何问题,我的身体随时都准备着做一个妈妈!去拿检查结果的路上我百感交集,甚至还考虑过自杀。接过化验报告的那一刻,我的腿都软了,像果冻一样瑟瑟发抖。

早上,我像一个病人似的一路蹒跚着来到小莉的科室外,她正在跟同事聊天。我们来到走廊,我把没拆封的体检报告递给她,她立刻就明白了我的意思。

我不敢看。

她迅速地拆开绕在封口的白色棉线,眉头紧皱,表情

日记之三

严肃。在这个过程中,我们谁也不说话。如果不是窗外的槐树叶飒飒作响,我就要窒息在那黏稠的空气中了。她抽出检查报告,雪白的纸在微风中轻微地震颤着,我的脉搏狂飙,就快受不了了。

她看了一眼报告单说:"没事了,一切正常。"

我看着她的眼睛,她把报告单递给我,我一遍又一遍地看着那张几乎能决定我命运的白纸。我是正常的!

我哭了,她看到我哭得这么厉害,吓了一跳。"我不知道你因为这件事情这么担惊受怕,如果知道是这样,我早就叫你来检查了。"她说。

我怎么可能不为这件事牵肠挂肚?等待结果的这些天里,我吃不下睡不下,整天考虑的就是自我了断。现在一切都过去了,我又活过来了。

中午我一个人跑到婚前最喜欢的餐厅大吃了一顿,把这段时间欠下的都补了回来。

晚上乔林问我是不是中了彩票,因为我看起来比前些天精神了不少。我没有多说,他也没有再追问。也许他再多追问一下的话,我就会告诉他了,毕竟我心情非常雀跃,很想找个人分享。

他说晚饭后还要出去一趟。我站在窗口,看着窗外,淡黄色的路灯光芒融化了漆黑的夜色。看着他的车驶出院子,那个在脑袋里漂浮了一整天的念头又一次浮上了心头:如果问题出在他身上——

5

昨晚一直纠结于那件事。他回来的时候,院子里的枝叶被车灯照出一团茂盛的树影,映在窗帘上,影子随着微风颤动。我装作睡着了。

几乎整个晚上我都在装睡。胡思乱想了一上午,一直挨到午休,我打电话给小莉:"如果我没有问题,会不会是乔林有问题?"

"有可能。"她说,"但也有可能是你们两个都没有问题,只是受孕概率小。而且就算他有问题,很多情况下也可以通过治疗解决。如果想确定的话,建议乔林也抽空来做一下检查。如果有问题,也好及时治疗。我个人建议尽快。"

她说得没错。

我们明明就是遇到了问题,如果不寻求正确的解决方法,就和在黑暗的迷宫里乱绕没什么区别。我突然云开雾散,看透了这个道理:逃避是没有用的。我想乔林应该也不会有什么问题。算不上直觉,我就是觉得理应如此。

该怎么开口说服他去做检查呢?

6

原本打算早餐后跟他提这件事的,不过他急匆匆的,说参观团突然要来,连早饭也没好好吃就走了。

晚上回来时,他看起来心情很不好,我试着想说出那件事,但是没有说出口。还是不要挑在他心情不好的时候

日记之三

谈了吧,尤其是在他本身就有点抵触这件事的情况下。

今天和小爱姐见了面,她心情不错,至少比前段时间好多了。看到她对我哥哥这样不离不弃,我真的很感激她。她真的是一个坚韧、善良的女孩。看到她准备婚礼时连缎带的斑点、蝴蝶结的蕾丝、青花瓷茶杯的花纹都要求十全十美的样子,真想不到她会愿意为了我哥哥而失去这一切。

我想她一定承受着来自家人、来自内心的巨大压力。

今天她摘下了钻石项链,穿着合体的白色网球裙,一头长发也束了起来,简直又回到学生时代,变成了一个洒脱阳光的勤奋少女。她说她能看到我哥哥能在短时间内重新振作起来,十分欣慰。

我想这都是她的功劳。

我也很高兴哥哥决定另辟蹊径,重新开始。

我们缺少资金,人员也已经散尽,再将公司恢复到以前的规模是不可能的。只有从小处入手,像为我们攒下家业的老一辈那样,从一间破旧的小厂房、一笔抵押的贷款、一单利润微薄的小生意开始,在废墟中重建家业。

没有了员工,什么事都要亲力亲为。我猜他们一定人手不够。我告诉她,只要需要我帮忙,不管是体力活、跑腿还是整理材料,我都能做。她紧紧握着我的手,说很感激我这么贴心。应该是我感激她仍然留在我哥哥身边才对。

我说想好好跟乔林谈谈,看他能不能再想想办法,帮帮我哥哥。

小爱姐拒绝了。她的态度很坚决，我不禁怀疑她曾经拒绝过乔林的求爱。但现在不是乱想的时候，况且她是一个有恩于我哥哥的女人。这样一个特蕾莎修女般圣洁的女人，我还有什么可怀疑的？

其实我曾经多次向乔林暗示过，希望他能帮我哥哥，不过他无动于衷。他肯定明白我的意思，但毕竟生意就是生意，没有人会愿意为一家濒死的公司把自己拖下泥潭。早在哥哥的公司倒闭前乔林就说过，投资没有发展余地的生意无异于自掘死路。仅仅是一个小错误也有可能拖垮一个大工程。

不管怎么说，哥哥和小爱姐还没有放弃，我也必须做点什么才行。

7

今天去了小爱姐说的"新厂房"。

随着汽车驶进厂房所在的街区，我的心一点点在变凉。还没进门，我就傻了眼。那可以说是整个草莓山镇最破旧的地区，他们一定是因为地价便宜才会在这里落户。

小爱姐说，他们是用哥哥卖掉独居房子的那笔钱买下这片地的，卖掉桃花岛别墅的钱当中的一半也被他拿来还债了。没有任何人帮忙，能做到这样已经很不错。那一刻，比凄凉的厂房更凄凉的，大概也只有我的心了。

厂房小得可怜，虽然他们脸上保持着微笑，我却备感

日记之三

心酸。但我们都装作若无其事。他们带我四处参观,实际上没什么可参观的,每走一步只让我的心更痛一点。

"这是属于我们自己的。"小爱姐看了哥哥一眼说。

话是没错,除了两个老工人留了下来,其他人都走光了。如今哥哥要自己去仓库搬橄榄油的样品,然后开车去邻镇推销——身兼搬运工、司机、推销员和老板。

我和小爱姐一起加入了采摘葡萄的队伍。采摘工人越少,要付的工资就越少,成本也会变少一点。当葡萄被酿成葡萄酒被人买下时,就可以得到更多盈利,我们就可以支撑更长时间,直到整个流程运营正常化。现在节省下来的每一笔开支说不定都可以在适当的时候挽救厂房的命运。

将一串串葡萄从藤蔓上摘下来放进篮子里,其实并不像看起来的那么容易,尤其是在能把人烤煳的烈日下。没过一会儿我就受不了了,不过看到小爱姐拼命的样子,我觉得太对不起她,只能硬着头皮上。

在炽热的阳光下,我的头发都快被烤煳了,更别提已经失去知觉的脸颊了。不过连真正的富家小姐都没抱怨过哪怕一次,我又怎么能临阵脱逃呢?一整天我都在机械地重复着轻拿轻放的动作,累得脑袋里一片空白。

回家后,乔林说我看起来很累。我真的很累,累得四肢酸痛,都快站不住了。他似乎对我哥哥的近况很感兴趣,但我没有提起去帮忙的事。不知道为什么,我就是不想告诉他。

希望哥哥和小爱姐的所有努力都能得到回报，希望我能尽快如愿，迎来我的小宝宝。我为我们每一个人祈祷，希望天使能听到我的祷告。

8

早上起床，一想到又要去摘葡萄，头都大了好几圈。但想到哥哥承受着高强度的工作，想到无辜的小爱姐也在受难，我又有什么资格偷懒？

摘葡萄，摘葡萄，摘葡萄……

摘葡萄的时候，累得一句话也不想说，草帽被风吹歪了也懒得动手去扶，身边传来几个摘葡萄的女孩爽朗的笑声，而我只想大哭一场，可正午的阳光太可怕，连我的眼泪都被晒焦了。偶尔有风吹过的时候，就像是得到了神的祝福一般，可这祝福总是太短暂，还没来得及吹去汗水，就消失在了不知名的地方。

我和小爱姐心照不宣地分头行动，因为我们都不愿意看到对方那副体力不支还强颜欢笑的样子。她那原本白皙的皮肤被热辣的阳光晒得通红，除了低头闷声摘葡萄，我什么也不能为他们做。

本来可以借"吃午饭"的名义回家休息，但我实在说不出这种话，让小爱姐一个人做那么辛苦的事。原本可以做局外人的小爱姐，为了我哥哥能吃的这份苦，我更应该义不容辞。

小爱姐很过意不去，特意为没有回家吃午饭的我准备了涂着新鲜橄榄油的烤面包,我们还喝了葡萄汁。哥哥没有回来,他去推销橄榄油和葡萄酒了。小爱姐又一次提起她的结婚打算,说最近哥哥没有强烈反对,说是想等事业回归正轨再说。

不管怎么说,事情总算是在朝好的方向发展,希望一切顺利。

乔林说我晒黑了很多。他似乎对我晒黑的原因不是那么感兴趣,其实我也不想说。只要能帮到他们,晒黑了又有什么?

小莉说,周末她也要来帮我们摘葡萄,真不知道她能不能坚持上一整天。幸好葡萄的生长和采摘都是有周期的,否则如果一年四季天天摘葡萄,我想我们全都会崩溃的。老天爷保佑,葡萄采摘期马上就要结束了。

9

早饭时仍然浑身酸痛,乔林问我最近是不是一直在我哥哥的葡萄地里帮忙摘葡萄,我下意识地否认了。他心领神会似的笑了笑,那笑容让我觉得心里有点不舒服,也许是因为我最近变得敏感了。

我问他,就算是,又怎么样?

他说不会干涉我的时间安排,而且出去散散心对我有好处。后来他装作毫不在意地问,我哥哥最近怎么样。我之所以知道他是假装的,是因为我了解他,如果对一件事不感兴趣,他连问都不会问。

我说还行。

"葡萄酒生意也还行?"他问。

我没说话。如果我没猜错的话,话题会绕到小爱姐那里,虽然我仍然爱他,但这是我第一次有点可怜他。

也许他只想证明他比我哥哥强,想证明小爱姐爱上我哥哥是一个错误,是她有眼无珠,当初没有选择他。也许他还在暗恋小爱姐,也许他已经忘却了那份情愫。可我知道,即使他拥有一切,她也不会爱上他,即使我哥哥一无所有,她仍然爱他。

当那份纯真的意愿一去不返的时候,难道不是该忍痛说再见的时候吗?也许乔林和我(尤其是我)还不懂这个道理,才会困在"爱"里迷途不知返。

小莉今天来摘葡萄了,一到午饭时间她就回去了,说是有重要的约会要赴,临走的时候差点晒脱皮。我理解她,毕竟她学生时代就身体孱弱,而且摘葡萄这活儿没点体育细胞还真做不好。

今天是葡萄采摘期的最后一天,哥哥说,一位爸爸以前的老朋友答应等葡萄酒酿出来之后给我们一个机会,带人来品尝一下。

我不确定这段因艰苦而显得漫长的葡萄采摘期让我学到了什么,我还没有时间考虑这个玄妙的问题。我只知道,看到哥哥和小爱姐眼中的光芒,让我觉得一切都没有白费。

日记之三

晚上,我对乔林提起了希望他去做体检的事。这很难开口,但不会比在烈日下摘葡萄更难。这是我第一次庆幸这个夏天去摘了葡萄。

他的表情很奇怪,说他从未想过这件事,我说我们别无选择。他竟然没有反驳,也许是因为我看起来太认真了。

他答应考虑一下,我想他最好好好考虑。

我爱他,我不想离开他,我希望我们即使不能像我哥哥和小爱姐那样相爱,至少最终也能相濡以沫。每天睡前我都祈祷他不要把我从他身边推开。

10

今天乔林告诉我,他会尽快去做一个检查。看到他还是把这件事放在心上的,我很欣慰,但多少也有点不安。我尽量不去想会有什么可怕的结果。

不管结果是怎样,我们必须去面对,不是吗?

上午他去参加一个朋友聚会,下午回家后提起了检查的事。他说会尽快,但我没想到这么快。我对此没有反对意见。他想自己去,我坚持陪他一起去,他没有再推脱,这不像他。我想他一定是有些紧张。

今天小莉也在,没记错的话,她不该是今天上班的。果不其然,她和同事换班了。乔林有点不好意思,小莉装作没在意。

等待的时间不好过,我只能不断地为他祈祷。之后我们顺路去了结婚后就一次也没再去过的冰淇淋店。和以前一样，我点了菠萝沙冰，他点了巧克力冰淇淋。

我们坐在那盆被精心修剪过的夏威夷椰子树旁的座位上，默默无语地低头吃着冰饮。如果时间永远留在这一刻该多好啊——不用在乎我们有没有机会为人父母，不用在乎我们会不会离彼此而去，什么都不用想，只要在沙冰融化之前吃掉它就好了。

突然间，他打破了沉默，问我如果问题出在他身上，我会怎么办。他微笑着，就像这只是一个玩笑而已。我一时不相信他竟这么轻易地问出了这个问题。

我想我什么都不会做，一切都会和以前一样。

但是他说，如果问题真的出在他身上，他会放我走。放我走？走去哪儿？说得就像他放我走，我就有地方可去似的。

除了在他身边，我不想去任何地方。

"是我的错，我会付赡养费，你下半辈子都会衣食无忧。我知道这些对你来说不是问题，但你哥哥的生意毕竟受到了重创，想要东山再起，需要一定的时间。只要你需要，我会一直照顾你。"

他所谓的"照顾"，是指经济上的支持。一直都是这样。他一直都想远远地抛开我，想不到，这次我为了改善我们之间的关系而做的努力，也为他抛开我提供了灵感。

现在我彻底明白了，如果你爱一个人，而他却不爱

日记之三

你,在他身边只会让你越来越累,即使结婚,也只是一出悲剧。因为日复一日,你都要提防他离开,而且防不胜防。

我告诉他,我不想这么做。

他说:"看情况吧。"话是这么说,但我看出如果那件事真的发生,他会态度坚决地推开我。

"这也是你的计划之一吗?"我问。他装作不明白我的意思。"推开我,你自始至终做的就是不断地推开我。这次终于找到了体面的理由。"

这是个很高尚的理由,不是吗?在谁看来都是我不知好歹才会拒绝他。

"什么?"他还是在装不懂。

那一瞬间,我真忍不住想告诉他,别装了,你喜欢小爱姐的事我早就知道了,但她不爱你,她永远都不会爱你。也许再有一瞬间的功夫,我就说出口了,但是我没有,我忍住了。如果拆穿他,他会转身而去,从此离开我身边。这是我最不希望发生的事。

"别傻了。"他说,"我知道你有多想要一个孩子。如果我不能给你的话,你觉得我会强迫你永远地失去吗?你把我当成什么人了?"

但他不知道,我之所以如此渴望一个孩子,是为了留住他。

因为这件事情逼我离开他,他不是最高尚的人,就是最卑鄙的人。不管他是最高尚的人,还是最卑鄙的人,我都不想离开他。

我不能离开他。

11

这一次等待似乎比上一次更漫长。我也没有因为之前有过一次类似的经历而获得避免焦虑的经验,除了等待,依旧没有捷径。

乔林和以前一模一样,没有表现出一点异常。和我相反,从体检那天开始到现在,他一天比一天轻松,而我则一天比一天焦虑。

如果他真的有问题,那不是就意味着我们永远也没法如愿孕育一个小宝宝了?还有更可怕的,如果他因此逼我离开他,那又该如何是好?

不管发生什么,我都不想离开他。一想起那天他在冰淇淋店里说的话,我的太阳穴就隐隐作痛。

现在我已经开始后悔让他去做这个什么鬼检查了。就算我们有问题又何妨?就那样好了,为什么要急着解决问题?现在倒好,问题没解决,我们的未来更加黯淡渺茫。现在我只有百分之五十的胜算能够留在他身边。

除了祈祷,什么也做不了。人生总是如此,你认为你要主动解决问题,其实你什么也做不了,只能眼睁睁地看着家庭陷入经济困境,看着你爱的人考虑离开你,却找不到挽留的办法。

日记之三

12

小莉负责这次的化验,她答应过我,一旦化验结果出来,她会第一时间让我知道。如今我的生活只剩下难熬的等待,什么事都没有心思做。

不明白乔林怎么可以这么镇静。

13

早上乔林出门之后,我原本打算去哥哥那里帮忙的,出门之前却接到了小莉的电话,结果出来了。她说她不在医务人员咖啡厅等我,而是在天台等我。以前去找她的时候,我总是去咖啡厅,还从来没去过医院的天台。

我紧张得都快忘了呼吸,双脚也不听使唤。来到天台,看到覆盖着整座小镇的无际蓝天,我感到自己彻底被不停转动的命运之轮迷惑了。命运到底想要对我们做什么?接下来乔林和我会怎么样?

从小莉的脸上,我看不出一点关于我的未来的迹象。"怎么样?"我问。

她把和上次一样系着白线的马尼拉大信封递给我。她当然已经知道结果了。我没有伸手接信封,而是问她知道结果了吗。她点了点头,避开了我的眼睛,那一瞬间,我就知道了检查结果。

但我仍然抱有一丝愚蠢的侥幸心理。如果她是在跟我开玩笑呢?虽然内心深处,我知道小莉永远不会拿这种事开玩笑。我的双手变得冰凉,心也在下沉,还是竭尽力气问:"他有问题?"

她点了点头。

某扇大门关闭的沉重声音在我耳边久久回荡——那扇门在我面前关闭,并且永远不会再打开了。我想那可能是天堂的大门。我永远永远失去了——

失去了一个完整的家庭,失去了我盼望已久的小生命,失去了挽回一个深爱之人的最后机会,失去了整个世界。

我们沉默良久,因为我脑袋里一片空白,不知该何去何从。

"你打算怎么办?"她问我。

我不知道。

"按规定,体检结果是需要本人来领的,不过你知道,也可以代领,只要出示与体检者的身份关系证明。你要拿回去吗?"她的声音很沉静,像风一样吹过我耳边。我能听见她在说什么,只是听得不怎么清楚。

"你有什么打算吗?"她又问了一遍。

我说没有。我不想离开乔林。什么都不用改变,像现在一样就可以了。

"恐怕乔林会另有打算吧?"她问。

以小莉对乔林的了解,连她都觉得事情没那么简单,而我却还想像鸵鸟一样,把脑袋埋进沙地里,装作什么都不会发生。

日记之三

我问她,那我该怎么办。她说,回家把化验报告单拿给乔林看,然后和他好好谈一谈。

但她并不是真的了解他,也不了解我和他之间的状况。她以为,关于这件事,我可以和乔林好好商量一下。

可事实不是这样的,他只会苦口婆心地劝我走,之后冷若冰霜地疏远我。一旦下定决心,他可以变得像天山上从未融化的冰雪一样冷。

他会站在道德制高点上,付给我赡养费,说希望我能过上幸福的生活。让所有人都无法指责他。

之前和我结婚是他父母的意思,后来孕育生命也是他父母的意思,他都尽力去做了,可如今他"不能耽误我的人生"——他会这么说。他才不管我想不想离开,他只是要确保把一切都做得好看。

我不能钻进他的圈套。我不能让这一切发生,否则想要挽回局面就太难了。

我仔细看了检查结果,一页化验报告单和一页医生手写的检查结论。化验报告单中充斥着各种数据,非专业人士一般看不懂。问题出在结论上,表格里白纸黑字作出了宣判。

乔林对医学一无所知,他连生理盐水的浓度都搞不清楚。我决定冒个险:改掉结论页。

幸好乔林的工作间里打印机、扫描仪一应俱全。我比着医生手写结果的那一栏,剪了一块大小相同的白纸,严严实实地覆盖在上面，将文件扫描成电子版。这么一来，表格中的结果就完全被白纸覆盖了。

最麻烦的是印章。用图片合成软件打开扫描件，复制背景图层，扫描红色印章部分，得到印章选区后复制到新图层，调整色相饱和度，保存图片，放进刚才扫描的文件电子版中。最后打印。

对于精通图像设计的我来说，这些并不难，难的是战胜内心的罪恶感。我从来没想过有一天自己会做这种事。

一份崭新的检查报告新鲜出炉，只剩最后一道工序。

为了抓住医生的写字特点——字迹圆润、微微向右倾斜、下笔力度适中——我在白纸上练了上百次，手腕都酸了。老实说，以人们对职业的固有观点来看，作为医生，写出这样的圆体字略显幼稚。

"未见异常"和医生签名这几个字，我足足写了一个小时。然后，我将焕然一新的检测结论和化验报告单塞进了马尼拉信封，把电子版文件彻底删除，收拾工作间。等再过一段时间，我会烧掉整个信封，就说找不到了。

我不想给他离开的理由。

我只能背水一战：不做手脚也罢，做了手脚被发现也罢，对我们来说，这有什么本质上的不同吗？当然，没有被发现最好。

晚上乔林回来之后，我把信封递给了他。扑通扑通，心率快得我都能吐出来。他看了，显得很镇定。

日记之三

他看得那么认真,翻来覆去地看,我真怕他看出什么猫腻来。他的手抖动了一下,抬起眼睛,死死地盯着我。站在他面前,我感到无力再去隐藏。那一瞬间,我几乎确信他看出了破绽。

不过他没有。

他看了我一会儿,说:"你知道结果了?"我想如果说没有的话,反而会引起怀疑,于是点了点头。他长舒了一口气,没有我想象中的沮丧。

关于这件事,我没有告诉小莉。我知道我做错了,我不想把她拉进这个错误的泥潭。那样不仅会玷污她的职业道德,也会令她从此背上沉重的心理负担,生活在愧疚的阴影中。我了解她,她是一个善良简单的女孩。

我只在电话里告诉她,永远别跟任何人提起乔林的检测结果,包括他本人。我逼她发了誓。

她沉默了很久——久到我开始担心。我知道她一定情绪复杂,因为她应该猜到我做了什么。我感到很抱歉。

从现在开始,不管乔林想不想,他都还得跟我绑在一起。至于小宝宝的事,让我们永远忘了吧。

我已经失去了我的小宝宝,不能再失去乔林了。我希望这个谎言能伴我进入坟墓。

Part
12

Twelve
无花果树下的战争

姨妈似乎对李安琪提起紫水晶戒指的事很是介意,她瞪着一双泛着血丝的眼睛厉声问:"什么?"

这反应着实把李安琪吓了一跳。

看到李安琪吃惊的样子,她才收敛了一下异常的情绪,恢复了片刻前的和颜悦色。"安琪,你说你在房子里发现了紫水晶戒指?"

虽然姨妈平时喜欢叫嚷嚷和大惊小怪,但李安琪从来没见过她像刚才那样敏感。一丝凌厉在她眼中一闪而过,李安琪绝对没有看错,那分明是警戒,而不是她常有的夸张表现。

李安琪不知道自己哪里做错了,但她知道一切都与这枚紫水晶戒指有关。姨妈的异常给她拉响了警铃:关于戒指的事,还是不要乱说话。

"在哪里找到的?"姨妈问。

"什么?"李安琪后悔开口问这事了,只能装傻。

姨妈仔细打量她的脸,像是一定要找出什么破绽似的。"你刚才说,你找到了一枚紫水晶戒指。"

"没有啊。"

"安琪啊,你说了。"姨妈无奈地撇撇嘴,天天也被阵雨般突降的紧张气氛惊讶得说不出话来。

李安琪撇撇嘴,说:"我刚才问的是,那位神秘的房客有没有一枚紫水晶戒指。我可没说我找到戒指了呀。"她一边说,一边质疑自己找的理由是不是有点幼稚。

"既然你对那个房客一无所知,那你是怎么知道这枚戒指的呢?"天天不解地问。

对啊,假设她没有找到戒指,既然不认识那个房客,那她又是从什么地方得知关于戒指的事呢?

姨妈的眼神正注视着她,她必须快点想出一个说得过去的答案。可她怎么也想不出来,就快露馅了。

这又是何必呢?直接承认自己找到戒指不就好了。看姨妈的样子,一定是知道什么内情,说不定连日记的事她都知道。那还绕什么弯子,还是实话实说吧,告诉她们她在花园里挖出日记和戒指的事。

"其实我在——"

"噢,我知道了!"天天兴奋地打断了她,"你一定是看了那幅挂在楼梯下的画像吧?"

画像?李安琪想起来了,楼梯的拐角下挂着一幅画像,画中一个美丽的女人正凝视着窗外——实际上是隔着画中的窗户,与观赏者对视着。她一直觉得这幅画像有些怪异,偶尔经过楼梯下方的时候,也会无意识地避开视线。它总给人一种错觉,画中的人正若有所思地凝视着画外的人。

李安琪从未仔细观察过这幅画,更不知道画中人的手上戴的是什么戒指了。不过既然天天这么说,就一定有原因。

李安琪装模作样地点头说:"对啊。"

姨妈不满地看了天天一眼,像是在怪天天坏了她的事。天天委屈地耸耸肩,并不太理解姨妈无缘无故的锋利眼神。这一刻李安琪意识到,姨妈百分之百知道点什么。

"可你又怎么能确定,那幅画像里画的是房客,而不是房主呢?"天天问。

这是一个好问题,李安琪也想不出令人信服的答案,不过这次,天天不会再帮她作答了。

"我猜的。"李安琪只能这么说了,"画像里的人跟我想象中的作家形象完全吻合。而且她看起来很神秘,我就把她当成神秘的房客了。你说过她走的时候什么也没带走,所以我想画像可能是她的。现在想来,挂在房间里的画像当然是主人的了。"说完,她敲敲脑袋,尴尬地呵呵

无花果树下的战争

一笑。

"原来是这样。"天天点点头。

虽然她对这个答案满意了,不过很明显,姨妈并不怎么满意。姨妈摸了摸头发,故意移开了视线,若无其事地朝院子里张望。当她觉得无法赞同某事时,就会忍不住移开视线,这个习惯连她自己也不知道。

但她没有穷追不舍。

"我对那幅画印象深刻,尤其是那枚戒指,真的很特别,它就像夏夜里的星星一样深邃。"

"那倒是。"天天说,"所有见过那幅画的人都说它很特别。我也是第一次去参观时就记住了它。"

那幅画真的非常诡异。

天天继续说:"不过画中的人并不是房客——虽然她也神秘——是房主本人。"

李安琪点了点头。

"那位房客,也有一枚紫水晶戒指。"姨妈突然开口说。

"什么?"天天像吓了一跳似的,从沙发上弹起来。

"我知道,这很巧。"姨妈自顾自地点了点头,"所以我记得特别清楚。那位乔小姐似乎非常宝贝那枚戒指。有一次我在松林街遇到她,顺便一说,那时候那条街还没变成现在这个样子,特意问了戒指的事,因为我看戒指很漂亮,也想买一枚。不过她支支吾吾,不想谈。说来也巧,从那之后,就没见她再戴这枚戒指了。"

天天皱眉听着她妈妈的话,像是有什么难以理解的问题要问,但最终没问出口,只是一副若有所思的样子。

不过李安琪却被姨妈话里的内涵震惊了。姨妈不经意的一番话,竟将日记的主人暴露了出来。

"乔小姐?"她问,"您确定她姓乔吗?"

姨妈好像没有明白她的意思。

"我是说,她有可能是隐姓埋名来到草莓山镇,所以用了假的姓氏和名字之类的。"

"有可能。"姨妈点点头,"我们并不了解她,她太神秘了,从来不跟别人谈她以前的事,总感觉是在躲避着什么人。就算她用假名,也不是什么奇怪的事。"

这就对了。

日记里,女主人公的丈夫叫乔林,她随口借用了丈夫的姓氏也是有可能的。这个姓氏并不罕见,但在草莓山镇也算不上大姓。

另外,她在被问起戒指时的反应不是很正常吗?那枚紫水晶戒指是找她爷爷的老朋友定做的世上仅此一枚的戒指。如果有人得知了戒指的出处,不就能轻松知道她是从哪里来的了吗?如果她正在逃避家乡的什么人,那不是自掘陷阱吗?

这下李安琪全都明白了,这位自称"乔小姐"的房客无疑就是日记的主人。

《贝多芬第九交响曲》最终乐章那熟悉的高潮旋律突

无花果树下的战争

然响起,将沉思中的李安琪吓了一跳。她的手机响了,是妈妈打来的。

"你在哪儿?"妈妈开门见山地问。

"姨妈家。"她闷闷不乐地回答。

只听那边猛地吸了一口气,李安琪感到一阵沮丧。"安琪,你和那个叫邵洋的小伙子怎么了?"

"分手了。"李安琪说。没去注意身边正面面相觑的姨妈和天天。

"为什么要分手?你都多大了,怎么还像小孩子一样任性?你想单身一辈子吗?"妈妈质问她。

李安琪不想跟妈妈解释邵洋傍大款女儿失策之后又想吃回头草的烂事,只想换个话题,让她别老朝这事使劲。可是妈妈就是不听,她只对这一件事感兴趣。

"妈,您是怎么知道这件事的?"

妈妈没说话。李安琪恍然大悟,邵洋那个混蛋竟然去找她妈妈求情了。他一定是撇开了自己的责任,恶人先告状,求妈妈劝她回去。

果不其然。"回去吧,安琪,你想逃避到什么时候?那件事邵洋都跟我说了,是你自己该敏感的地方不敏感,不该敏感的地方又太敏感。邵洋的确是被他老板的女儿追求,也动摇过,这是人之常情,不过他离开你没多久就意识到他有多爱你,然后鼓起勇气向老板的女儿提出了分手。为了这件事,他连工作都丢了。"

哼,李安琪冷笑一声。妈妈不了解邵洋,她可了解。明明是被甩了,非说是自己主动提出分手,这也不是一般人能唱出的戏。

"他这是在给他自己脸上贴金啊,妈。"

"什么贴金不贴金的!你都多大了,安琪?你什么时候能成熟一点,不再让妈妈为你担心啊?你说我容易吗?你姐姐——"说到这里,妈妈哭了起来。唉,李安琪烦得差点一口气没提上来。作为逝者的妹妹,她所受到的伤害也是不能够遗忘的呀。

前男友的事、工作的事、姐姐的事,所有的事,全都让她喘不过气来。现在妈妈又逼着她回到一个她已经看透的男人身边,他是个人渣呀。

"我会告诉他,你在草莓山镇的姨妈家里。他会过去的,你们见个面,好好谈谈。"

"不行。"李安琪说。即使是为了哄妈妈高兴,她也不能答应和他见面。"妈,您就别管了,您为什么就是不相信我?"

"我不管的话,你什么时候才能找到个靠谱的男朋友?你就快三十了,该定下心来,回归生活了。为什么总抱着那些不切实际的幻想?"

这句话戳疼了李安琪的心。这些年来,她拼命工作、故意无视自己的享乐需求、做女强人,就是为了抹去心里的那个怀疑的声音——

无花果树下的战争

我不是不合时宜,我不是不切实际,我只是与众不同,因为我有远大的梦想,只要我愿意,就可以将梦想变为现实,因为我足够努力。

我是曾经想嫁给风餐露宿的摇滚乐手,可是我现在不这么想了。我甚至有过嫁给邵洋的计划。就算这样,我在别人眼里仍然是"抱着不切实际的幻想"的人?

妈妈从来只会忽视她的努力。

她感到深深的疲惫,仿佛所有的一切都白费了。她是想做出点成绩的,凭她的努力,是该做出点成绩的。可是鬼使神差的,她并没有什么能拿得出手的成绩,向人们证明自己并非不切实际。她拿不出证据。

"妈,您为什么非得插手我的事?我告诉过您,别管我的事了。"

她听见身边有人倒吸了一口凉气,不知道是姨妈还是天天,她都不在乎了。就让她们以为她是个不孝的孽障吧,她都无所谓,反正什么都完了,她从来就没什么可以被称赞的。

电话那头只是沉默。李安琪知道她该说点什么,来结束,至少缓解这份心痛。可她什么也说不出口。

"我和你妈妈说两句。"姨妈说。

"是我。"姨妈接过电话,"我说,孩子的事你就别管了。她们现在也大了,知道该怎么做了。"她说的是"她们",以前她总说"她们"——安琪和安妮。李安琪感到一阵难以抑制的心痛,她站起身,走向漆黑的院子。

过了一会儿,天天出来了,把手机交给了李安琪。她接过电话,听见妈妈说:"我只希望你能遇到一个可以保护你的人,过幸福的生活,不要那么辛苦。"

李安琪顾不得身边尴尬的天天,嚎啕大哭。

"妈妈,我知道你希望我遇到一个能保护我的男人,可是我不争气,到现在还没遇见那个人。我遇见的是那种你一想依靠时,他就会倒下去的男人,所以我只能靠自己。也许我没有那种福气。我想自己照顾自己。我觉得找到一个能保护我的男人,比自己保护自己更困难。希望你不要因此太失望。"李安琪在心中说道。

第二天上午十点,天天打来电话。李安琪原本不想去姨妈家吃午饭,不过一想起邵洋的事,心里烦得很,预感妈妈又会打电话来,于是去了姨妈家散心。

昨天晚上一回家,李安琪就联系了以前的一个同事。这个同事的一个朋友和邵洋在同一家公司工作,李安琪从来没有把这件事放在心上,也没向邵洋提起过。两个人在一起时,她更不曾费心联系朋友打听过邵洋的事。没想到,分手之后,她却不嫌麻烦地做起了这种无聊事。

不出一个小时,前同事就打来了电话。她说,邵洋的事在公司里已经闹得沸沸扬扬了。年初,他和老板的女儿

无花果树下的战争

认识不久就偷偷摸摸地好上了,令大家大跌眼镜,没几个月他们竟然订了婚。

后来大家才知道,那时候老板千金已经怀孕了,是前男友的孩子。这些李安琪都已经知道了。对邵洋这种平凡无奇又贪慕虚荣的人来说,他大概是把这当成了麻雀变凤凰的好机会。

不过万万没想到,就在婚礼前一周,老板千金的前男友竟然回来了。高大帅气的"海归派",风流倜傥,还是个混血儿。他开着法拉利跑车,举着一束鲜花在公司外面的枫树下等她。她见了他就是一巴掌,扭头就走。据说这个男人也是在毕业前被外国女朋友甩了,才回来吃富家女这棵回头草的。

当时市场部的小王亲眼看到老板千金甩了那个帅哥一个耳光,那叫一个清脆,就因为这事,一直到现在,小王见到老板千金的时候还会尴尬呢。那一个耳光的确够狠,不过这么出众的男朋友回来了,她还能说什么呢?毕竟她心心念念的、一心想嫁的人就是他啊。

当天晚上,她就打电话给邵洋,说取消婚礼。第二天来上班的时候,虽说肚子已经微微鼓起来了,她并没有像以前一样穿宽松的T恤,而是穿了件精美合身的连衣裙,脸上泛着喜悦的光泽,连走路都多了几分神采。

"可以理解嘛。"前同事说,"女人嘛,她爱的男人回来了。肚子里的孩子是可以光明正大炫耀的爱情结晶了。"

邵洋明白自己在公司里成了笑柄，混不下去了，就找"未婚妻"去理论。

"你也是女人，你也明白的。你可以强迫一个女人嫁给她不想嫁的人，可你怎么能强迫一个女人不嫁给想娶她而她自己又想嫁的人呢？"前同事问。

邵洋大闹了一场，据说从老板那里搞到了一笔赔偿金，应该也不会太多。上周六，老板千金刚结婚，穿着三十万元一套的礼服裙，挽着她老公的胳膊到处敬酒。那是他们看到她最开心的一次。

这真是一个破镜重圆的爱情故事，连李安琪都被感染了。这事算是搞明白了。富家女被帅哥给甩了，于是找到了接班人邵洋，再于是，李安琪就被甩了。后来，帅哥被外国女孩甩了，又回来找富家女，两人和好，于是邵洋又被甩了，所以他又回来找李安琪了。

她虽然不是富家女，但也算是个自食其力的事业女性，收入也还可以。事与愿违，他只能稍微降低点生活品质，从富家女降到事业女性了。

不过富家女愿意吃帅哥这棵回头草，并不代表李安琪也愿意吃邵洋这棵回头草。他是哪来的这股莫名其妙的自信？

姨妈去了超市，天天一个劲追问她和前男友分手的事，李安琪就把事情经过讲给了她听，讲着讲着，小海也来了，两个人听得津津有味。能用自己的亲身经历告诫弟

无花果树下的战争

弟妹妹，让他们明白感情路上的陷阱，她也算是给这段毫无意义的感情硬加上了点意义。

"姐，你怎么知道一个人爱不爱你？"小海问。

"算了吧。"天天说，"我怎么说你才能从梦中醒过来啊？不管李梦怡有没有对你微笑，又或是有没有接受你的礼物，她正在和姚柳兰谈恋爱！你能不能回到地球上来？"

"一切皆有可能。"小海说。

"算了，你脑袋出问题了。"天天对小海说，"放弃她吧。"

"我也没说一定是现在追到她，我愿意等待，我的爱是没有尽头的。我有耐心，我可以一直等下去，一年，两年，五年，十年。"

天天翻了个白眼："那时候人家早结婚了。"

李安琪的手机铃声打断了两人的斗嘴。竟然是那个讨厌鬼邵洋打来的，她明明已经把他的号屏蔽了，可他又换了新号打来。

"安琪，是我。求你了，再给我一个机会。"

一听是他的声音，李安琪立刻挂断了电话，现在连听听他的声音都会让她觉得恶心。虽然并不是真的爱他，但和他在一起之后，她可没跟其他男人搅和在一起过。刚挂断，他又打了回来，她还没来得及屏蔽他。

她拒接，他又打回来，如此反复，她气得要命。"你有病啊。"她接起了电话，"你再打来我就要告你骚扰了！"

"安琪，求你了，我知道我错了。你出来一下，我现在正在你家门口呢。"她的第一反应是，他找去了她家——橡树湾的她妈妈家。她可不希望妈妈和这个混蛋废话。一转眼，他却说他现在正站在草莓山镇她姨妈家门外，让她出去看看。

她的脑袋嗡地响了。自从被富家女甩了又丢了工作之后，他的厚颜无耻已经攀升到了一个新的境界。以前她从来没有想过，他可以做到如此不知廉耻的地步。

她咬牙切齿地说："一定是你这个混蛋骗我妈妈告诉你我姨妈的住址，你怎么可以这么死皮赖脸？"

"不是我。"邵洋急切地争辩道，"是你姨妈打来的电话。"

李安琪原本不打算理会他的，可是一听他说姨妈，又忍不住问："你什么意思？"

"我的确打电话给伯母（李安琪的妈妈）解释这件事，也问了你现在的地址，但是她没有告诉我，我也就没有追问。所以不是像你想象的那样哦。是你姨妈昨天晚上打电话给我，要我来草莓山镇见你的。"

姨妈打电话给邵洋？她是怎么参与到这件事里来的呢？昨天晚上的事映入脑海，大概是姨妈听到她和妈妈的通话，对了，后来她不是还和妈妈聊了一会儿吗？

可她又是怎么知道邵洋的联系方式的？这还不简单吗？脑袋里的一个声音说，后来打电话问的她妈妈呀。

无花果树下的战争

顿时,李安琪竟然感到了一种荒谬的背叛感,可又说不上是被谁背叛了。

"安琪,你在听吗?我就在你家门外,我辞了职,坐了很久的火车赶过来,就是为了见你一面。你可以恨我,但是总不能连一个见面的机会也不给我吧?"

这会儿的天天和小海都警觉地靠过来,一脸严肃地注视着她。

既然碰到这么死皮赖脸的人,一味逃避也不是办法,要是他非想被大骂一顿才肯走,那李安琪也没意见。没办法,她径直走向客厅外的玄关,推开门,走进了夏天明亮的阳光下。果然,他正站在院子外的一棵无花果树下等着呢。

一看到李安琪,他那张苦瓜脸瞬间堆起了讨好的笑容,直直地盯着她。以前他可从来没这么看过她。

李安琪发现经过半个春天和半个夏天,他越发丑陋了。不是修辞意义上的——不是因为认识到他的无耻,才觉得他越发丑陋——而是他真的比以前变得更丑了。

"你说是我姨妈叫你来的,有什么事吗?"她问。

他一副不可置信的表情:"你姨妈打电话给我的事,你不知道?"

这下她明白了。这是他的惯用招数。他的意思是:你姨妈打电话要我来求你回去,还不是你的意思?我都来劝你了,你就顺着台阶下来吧,别给脸不要脸了。刚才在房间里推脱一下也就算了，人都出来了，还装什么清高？

李安琪"哼"了一声。

姨妈根本不了解情况，只是不忍心看到自己的妹妹为女儿的婚姻大事操心，才会要来他的电话，让他来接外甥女，好促成破镜重圆。很明显，邵洋是误会了，还以为这是李安琪的意思。所以李安琪说什么也要打消他的误解，才好送他回家。

"邵洋，咱们不是朋友，也算不上敌人。其实那件事对我们的伤害有限，你我也都心知肚明。我姨妈不了解情况，我真的不知道她给你打电话的事，不好意思让你白跑一趟，现在我跟你实话实说，咱们不可能在一起了，你别耽误时间了，快回去吧。"

能遏制住内心的恶心，说出这么一番没有偏见的话，李安琪对自己的自制力还是比较满意的。哪知他给脸不要脸，摆上谱了。

"别这样呀，我大老远地来了，一句话还没说上，你就让我走，你觉得这是不是有点太过分了呀？"

她的脸色沉了下来："你想说什么？"

"安琪，事情不是像你想象的那样。"他又搬出了那一套讲烂了的故事，"我是对那件事动摇过，你说一块大金砖偏偏砸中你，是你你能保证不心动？换了一个大帅哥向你求婚，你能不心动吗？别说这个了，就是年轻帅气的小伙冲你抛个媚眼，你也会心跳加速吧。这是人之常情啊，可是你们女人为什么非得为难男人呢?"

"适可而止吧。"李安琪已经忍不了了。

"好吧,我们就事论事。虽然我走过错路,但是我悬崖勒马,在发生不可扭转的错误之前及时停了下来。离开你之后,我发现自己每天都在想你,和她在一起虽然备受瞩目,但我明白了,那并不是我想要的。"

"不是你想要的?"她问,"难道不是吃不到葡萄说葡萄酸?"

他瞪了她一眼,继续说道:"我向她提出分手,然后辞了职,跑这么远来找你。要是你不跟我回去,你自己说说,那是不是有点太愧对我了?"

李安琪被气笑了。她是真的觉得可笑,要不是发生这件事,她从来不知道,他能把一个可笑的谎言说得如此深沉。要是她现在告诉他,她的前同事有一个朋友,和他在同一家公司,但她从来没有向他提起过,那他现在的表情会变成什么样?

"你未婚妻前天结婚,你没去喝喜酒?"她问。

他愣住了,她知道他想问,你是怎么知道的?他一定还想知道,她对这件事的了解到了一个什么样的程度。这会儿她发现,他那窄小的额头上渗出了汗水,她以前怎么就没发现他的额头这么窄呢?

这句话对他来说信息量有点大,他考虑了一会儿。她不慌不忙地看着他被拆穿之后的样子。其实她并不想看到

草莓山镇的疗伤假期

这一幕,只是他死缠烂打,非要来一个没品位的分手。

也许他把这话理解为她吃醋了,也许他是故意转移话题,他说:"我没去,放心吧,我这辈子也不会再见她了。"

"你见不见她和我有什么关系?"她不屑地看了他一眼,摇摇头转身往回走。这人已经无药可救了,再和他废话,她自己也要变成脑残了。就在这时,他一把拉住了她的手说:"别走,安琪,我爱你。"

东京爱情故事,纽约爱情故事,他这是在演草莓山镇爱情故事吗?她瞬间感到一阵恶心传进脑门,使劲甩开了他的手。

"你干什么?"小海从院子里走出来,身后跟着一脸怒气的天天。原来这两个人一直在暗中保护她。

邵洋愣了一下,随即又恢复了自如的神色。"你们是安琪的表弟表妹吧,我经常听她说起你们,你们是双胞胎?看起来不大像啊。"他开始当着她的面说起谎来了,她只对他提起过一次这事,说的是她姨妈有一对龙凤胎。"我是你们姐姐的男朋友。"他继续大言不惭地说,"是你们妈妈要我来把安琪接回去,你们也不想看到你们的姐姐和男朋友分手吧?你们也到了谈恋爱的年龄,知道爱情可贵,怎么能忍心看着我们彼此错过呢?"

这次李安琪深深地明白了一个道理,人至贱则无敌。当一个人贱到了一定程度,他将无所畏惧,无往不利。就

无花果树下的战争

连气势汹汹冲出来的小海和天天现在也被他忽悠了。

她气得口不择言,大声喊道:"你再不走,我就要报警了!你这个厚颜无耻的贱人!"吓得对面院子里松树上的一只喜鹊扑腾着翅膀飞走了。她一把抓住小海和天天的胳膊,拉着他们往院子里走。

"安琪,求你了,你等等呀。再听我说完最后一句话,就一句,算我求你了,我爷爷得了癌症,正躺在医院里呢。他想见他的孙媳妇啊!"

李安琪感到小海愣了一下,天天也停下了脚步。这是道德绑架呀,孩子们年纪还小,不明白它比赤裸裸的勒索还要卑鄙。她一定要让他们明白。

她回过头说:"我很同情你的爷爷,但是我同情他,并不代表我愿意做你的女朋友或者嫁给你。"

邵洋的爷爷是无辜的,但邵洋不是,邵洋的"罪名"并不会因为他爷爷的遭遇而得到洗刷。虽然他的事和她已经没什么关系了,她依然希望能给小海和天天做一个好榜样。

一看到她又转身对自己说话,他更来劲了。"安琪,只要你能消气的话,你打我也行。来,你扇我一巴掌,扇我十巴掌也行。"

李安琪瞬间就联想到了他这是唱的哪一出。他一定听说过那个"凄美"的爱情故事:一个富家女在公司门口的枫树下甩了背叛过她的帅哥一耳光,然后他们和好了,最后步入了婚礼的殿堂。可是她不是富家女,他也不是帅哥,最重要的是,她不爱他。

那个女人不是用耳光解决了那个男人的背叛,而是用她对他的爱。但是邵洋不明白这一点,李安琪可怜他。

他像睡觉的天鹅似的梗着脖子,作势等她来打他。

"怎么了?"白色铸铁栅栏下的蔷薇丛边,传来一个略熟悉的声音。李安琪扭头一看,是姚柳兰,他正不解地看着院子里这乱糟糟的几个人。

邵洋顺着声音往外看,看到姚柳兰的时候愣了一下,收回目光之前,给了那个茂盛蔷薇丛边的男孩一个白眼。小海看到姚柳兰也不是很高兴,不过尽量没表现出来,只有天天使劲朝他挥了挥手。

李安琪不合时宜地注意到,姚柳兰似乎比几天前她见到他时更帅了。不知道那天坐他哥哥的车回家之后,他有没有又惹上什么麻烦。当她意识到自己在想这些有的没的时,立即阻止了自己。

姚柳兰朝院子里他们站的地方走过来:"发生什么了?"

"没什么大不了的。"李安琪说,"我们和他没什么好谈的。"

邵洋叫道:"你这么说可不对啊,安琪,我清晨就出发,坐了一上午火车来找你。"

"可是她已经说了不想和你谈了。"姚柳兰说。

邵洋火了,就好像是姚柳兰的出现点燃了他潜藏已久

无花果树下的战争

的怒火似的,冲他叫道:"你是干什么的?"

"我是她的朋友。"

"朋友?"邵洋哼了一声,"男朋友?"

姚柳兰看出他在故意找茬,他瞪了邵洋一眼,别说还颇有震慑力。如果不是年纪比他大太多,李安琪说不定会因为他镇定自若的帅气眼神而犯花痴。

"你不是他的男朋友,就别来跟着瞎搅和。顺便告诉你一句,我才是她的男朋友。好了,你们这些年轻人先回去吧,让我和安琪好好谈谈。"

"你听不懂我的话吗?我和你没什么好谈的。"

"行了,脾气发得差不多了,就适可而止吧。"

天啊。李安琪是想对他破口大骂的,你被富家女甩了,又跑来吃回头草,还装作是来解救她。可是当着弟弟妹妹和姚柳兰的面,她又不好大发雷霆。她用自己最冷酷的声音说:"邵洋,你再不走的话,我真的要报警了。"

"报吧。"他尖叫道,"你报吧,我又没做什么违法的事,我也没使用暴力,我只是来挽回我的女朋友!警察又怎么管得着呢?"

"我说你有毛病是吧?"小海说,"你是不是该去查查脑子啊。"

"走吧,姐。"天天拉着李安琪的胳膊往里走。

"谁也别动!谁也别动!"邵洋像是突然犯了癫痫症,"李安琪,你要是离开我,我就一无所有了!一个一无所有的人是无所畏惧的！一个一无所有、被逼上死路的人是不怕牺牲的！我不是威胁你，如果你再往里走一步，我会让你后悔的！"

李安琪就像没听到似的继续往前走。她刚才错就错在把他当成是个人了，这会儿她明白了，他已经丧心病狂了。

可是突然，邵洋为了阻止她离开，慌不择路地冲上来，一手抓住了她的肩膀，一手扯住了姚柳兰的衬衫。

姚柳兰回过头，看着邵洋，邵洋的脸色有些忐忑，但他并没有松手。姚柳兰扭了一下脖子，反手甩开了邵洋的手，顺势用双手推了他一把。

邵洋被推了一个趔趄，退后到刚才的无花果树下。只见他又快步走过来，一副凶狠的神色，李安琪心里不禁抹了一把汗。

毕竟天天、小海和姚柳兰年纪都小，把他们牵扯进这桩烂事里来，她心里过意不去。再说姚柳兰，虽说他看起来不是软弱的小伙子，可她实在不愿意看到他这样的男孩和邵洋那种低俗的垃圾搅在一起。哪怕他多对邵洋说一句话，她都觉得那是极大的浪费。

她轻推了姚柳兰一下："好了，快进来吧，不用跟他废话。如果他愿意赖在这里，那是他的事。"

也许是这话把邵洋惹火了，他又一次朝李安琪扑过来，眼中喷出怒火。认识他两年，她从来没见过他这样。看到他这副样子，她不禁有点害怕，担心他会做出伤害他

无花果树下的战争

们的傻事。他像一只发狂的狒狒一样,张牙舞爪地冲他们咆哮。

姚柳兰不耐烦地瞥了他们一眼,停顿了几秒钟,像是留给自己更多时间思考。当邵洋再一次咆哮着靠近的时候,姚柳兰一拳挥上了他的脸。邵洋被这拳头打到了无花果树下,安静了下来,瞪着眼睛看姚柳兰。

姚柳兰用右手做了一个引体向上的动作,等待着邵洋再一次冲上来。李安琪觉得自己年龄最大,应该承担起大人的责任,而不是给年轻人添麻烦,于是她二话不说,抓起了姚柳兰的手,往屋里走。

没想到邵洋阴魂不散。他高喊着"我跟你拼了",朝他们几个人扑过来。"今天要是不能谈妥这件事,我宁愿死在这里!"他这话里分明是带着颤音的。

姚柳兰再一次转身走上去,扬着头,迎面走向邵洋,一点也不加回避,又是一拳挥上了邵洋的脸。

结果邵洋又一次回到了刚才的那棵无花果树下,就像回到游戏开局的待机画面一样。他的脸上不知什么时候挂上了彩。这回他开始哼哼唧唧起来:"你打人!你竟然打人!我要报警了!"

要是他报警那可就不好了,虽说是他主动招惹他们的,不过李安琪真的不想给姚柳兰惹上什么麻烦。他还是草莓山镇的儿童节目主持人呢,要是人们给他扣上了暴力爱好者的帽子,肯定会对他有不良影响。

李安琪的母性被死咬着他们不放的邵洋完全激发出来了。不知道哪来这么大的劲，她一下子冲上去，给了邵洋一个耳光，然后推着姚柳兰和天天、小海往屋子走，就像护犊的老母鸡。身后传来了邵洋的哭嚎声。

更尖厉的哭嚎声还在后面呢。他们刚进屋，就看见刚从超市回来的姨妈拎着大袋小袋的食材，急匆匆地往院子里走。她一进院子就听见了夸张的哭嚎声，然后注意到缩在无花果树下的邵洋。

"你是什么人？"姨妈厉声问，"在我的院子里干什么？"

邵洋双手捶地，哭得异常惨烈："这下我什么都没有了！"

姨妈急了："你到底是干什么的？在我家院子里哭个什么劲？要哭出去哭，麻烦看清楚，这里是私人院落！"

小海跑出去："妈，他是来找安琪姐的，说是您给的地址。他是个人渣啊，比《人间真情》里那个男配角还人渣呢，刚才还发脾气拦着我们，不让我们回家呢。"《人间真情》是姨妈挚爱的一部电视剧，据说里面有一个她极其憎恨的男配角，被她从第一集咒骂到了最后一集。

"什么？"姨妈瞪起眼睛问。

"是他先傍大款千金不成，又回来追安琪姐，安琪姐不同意，他就要无赖。我们刚才准备报警呢。"

"你在我的院子里要无赖？"姨妈恶狠狠地问。

邵洋有点被姨妈的气势吓到了，他瞪了瞪眼睛，没说

无花果树下的战争

话。那时候他还不知道他即将面临的是什么呢。一秒钟之后,姨妈脱下鞋子,拿它狠狠地抽向邵洋的脑袋。

瞬间,院子里回响起了更尖厉的嚎叫声。不知道哪里飞来的乌鸦也迫不及待地加入了大合唱,场面一度失控。

天天靠过来,悄悄地对李安琪说:"姚柳兰的力气好大啊,一拳下去那个男人就飞到树下面去了。大家都觉得他长得可爱,没想到还能派上这么大的用场。"

Part
13

Thirteen
日记之四

/ 草 / 莓 / 山 / 镇 / 的 / 疗 / 伤 / 假 / 期 /

1

自从那场体检风波过去之后,乔林似乎对我更冷淡了,不知道是不是我的错觉。

看到"未见异常"的化验报告单,他似乎也没怎么放在心上。在冰淇淋店的那一天,说了那番话之后,仿佛有什么东西已然发生了变化。

我一举一动都更加小心翼翼,生怕触发潜伏在空气中的某个机关。

昨天去看小爱姐和哥哥,小爱姐已经搬进了厂房宿舍,我很震惊。她已经为了和我哥哥在一起离家出走了!

她和家人闹僵,如今已经无家可归。哥哥知道后很生气,可她死活不肯回去。我们亏欠她的实在太多了。

日记之四

小爱姐一向是一个连蝴蝶结都要打得一丝不苟的淑女，这回竟然做出了这么离经叛道的行为，真令我吃惊。我很感动，也很钦佩她的勇气。我默默问自己，如果自己是她，敢不敢这么做？我不知道。

尽管如此，我还是劝她回去和家里人讲和。像她这么好的女孩，我不希望看到她因为我哥哥和家人闹僵。如果是我的话，没有家人的祝福，也许我根本没有勇气踏上一条孤独的爱之路。虽然我的爱之路更加孤独，但那属于另一种孤独。

她应该回家争取父母的谅解，即便他们不能认同她的选择，但至少不要因此离家出走。她摇摇头，说我不懂。她已经对家人发誓，在我哥哥东山再起之前，她是不会回去的。我猜他们大概是拿"断绝血缘关系"之类的威胁了她，她才会变得这么极端。

我为她感到心痛。她住在简陋的房间里一定不适应，我劝她住在我妈妈家，她说想等正式结婚之后再搬进去。况且能跟我哥哥在一起，她并不感到自己可怜。

小爱姐的生日就要到了，送她什么生日礼物好呢？

真希望我有更多的钱。往往当你想为某个人做点什么的时候，才会意识到自己的能力不足。

2

昨晚乔林没回来吃晚饭，连招呼也没打。他不回来吃晚饭不是什么新鲜事，可一声招呼都不打，以前没有发生过。我说想和他谈谈，可他轻描淡写地说他忘了——因为喝了酒有点醉了，所以忘了打电话回来。之后他道了歉。

事情没那么简单。并不是说他不能道歉，但他真的很少道歉，也从来不会因为这种事道歉。显然有什么地方不对劲。

我也知道整天无所事事、胡思乱想不好。

下午去了商店，看能不能为小爱姐买到合适的生日礼物。结果一无所获。

3

今天晚饭前，乔林坐在沙发上，心不在焉地翻弄着报纸。一看他的样子，就知道他在酝酿什么话题。果不其然，在一番自以为我毫无察觉的心理斗争之后，他装作不经意地问："听说小爱离家出走了？"

他的消息算不上灵通，除非是憋了好几天才问出口的。

我说没错，他没表态。他的眉头不易察觉地微微挑动了一下，好像有点自鸣得意，我猜他是在想，她为了一个已经一文不值的男人为难自己真是太不值得了。我也默默地想，他在拿他的价值观衡量别人的爱情，他懂什么叫值不值得？

我们就这样相顾无言，直到他问我，我哥哥的生意最近怎么样。

我实话实说了。我不认为有什么可隐瞒的，事实就是事实。虽然我哥哥正深陷困境，但仍有一个女人死心塌地地爱他,他还没有失去一切——爱就是希望。

况且我哥哥遇到的问题,很大程度上是上一辈留下来的隐患,如果换成乔林,也不一定能做好。他又有什么资格站在审判者的立场,看不起我哥哥的努力?

我爱乔林,至今我仍然爱他,一点也不比我第一次意识到自己爱上他时爱得少。只是我开始觉得,我并不像以前那样总渴望腻在他身边,听他说话了,虽然我们从不争论。

我们已经习惯于掩饰自己的观点。我们都知道,那是因为我们既不想说服对方,也不想被说服。

什么样的夫妻才会放任彼此之间的观点渐行渐远而不采取任何行动?我想我是因为爱,而他是因为不在乎。

4

功夫不负有心人,在拖着酸痛的双腿逛了一整天街之后,我终于为小爱姐买到了称心如意的生日礼物:一只水晶相框——用粉红色水晶和透明水晶拼接成香水瓶的形状。价格有点高,超出了我的预算,但我对它一见钟情。

我预感到小爱姐会非常喜欢它。

5

乔林说这几天都要加班,因为他们正为资产统计的事忙得焦头烂额。我觉得他在为什么事找借口,却又拿不出证据,只能将内心日渐增加的疑虑向小莉倾诉。我曾经很讨厌婆婆妈妈的女人,如今我也变成了那种人吗?可是我一个人瞎想,情绪越来越低落,实在难以承受。

小莉安慰我说,也许是我想得太多了。她说,虽然我不是那种心思细腻的人,但我从小就爱天马行空,还爱钻牛角尖。这点倒是不假。我知道她是在安慰我,但我还是急需有个人来说服我,让我相信自己是在瞎操心。

乔林打来电话说趁着统计固定资产,会把我们现在住的这套房子过户到我名下,他"理性分析"了一大堆,我还是不太懂。最后他只用一句"这样对你比较有利",结束了通话。

我明白这样对我比较有利,可我为什么没有因此感觉更好一些?

小莉说:"他主动把房子划到你名下,也会引起你的各种不适跟灾难性联想?那你的被害妄想也太严重了吧?"

难道真的是我想多了吗?

6

今天又去了哥哥的厂房,他真的太辛苦了,每一件事都需要自己来做。我想帮点忙,却插不上手。

他脸色不对劲。追问之下我才知道,那次他提起的有朋友说会介绍顾客来的事,已经黄了。但另一个朋友说会投资他的新橄榄油项目,这一次似乎更靠谱一些。

但问题是,哥哥拿不出这么多钱。

他有信心,如果能跟那位对市场很敏感的朋友一起推出新产品,一定能赚到钱。他就是拼上命,也要提供出拿

日记之四

得出手的好产品。可他拿不出那么多钱周转,也经受不起另一轮的冒险,拿原本就如履薄冰的厂房做赌注。

当然也不全是坏消息。他正在和A公司谈引入投资的事,目前看来很有希望。"只要拿到这笔投资。"哥哥说,"我们就有可能翻身打一场胜仗。"

据他说这桩生意几乎可以稳赚,因为市场正处于急需状态,已经有人提到订单的问题了。

哥哥说他今天下午就要去一趟A公司,让我暂时对小爱姐保密。小爱姐的生日就要到了,我猜他是想给她一个惊喜。

一提起这件事,哥哥的脸上神采飞扬,仿佛又回到了公司倒闭前的他。我就知道事情没那么简单。

他劝过小爱姐、赶过她、求过她,可她就是不离开他,现在他再也没有力气推开她了。他说认命了,既然这个女孩注定要为他自降身份,分享他的劳苦,他唯一能做的就是加倍努力,给她一个蒸蒸日上的幸福家庭。

我简直不敢相信哥哥的话,他打算娶小爱姐!

哥哥说她已经和家人闹得不可开交,她的家人也放弃了她。他们彻夜长谈了好几次,也彼此私定终身。对于小爱姐来说,如果这样再得不到一个名分的话,那就太侮辱她了。他很有可能在小爱姐生日之前拿下那笔投资,这样的话,他会在她生日当天重新向她求婚。

这次肯定不会有华丽的婚礼,但他们将终身相守。我盼望着在不久的将来，小爱姐会见证哥哥事业的再一次崛起。我知道，哥哥会很努力让那一刻尽早来临。

如今我只希望他能顺利拿到投资，好在小爱姐生日那天给她双重惊喜。

7

今天哥哥又去了A公司和主管见面。那家公司不在草莓山镇，而是在离我们将近四个小时的三泉市。

父亲在世时，生意一度在三泉市达到了辉煌的巅峰，也在那里交了一些朋友。哥哥说，具体到这件事有点复杂，但不用担心，事情的确是在向好的方向发展。如果顺利的话，近期就能拿到资金。

小爱姐的生日很快就要到了。我问他能不能确保在小爱姐生日前拿到贷款，他说需要耐心等待，可我真的很为他们着急。

祈祷一切顺利。

最近几天乔林异常冷淡，就算我有严重的感知障碍，也没法再视而不见了。

从一开始到现在，我一直在努力。如果还有什么是我能做却没有做的，只要能让他爱我，我什么都愿意去做。好想有个人能告诉我该怎么做，是摘下天山悬崖上的雪莲花，还是弄到浩渺深海里埋藏在贝壳中的珍珠？

如果能够知道如何得到他的心，不管多难我都会去做。可我不知道该怎么做，没有人知道。

日记之四

我最近总是向小莉诉苦。虽然她没有抱怨，但我已经感受到日渐滋生的不耐烦。我大概是因为唠叨被"讨厌"了。我下决心，不能再这样下去了。

多亏小爱姐的生日就快到了，让我可以有更多的事可以关心。

8

今天哥哥说他接到了A公司的电话，他们邀请他下周三下午去三泉市商谈。可那一天刚好是小爱姐的生日。

我问能不能改一下时间，哥哥像看怪物一般看着我："你是不是还没搞清楚现在的状况？是我们求爷爷告奶奶求着人家见我们，他们给了这个机会，现在我们说要换个时间，你疯了？"

我简单给他算了算，下午谈完生意，再经过四个小时的车程，他至少要晚上才能回来。只希望不要太晚，以致错过小爱姐的生日。当然，更重要的是，希望他带回好消息，并且求婚顺利。

9

今天是小爱姐的生日，也是哥哥去三泉市的A公司商谈的大日子。如果一切顺利，他还会向小爱姐求婚！

天还没亮，我就醒了，之后就再也睡不着了。

我去院子里走了走，回来的时候乔林已经起床了。他拐弯抹角地问我今天有什么打算，我猜也许是和小爱姐的生日有关。

草莓山镇的疗伤假期

早些时候,哥哥也问我,乔林会不会来参加小爱姐的生日聚会。跟往常一样,我说乔林一向很忙,应该没有时间。和哥哥他们见面时,我很少邀请乔林参加,他也从来没主动提起过。我觉得这样对大家都好。

我回答说没什么特别的安排,也许晚上会回来晚一些。他问是什么事,我说朋友聚会,他一定知道我在敷衍他,我也知道他知道这一点。他总是回家很晚,没有理由在乎我是不是偶尔一次晚回家,不是吗?

我觉得今天的时间比往常更难熬。和小莉通过电话之后,时间好像变得更慢了。她给小爱姐准备的生日礼物是一条珍珠项链。

上午我去了一趟疗养院,妈妈正在和疗养院里的其他老人一起看电视。她坐在安静清凉的大厅里,一边看电视,一边呵呵笑着和老人们说话。看到我的时候,她愣了一下。至今她对公司倒闭的事一无所知,如果可能的话,我们真希望能永远瞒着她。

对于还得在疗养院住一段时间的事,妈妈没有太抗拒。她问我:"你哥哥的生意没出什么问题吧?"

我说没有。但她总是问起生意的事,我感到无颜面对她,又怕说错什么话。待了一会儿我就走了。

一回家就接到了哥哥的电话,他说马上要出发了。如果他回来得太晚,我们就不用等他吃晚饭了。我告诉他不会这么晚的,我们会一直等他,因为他还有一个无比重要

日记之四

的任务要完成。

晚上见,我说。晚上见,他说。

10

我真的不知道该怎么办了。如果下地狱可以解决这一切的话,我也会毫不犹豫地去做。在经历了这一切之后,也许我已经是一具行尸走肉了。

谁能救救我,谁能救救我们。

11

我不知道是不是该按哥哥说的做,我现在已经什么都不知道了。很想找个人商量,可是我不能。

能听我倾诉的只有日记。

晚上乔林问我:"不是有朋友聚会吗,怎么会回来这么早?"我随便找了个理由打发了,他不相信,但我也没有多余的精力让他相信。

脑袋一团乱,连自己写了什么都不知道,更别提思考了。哥哥说,如果我不按照他说的做,他会恨我一辈子,可仅剩的直觉告诉我,我应该对小爱姐实话实说,否则大家都太可怜了。

不管是按哥哥说的话说,还是实话实说,我都说不出口。我恨我自己,我恨所有人,我恨这整个旋转不停的世界。

那天,经历了一个下午的严格审核,哥哥终于如愿拿到了A公司的投资。傍晚,他拒绝了公司负责人的聚会邀请，驾车往回赶。为了能在九点之前赶回来，他一路猛踩油门，在路经一条绿化带时，为了躲避拐角处跑过来的一只小猫，他撞上了护栏。

被送去医院的时候他还有意识，他请求医护人员拨通了我的电话，那时候我还在家。他要我暂时对小爱姐保密。

"我已经打电话跟她说了，公司再三挽留，我实在脱不开身，晚上不能回去了。"他用虚弱的声音叮嘱我不要说错话。

我说我必须马上赶过去，他说我必须留下来陪小爱姐过生日，以免她察觉，然后就不说话了。

那时候我连他是否能活下来都不知道。一接过电话就是这么个噩耗，我完全吓傻了。

后来医护人员接了电话，说我哥哥没有生命危险，但是有一条腿受伤严重，还需要手术观察。鉴于家人都在外地，为了不耽误急救手术，他们需要在电话里通知我。

一想到和小爱姐的见面，一路上我都心神不宁，自己也差点被车撞了。

最终我什么都没有告诉她。她看起来有点失望，但我知道这都不算什么，因为未来更加令人绝望。

小爱姐有点心不在焉，吃过晚饭就要"散场"，但小莉和我都不同意。小莉是由衷的，我只是不想被她看出破绽而已，哥哥还在医院里，我怎么会有庆祝的心情？

那时候我才知道，世界上最痛苦的感受并不是痛苦本身，而是明明很痛苦，还要强颜欢笑。我找了个理由，说犯了胃病，提早回家了。小莉有点喝醉了，她没有看出来，不知道小爱姐是不是有所察觉，我也顾不上那么多了。

我想去看望哥哥，他说他更希望我能乖乖在家听他指挥，不要引起小爱姐的怀疑。他用虚弱的声音请求我答应他，我怎么能说不呢？

12

手术成功，哥哥失去了一条腿。

13

下午哥哥打来电话，我们隔着千里痛哭一场。真希望我在他身边——在他出事故时、手术时和现在。我也希望小爱姐能够在他最需要的时候陪在他身边，这就意味着我必须得告诉她这个真相。

到底该怎么办？

我不知道。

是该遵照哥哥的意愿，还是遵循我内心的召唤？我害怕得无法思考。事到如今，灾难一个个降临，不知道是不是还有尽头。我不敢想，也不敢一意孤行令他失望。我不敢做任何事。不管我做什么，结果只是每况愈下。

最后哥哥说有一件事求我，问我能不能答应他。他要我告诉小爱姐，他死了。

他已经破产，又失去了一条腿，现在完全失去了东山再起的机会。他甚至连一个完整的正常人都不是了，已经彻底与幸福绝缘了。如果说以前还有机会给她带来幸福的生活，而现在这种机会已经完全破灭了。如果不尽快离开她，对两个人都不好，他也只会徒增痛苦。现在他连一想起她都会受不了，更别提见到她了。

我们哭了那么久，后来不知道怎么回事，我被他说服了。他发誓如果我对小爱姐说出真相，他会恨我一辈子。他已经失去了一条腿，失去了重振旗鼓的希望，失去了小爱姐，如果再失去我，那他就所剩无几了。我实在无法对他的请求听而不闻，而且我不能眼睁睁看着小爱姐这么好的女孩为此耽误一生，这对她来说太不公平。

至此，哥哥和小爱姐的缘分算是永远结束了吧。

我觉得很累，人生很累，一切都很累。像哥哥和小爱姐这样奋力拼搏、不肯认输的情侣，为什么还必须要分开？

我突然觉得，就算花一辈子，甚至再花一辈子，乔林也不会爱上我了。因为有些无可奈何的结局早已注定，再挣扎只能徒增痛苦。他爱我或者不爱我，似乎不再那么重要了。

谁爱我，谁不爱我，我爱谁，我不爱谁，真的有曾经想得那么重要吗？如果我也失去一条腿，我还会不会整天挂念乔林是不是爱我？

我哥哥该怎么办？我又该怎么办？

14

我忍着心痛告诉小爱姐哥哥已经去世的时候，根本不

日记之四

敢看她的眼睛。她失去往日的光彩和高雅，撕心裂肺地尖叫着，趴在地上一边痛哭，一边捶打着地面。如果不阻止她，我真害怕她把手掌捶烂。

切肤之痛也不过如此。

我差一点忍不住把真相告诉她，但就算告诉她又能怎么样？她已经失去了我哥哥，长痛不如短痛，就让她痛痛快快地哭一场，然后接受这一切吧。

除此之外，再没有别的办法了。我哥哥那么爱她，她曾经是他奋斗下去的勇气。如今一切都变了。

如果他活着只能给她带来痛苦，那对他来说，将会是最痛苦的事。我想明白了，既然事已至此，我不能看到哥哥整日深陷在负罪感中生活，也不想看到小爱姐的下半辈子被毁掉。那对两人来说，未免太残酷了。

离开之后，至少能让他活得轻松一点。她也是。

她发出尖厉的喊声，问我为什么，老天爷为什么要夺走她的幸福。我也想知道，可是我不知道，她失去的幸福也是我失去的幸福。那个美丽的女孩仅仅一瞬间就变成了另一副样子：泪流满面，使劲抓着乱蓬蓬的头发，脸上血色尽失，茫然不知所措的眼睛中全是泪水，就像一个已经失去未来的人。

但我相信，至少希望，对她来说，一切都会过去。她会有未来的。过一段时间，也许要花很长时间，她会放下我哥哥，认识别的男人。但如果下半辈子和我哥哥捆在一起，她的确是没有未来了。

也许我只是在为自己的懦弱找借口。至少现在我明白了，无论是懦弱还是坚强，让一切顺其自然吧。

15

根据哥哥的交代，他的"遗体"已在三天前，也就是我将他去世的消息告诉小爱姐的前一天就被火化了。小爱姐问我为什么不让她去参加葬礼，我只能以哥哥的遗嘱来搪塞。几天来，她除了发呆就是默默地哭泣，像完全变了一个人。

我带她去了三泉市的墓地。站在哥哥的"墓碑"前，她一直在哭。我甚至产生了一种错觉，就好像我哥哥真的死了一样。后来我终于明白了，的确是有什么东西死去了，就像所有一去不返的东西一样。

我忘了是怎么和小爱姐分别的了。后面的事我都有点记不住了。

当时我想，也许我们就此一别，再不会有见面的机会了，至少今天再见的时候，我们没有约定下次见面的时间。

或许我要戒掉写日记的习惯了。

16

今天去医院看望了哥哥，只聊了一会儿，他就累了，然后睡着了。我猜他是在装睡，因为这样我们就不用交谈了。

于是我坐车回家了。路上我作出了一个决定，回去之

日记之四

后我要告诉乔林,我要离家一段时间。不管编一个什么理由,我一定要去医院照顾我哥哥。

希望下次哥哥醒来的时候,我就已经陪在他身边了。妈妈还不知道他的事故,现在只剩下我们两个相互掩护,我不能让他再独自一人。

一回家,乔林在等我,他很少下午这个时候在家。我有一种不祥的预感,但我并不害怕,因为已经有足够多的不测发生了。我的身体和大脑也已经麻木了。

我毫无缘由地想起了前天他问起关于我哥哥的"葬礼"。

他坐在餐桌旁,端着一杯水,像是在等我。我不记得他曾经坐在这里等过我。我没力气像以前那样玩"猜心"的游戏,只是开门见山地问他有什么事。他说有事要跟我谈。我对他要谈的事没有一点头绪,也懒得去想。

我想不到——即使给我再多的时间我也想不到,他竟然会提出离婚。就在我哥哥"葬礼"之后的第三天。

突然间我看透了,他不是我挚爱的那个乔林,坐在我面前的,就只是一个没有心脏、没有灵魂、没有情感的魔鬼。

这样的魔鬼,即使失去他,又有什么好可惜的?我不知道是什么让他迫不及待地在我最需要帮助的时候甩掉我,我只知道他话一出口的那一瞬间,我就已经对他恨之入骨了。

这样也好,我就能去照顾我哥哥了。

面前的这个男人,我认识他近十年,爱上他也有七年,但我从来没有像现在这么确定他是一只冷血动物。以前是我自己让自己被盲目的爱蒙蔽了眼睛,现在我看清了,他不只从来没有爱过我,而且还一点也不在乎。

我正站在悬崖边,他还伸手推了我一把。

他说已经把现在住的房子划在我的名下,我隐约记起这正是体检之后他应付资产调查时做的手脚,原来是早就计划好的。他还会付给我足够多的赡养费,让我别为下半辈子的生计担心。

他说着,我站起身来往前走。他问我去哪,我没理他。我走进卧室,开始收拾我的东西,然后一一打包。大部分是书、唱片和工艺品之类的——我初次踏进这所房子时,是它们陪我来的,如今当我离开时,陪伴我的仍然只有它们。

一切仿佛又回到了一年前的夏天。

不知道过了多久,乔林进来了,看起来很吃惊。"你不用走的。"他说,"我把房子留给你了,你刚才没听见吗?"

我根本没有抬头看他,也没有停下手上的动作。

"你不用现在收拾东西,就算你想卖掉房子,也不用这么着急,可以等一切都安顿好之后再说。"

可惜我已经听不见他的声音了。当我爱他的时候,他说过的话对我来说比全世界都重要,而如今,他说的话对我来说已经毫无意义了。

他试图阻止我,但是这没什么意义。惺惺作态的伪君子,没多久就不耐烦了。他说反正房子归我了,我想什么时候走或者不走,他都不会干涉。他会尽快收拾东西搬出去,也会把离婚通知书寄过来,说完就走了。

在空荡荡的房间里,我真切地明白了一个道理:缘分天注定。如果不该长相厮守,不管怎样挣扎都无济于事。离别到来时,除了面对,没有别的办法。

我将婚戒留在餐厅的餐桌上,摘下右手无名指的紫水晶戒指,放进口袋,提着行李走出了那栋冰冷的房子。不管今后的命运是浪迹天涯还是画地为牢,我只知道,有生之年我再也不会回去了。

再见了,乔林。再见了,旧时光。我很想告诉自己我没有后悔爱过他,可是我的确悔恨交加。

17

如今我已经搬回妈妈家住了。

小爱姐结婚了,跟她结婚的人竟然是乔林!

我哥哥"死"后一个月她就结婚,这有点太快了,毕竟他们曾经那么深爱过。但那是她自己的事,我试着说服自己。

内心深处我知道,她没有义务永远祭奠我哥哥。对她来说,我哥哥已经死了。如果她能找到好归宿,遇到爱她并愿意照顾她的人,我和哥哥都会因此而感到欣慰。如果她能尽快走出痛苦，那又何尝不是一件很好的事。

我默默希望她的心中永远为我哥哥留有一席之地，但也仅此而已。我更希望她能忘记痛苦，开始新生活。

但与她开始新生活的那个人竟然是乔林？我不懂。她为什么非得选择乔林那个自私恶劣的伪君子？

我是从小莉那里听说这个消息的，从那天在哥哥的"墓碑"前分开，我没有再见过小爱姐。听到这件事时，我的心脏停跳了一拍。我无比尊敬的小爱姐，竟然以这种方式打破了我心中她那完美无瑕的形象，她竟然选择嫁给我的前夫。

一想起乔林就令我感到恶心。

她爱他吗？我不相信。那她为什么要做这种傻事？为了忘记我哥哥？嫁给一个她一点也不爱的男人真的能让她感觉更好一些吗？现在的她，不是我认识的那个她，到底发生了什么？她为什么会那么做？

18

前天听小莉说，小爱姐和乔林的婚礼没有邀请任何朋友，我想这应该是小爱姐的意思。我做梦也想不通她为什么会这么做，直到今天在超市遇见了她：她怀孕了。

她怀孕了。

看到她腆着肚子的样子，看到她躲避我的慌乱眼神，我就明白，那是我哥哥的孩子。世界上没有人比我更清楚，那不会是乔林的孩子。原来这就是她急着结婚的原因，现在我终于明白了。

她转过头装作没看见我，我知道她不希望我看见她，于是我装作没有看见她。

天啊，天啊，天啊。

她怀的是我哥哥的孩子。

她永远不会知道我明白孩子是我哥哥的。她急匆匆地离开了，差点撞到一个抱小孩的女人，那个女人瞪了她一眼。她到底是因为不声不响嫁给我的前夫而愧疚，还是因为我哥哥出事之后这么快就嫁人而愧疚，全都不重要了，因为我知道了实情。

19

哥哥出院之后住进了三泉市的疗养院，这会儿我正坐在火车上。火车还有四十分钟到站。

昨晚我一夜未眠，一直在考虑，是不是该把那件事告诉哥哥，毕竟孩子是他的血肉。

小爱姐和乔林已经结婚了，就算哥哥现在知道实情的话，他又能为小爱姐和孩子做些什么呢？给小爱姐和孩子一个安逸优渥的家——是他不可能做到的。也许揭露实情，对他、小爱姐、孩子，对所有人来说，都会是一场悲剧。

没有人会因此而得到幸福。

虽然乔林是一个混蛋，但我知道，他对小爱姐的爱毋庸置疑。如果他愿意爱她并且包容她的孩子，对于我们这个灾难重重的家庭来说，这算不算一种解脱？毕竟小爱姐还有一辈子要活，有一个爱她的男人愿意照顾她，这难道不是解脱？

我恨乔林，但如果他能保护小爱姐和孩子的话，我别无所求。

我承认我很自私，因为她怀的是我哥哥的孩子。我、哥哥、小爱姐，现在我们谁也没有能力给孩子一个安逸的成长环境，除非小爱姐遇到一个真正爱她、愿意包容她的男人。这很难。

她心里一定明白，如果拒绝乔林，去寻求家人的帮助，孩子肯定就保不住了。在这个小小的草莓山镇，还从来没有女人未婚产子过。她一定要留下这个孩子，所以才会寻求乔林的庇护。

我和她一样希望孩子出生。这个孩子将会成为乔林唯一的孩子，他自己知道吗？除了小爱姐、我和小莉，将不会再有人知道这个秘密。我相信小莉会为我、小爱姐，为我们所有人保守秘密。

火车马上就要到站了，我想我要永远带着这个秘密生活下去了。

我希望自己有勇气烧掉这本日记，却又不敢想象这个秘密永远被埋没在人间。这样一来，那个可怜的孩子就永远都没法知道自己的亲生父亲是谁了。

Part 14

Fourteen
连环神秘事件

草莓山镇的疗伤假期

日记戛然而止，给李安琪纷飞的思绪留下了一连串空虚的气泡。这种感觉很奇怪——比起没讲完的故事，它更像不知何故唱了一半就停止的歌声。

知更鸟在歌唱，她双手捧着日记呆呆望着窗外的石榴树。日记的主人后来怎么样了？她哥哥和小爱姐呢？日记里提到的所有人后来都还好吗？那个孩子出生、长大了吗？

她迅速地翻看着日记本后面的空白页，说不定哪一页里就隐藏着故事的结局呢？没有，什么都没有，只留下一丝难以言喻的淡淡忧愁。

和她期待的不一样，日记的结尾没有标记藏宝图，或是揭露某桩惊天谋杀案的内幕，甚至没有留下一个真正意义上的秘密。但是这个故事却使她毫无来由地情绪低落。

连环神秘事件

电话铃声打断了她天马行空的想象，天天带来了一个消息：邵洋在草莓山镇租到的一套公寓里住了下来。

这个消息可彻底把李安琪从天方夜谭般的故事人生中拽了出来。她觉得这事很玄乎。盛夏时节在草莓山镇租套房子可不是一件容易的事，李安琪自己就深有体会，如果不是无意中听天天提起这么一套神秘的宅子，她很可能要借住在姨妈家。

可邵洋这个混蛋怎么就轻而易举地租到了房子呢？

据天天说，那天邵洋被姨妈的鞋底打出院子之后，本打算直奔火车站的，不过巧得很，他经过了镇上唯一一家房屋中介所，还踏进大门，遇到了镇上唯一一位房介代理：热情如火的鲍宝。

李安琪立刻回想起那位骑着粉紫色电动车来介绍房子的风一般的男人。邵洋把他在草莓山镇短短几小时的"悲惨"遭遇告诉了鲍宝，当然是以他的视角讲述的。后来鲍宝把这件事告诉了他表妹，而他表妹和天天都是读书会成员。于是这会儿，天天一回家，就迫不及待地打了电话给李安琪。

"因为当时刚好有人闹着退房，主要是嫌房间太过简陋，鲍宝就把房子推荐给了这个邵洋。"

气愤化作了叹息，李安琪叹了口气。

"他先租了一周。因为房子实在是太烂了，没有空调，电扇前天也坏了，壁橱里发现了蟑螂，水管不出水。

房东都说这房子可以按天租。"

邵洋以前风光得意的时候,可从来没像块强力胶似的黏着她。他正迫不及待地踏上婚礼红毯呢,谁知道出了那么一档子事,他从高悬的云端掉了下来。这会儿只能来缠着她,做个软骨病患者了。她从来不知道,一个像他这么冷漠的人还可以如此执着。

"姐,看来他是缠上你了。"

既然这样的话,李安琪对他可就没什么可客气的了。

"不过他没做什么违法的事,我们也拿他没什么办法,谁也不能赶他走——"

天天话音未落,门铃响了。打开门,门口却没人,除了诡异地颤动着的飞燕草丛,眼前的一切就像一幅莫奈的油画。李安琪悄悄走近房子前的这一小片花团锦簇的飞燕草丛,拨开茂盛的花枝查看,什么都没有。

大概是谁家小孩的恶作剧吧。

回到门口,她才发现自己错了。三层台阶上的绿色毛毡上摆放着一个雪白的信封,色彩对照之下,不能更显眼了。她拿起信封,再一次走到院子里仔细查看,一个人也没有。很显然,按响门铃的瞬间,这个人就已经逃走了。

李安琪拆开未署名的信封,抽出一张信纸。一看这歪歪扭扭的字迹,她就知道是怎么回事了,不禁觉得恶心。

"亲爱的安琪,我知道你还在生我的气,我也知道这恰恰是你还在乎我的表现。我得承认,那件事的确伤害了

连环神秘事件

你的心,但这并不代表我们不能够克服这一切,破镜重圆。我知道你仍然想和我在一起,你骗不了我,我会一直给你写信,直到你消气为止。我会一直等你的,爱你的邵洋。"

李安琪将信纸塞进信封,强忍住想把它扔进垃圾桶的欲望,一把拍在了木桌上。她走出房子,锁上房门,走出院子之后,又锁上了院子外的栅栏。这样一来,他就不可能再进到院子里,将信封摆在她的门前了。

十分钟之后,姨妈和天天听完李安琪的控诉,义愤填膺地点着头。姨妈说过,她有一个朋友在镇上做警察。李安琪迫切地想知道,这封信件是否就是邵洋骚扰她的证据,收到多少封类似的信件,他们才会接受她的报警。

姨妈摇了摇头:"可是他已经退休了。"

"这事也可以回棕榈市再说,可我还有一周多的假期呢,不想被这个人搅乱了接下来的假期。"

"趁早处理吧。"天天说,"不然就算回到棕榈市,他还是一样会骚扰你。"

"安琪,你还住在原来的那栋楼吗?"姨妈问。

李安琪点了点头,姨妈指的是她在棕榈市的住址。

"上次去看你的时候,就觉得那栋楼的治安很不错。连进楼下的大厅都要面部识别,快递柜、信箱和储物柜之类的,也有专区,出门不远就是地铁站,比我们这里安全多了。"

草莓山镇的疗伤假期

"不是吧?"天天说。

姨妈听而不闻:"所以说,安琪,要不你就回棕榈市吧。姨妈不是不留你,只是小镇治安,你知道的——"

"可安琪姐还有一周多的假期呢。"

"还记得那年的案子吗?一个跟踪狂整天跟着一个女孩,被逮住也不承认,非说自己在逛街。有一次那个女孩为了躲避他被车撞了,在医院里待了半年。可那也不是拘捕他的理由啊,他就只是跟踪而已。"

"您的意思是,像邵洋这样的混蛋,就没有什么可以拘束他的了?"天天问。

姨妈答非所问:"要是安琪在草莓山镇再出了什么事,我该怎么向她妈妈交代?"

原来如此。李安琪的心被一个"再"字刺痛了。姨妈是说,如果她和李安妮连遭不幸,她负不起这个责任。

与此同时,她又觉得哪里不对劲——这不像姨妈的作风。

天天说:"只要你不理他,过不了几天他就知难而退了。"

之后谁也没再提起这件事,但李安琪总有种感觉,她的草莓山镇假期似乎被一种叫邵洋的细菌污染了。那感觉好比走在开满鲜花的乡间小路上,突然踩了一堆狗屎。

晚上睡觉前,门铃又响了。她心里觉得有可能是邵洋,于是赶紧到猫眼前往外看,但人已经走了。

连环神秘事件

手握从储物室里找到的木棒,她小心翼翼地打开门。毛毡上摆放着一个和昨天一样的白色信封。犹豫了一会儿,她还是拿起了信封。不过这次她记得走进院子,锁好下午丢垃圾时打开的栅栏门才进屋。

她没有拆开信封就把它丢进了垃圾桶。她看了《草莓兔开心英语》和一部重播的圣诞电影就去睡觉了,可是躺在床上翻来覆去睡不着。李安妮的脸又浮现在她面前,于是她只能睁着眼睛,凝视天花板上的月光。

月光快消失的时候她才睡着。

第二天她是被电铃声叫醒的,看看床头柜上的手表,七点十分。她急匆匆地从床上坐起来,突然意识到这铃声没准又是邵洋按的,就又躺了下去。院子外的电铃比普通门铃响亮多了,他不像昨天一样按完铃就跑,而是按起来没完没了了。

李安琪一把抄起放在地板上的木棒,走出卧室,下了楼梯,径直朝玄关走去。她推开门,走进院子,来到凌霄花覆盖的栅栏前。栅栏外站着的不是邵洋,而是一个她不认识的老奶奶,还在一个劲地按电铃呢。

"请问有什么事吗?"

老奶奶停下了按电铃的手,注视着李安琪手中的棒球棒,说:"你门口有一封信,我路过的时候看到的。"

"谢谢您。"李安琪接过信封,一关上门,就把它扔进了垃圾桶。

草莓山镇的疗伤假期

下午去超市回来的时候,门前的毛毡上又摆着什么东西——这回是一张纸条。邵洋一定是从铸铁栅栏门上面爬进来,把纸条放在了毛毡上。而且他像是知道李安琪不会拆开他的信一样,直接省下了信封。

她一看纸条上的字迹,差点气笑了。不知道他花了多长时间,从报纸上剪下铅字,歪歪扭扭地贴在纸上,搞得就像上个世纪黑白电影里的勒索信。

"离开草莓山镇,这不是你该待的地方!"

这话是什么意思?她待在草莓山镇,碍着他什么事了?他们之间玩完了,就算不是在草莓山镇,而是在空中花园里,也不可能有任何挽回的余地了。真是可笑,邵洋这个人已经得神经病了。

他最近的一系列行为揭示出他的神经失常和智力受损,也许是老板千金这只煮熟的鸭子飞走给他带来的打击太大,远远超出了他的承受范围,使他患上了严重的应激综合征。李安琪这才真切地感受到,那场意外其实是命运对她的挽救。如果真的嫁给了这个人,岂不是更糟糕。

还把报纸上的字剪下来贴字条给她,他这么做有什么意义吗?曾经的邵洋虽然冷漠自私,但好歹还没脑残无聊到这种程度吧?他的智商得骤降到什么程度,才能导致他做出这么异常的事?

他的行为印证了一句话:不少看似正常的人其实都徘徊在失常的边缘。今天还在贴纸条,说不定明天就要被送

连环神秘事件

进精神病院了。

那天下午,李安琪整理了花园里旺盛的杂草和腐烂的藤蔓,之后躺在石榴树下的一小块草地上,听知更鸟唱歌。她回想起了来草莓山镇的第一天,回想起了她去棕榈市的第一天,回想起了她的童年。

也许她真的不再年轻了。她以前从来不会回首往事,年轻人总是看着前方,才不会像她现在这样回首往事。没有未来的人才会沉浸在往事中。

傍晚她为自己做了一大份蔬菜沙拉和蔬菜汤,吃了从快餐店买来的汉堡和布丁,然后又看了每周一次的《草莓兔开心英语》重播。不知道怎么回事,她竟然迷上了这么个儿童节目。这是本周第二次看重播了。每次看到草莓兔故意在蘑菇房子前"碰瓷"摔倒时,她都忍不住笑出来。

那天晚上,检查院子外的栅栏门是否上锁时,她又发现了一张纸条。纸条上串着一根树枝,落在离栅栏门不远的花坛泥土里。大概是他注意到了房间里的亮光,没有冒险爬进栅栏,而是将串纸的树枝扔了进来。

仍然是从报纸上剪下的黑色铅字,仍然是脑残的勒索信风格。

"再不离开草莓山镇,你会后悔的!"

这难道不是赤裸裸的威胁吗?李安琪越想越不对劲,邵洋这是想干什么?他的目的仅仅是让她离开草莓山镇?这对他有什么好处?

草莓山镇的疗伤假期

十一点,她准时熄灯。和前一天晚上不一样,这一天她很快就困了。也说不上过了多久,她迷迷糊糊地听见雨点打在窗户上的声音。没一会儿,她又睡过去了,直到听见一个奇怪的响声。

她处于半睡半醒的边缘,潜意识等待着另一个声音把她唤醒。果不其然,几秒钟之后,那个声音又一次响起了。为什么窗外没有雨水砸向大地的声音,只有雨水砸向窗口的声音?意识模糊的她意识到,那不是下雨的声音。

一旦意识到这一点,李安琪的困意一扫而光。她被吓醒了。她没有拧开台灯,摸黑走下床,走到窗口,轻轻地掀开窗帘,借着街道上的路灯朝外看。

不敢相信自己的眼睛,她竟然看到一个戴着帽子的黑色人影从街道上急匆匆地一闪而过,鬼鬼祟祟地消失在了街角。老实说,她有点害怕了。

看看表,已经凌晨一点多了,现在再去敲姨妈家的门也太晚了,只能缩在床上祈祷黎明的降临。

邵洋的行为和变态已没什么区别了。

现在李安琪也越发觉得这件事很蹊跷,说不出的蹊跷。她所认识的邵洋懒惰至极,只想花最小的力气得到最大的利益,而且胆小怕事、没有担当。他不是会做这种费力不讨好之事的人。

可除了他,还会有谁呢?不会有任何人有理由这么做。她才来草莓山镇不到两周,除了姨妈一家和他们的朋友,谁也不认识,更别提得罪什么人以至于如此孜孜不倦地威胁她离开小镇了。就像福尔摩斯说的,排除所有不可能的,剩下的即使再不可能,那也是真相。

自从邵洋出现在镇上,这些小把戏就出现了,不是他又是谁?

鉴于她对他的了解,近几天她并没有真的被他的威胁吓到,不过这一次,她隐隐有些担心了。他已经失去道德了,要是再失去理智,谁知道他会做什么?

她在黑暗和寂静中等待着时间一分一秒逝去,心跳声在耳畔回荡着。过了很久,离天亮不远的时候,她睡着了。但第二天她醒得很早,阳光洒满房间的时候,她不像前一天晚上那么害怕了。

毕竟那只是邵洋而已,不是什么隐藏在无形之中的可怕力量。他只是从一种废物变成了另一种废物,而且变得越发难以理解了。

她疑神疑鬼地站在二楼楼梯的窗口,观察院子外的情况,希望能够"偶遇"正在鬼鬼祟祟往栅栏里爬的邵洋,可惜院子外什么都没有。和昨晚相反,静得要命。

李安琪不甘心,她想出了一个办法。她扛了一桶水,放在门口,站在猫眼前,只要邵洋一靠近,她就打开门泼他一身水。既然他不择手段,她为什么不能报复他?她本来是不想和他一般见识的,可是实在咽不下这口气。

在猫眼前站了一个小时,也不见个人影。本来就睡眠不足的李安琪不知道从什么时候开始,站着打起了瞌睡。她在睡意的驱使下,在离门口不远的沙发上躺下。

门铃响了!

睡梦中的她一下子跳起来,顾不得隐隐的头晕和还未完全苏醒的身体细胞,一个箭步冲到门前,抱起摇摇欲坠的水桶,猛地打开大门,将一桶水全浇在了站在门前的人身上。一系列动作一气呵成,连一秒钟都没用到。她为自己的机警而骄傲。

伴着一阵卓尔不群的高分贝尖叫声,李安琪睁大了她那惺忪的睡眼,被眼前的情景吓了一跳。

门前站的正是姨妈,她像一只落汤鸡一样湿透了,头发和衣服上都滴着水,脸上带着难以言喻的表情。表情中糅合了无奈、犀利和看透世事般的洒脱。

姨妈举着一个白色的信封,呆立在门口,说不出话来。

"姨妈,这信封?"李安琪问。姨妈还没开口,她就明白了。

"我担心你,过来看看,在门口发现了这个信封,准备拿给你。结果却被你泼了一身冷水。安琪,你这到底是在搞什么鬼啊?"

李安琪差点一口气没缓过来。

连环神秘事件

李安琪和天天去了园艺会。确切地说,她们原本是打算参加园艺会活动的,人也去了,不过两人一直谈论的却是邵洋的事。

说着说着,连李安琪自己都觉得不能忍了。在天天的陪伴之下,她们提前溜出花房,去了警察局。

就像姨妈说的,仅仅握有几封信件和纸条,并不能证明邵洋有什么问题,除非他真的做出违法的行为。而且,那些"威胁"纸条也不像李安琪想象的那么管用,她没有足够的证据证明那一定是邵洋留下的,除非进展到提取指纹那一步。"当然,你可以将它们保存起来,留作日后的证据。"

说好的公园也不想去了,李安琪闷闷不乐地回了家,结果又在门前的毛毡上发现了一张报纸拼字纸条。这次他又从栅栏上爬进了院子。

一想到他趁她不在的时候,在这座宁静的小花园里转悠,她就觉得气愤。那种感觉就像一只冒着绿色毒液的蟾蜍在花园里留下一道道绿色的痕迹,不同的是,邵洋留下的痕迹是无色的。

"如果你执意待下去,将会有不幸发生。"

这个恶毒的诅咒令她痛心。已经有足够多的不幸发生了,她失去了安妮,事业受挫,失去了人生的方向,他竟然还如此阴魂不散地缠着她、诅咒她。可他为什么偏偏和草莓山镇过不去呢?这难道不是一件很奇怪的事吗?挽回她也好,威胁她也好,这些和草莓山镇有什么关系?

李安琪倒了一杯柠檬水,瘫坐在沙发上,按下了电视遥控器。屏幕上,一个指挥家激情澎湃地指挥着他的交响乐团,情到浓处,还抽搐般地甩了甩脖子。乐团的成员都演奏着手中的乐器,一个个都像指挥家一样斗志昂扬。

她盯着屏幕,心思却不在上面。被变态缠上的感觉并不轻松,这是她第一次真的考虑离开草莓山镇。要是剩下的假期都要被迫和这个最近刚成功跻身心理变态行列的人搅在一起,那她宁愿放弃假期。

不如就回棕榈市吧,要不就回家乡。自从姐姐的葬礼之后,她还没回去过。她堂哥在家乡开了一家跆拳道馆,邵洋要是敢跟她回去,堂哥一定会给他好看。当李安琪发现自己在考虑这件事的时候,她明白这个假期是彻底被毁了。

她倚在沙发上,四处张望。要说离开这座房子,不知何故,她觉得非常不舍。短短两周,在这寂静神秘的房间的庇护下,她几乎能听到自己的伤口愈合的声音。才住了不久,她就有了在此住了一辈子的感觉。

突然,她的目光落在茶几上的一只玻璃杯上,然后愣住了。有什么地方不对劲。过了一两秒钟,她才发现是哪里不对劲。

自从搬进这所房子以来,她从来不曾把餐厅里的玻璃杯放在客厅里的茶几上!她可以发誓,自己绝对没有这么

连环神秘事件

做过。

一瞬间,恐怖的鸡皮疙瘩爬满了全身,背后也冰凉凉的。她坐在沙发上,被吓得一动不动。

难不成邵洋趁她不在的时候溜进了这间房子?这不可能。就算他有三头六臂,可是他没有钥匙啊。据鲍宝说,去年别墅区里曾经出现过小偷,之后他给这所房子更换了超级防盗门。仔细观察之后,李安琪确定门锁没有一点磨损的痕迹。没有钥匙,也没有破坏锁芯,他是根本不可能进来的。

他就是邵洋而已啊,那个不思进取、好吃懒做的邵洋。他们认识两年多了,别说撬门锁,他连自己家的门锁坏了都只能打电话给修锁公司,而且他还没有厉害到可以像幽灵一样穿墙而入吧?

静下心来,李安琪明白自己有点反应过度了。

从年初开始,她就遭受了一系列打击。原本好好的一个假期又被邵洋搅黄了,最近几天也一直没睡好,精神恍惚是肯定的。丢三落四,或者原本找不到的东西又在原处找到,这些傻事她都做过。有什么理由说这次不是类似的情况呢?

说不定,今天清晨她被栅栏外的电铃惊醒,从花园回来之后,回卧室的路上顺路去厨房倒了杯水,回来又忘了。连续几天睡眠不足,发生这种事也没什么奇怪的吧。

这么一来,她自己也不确定玻璃杯是不是自己放在茶几上的了。不过她松了一口气,潜意识里接受了这种可能性。是自己太敏感了吧,或者邵洋学会了穿墙术,否则没有其他的解释了。

她一丝不苟地巡视了整间房子,没放过任何一个可疑的角落,搜索是不是有人潜藏在房间里,连沙发底下、门后和衣橱门后也好好看了。没有,一个人也没有。果然是她神经过敏,想得太多了。

一阵折腾之后,她累得够呛,夜幕已在不知不觉之间降临,她连晚饭也懒得吃了。回到卧室,扑向软绵绵的床。

过了好一会儿,她睁开眼睛,伸直双臂像挥动船桨一般挥动着。这是她和安妮的小把戏,小时候她们喜欢玩这个游戏逗对方笑。直到现在她依然会用这种幼稚的方式让自己打起精神来。

她的手抓到了什么东西——是她最喜欢的一条粉红色连衣裙。这下她的心跳彻底停了一拍,她像被美杜莎的眼睛凝视过一般冻结了。

如果说刚才的玻璃杯似是而非,这条裙子可以说是不容置疑的。

因为她记得很清楚,早上她根本就没将这条裙子拿出衣橱。她之所以这么肯定,完全是因为她根本没打算穿这条裙子。至于为什么没打算穿这条裙子,对她来说有点难以启齿,其实就连她自己也没发觉,直到这一刻为止。

今天她和天天去了园艺会。她知道姚柳兰不会参加今天的园艺会，但又不确定他会不会像上一次一样不期而至。所以她对自己的穿着和妆容花了点心思，这条裙子太轻浮了，她第一时间就把它否决了。

不是轻浮不好，她也曾经被彭于飞这种轻浮的男人迷住，只是她不想在姚柳兰那样的男孩心里留下轻浮的印象。可是她为什么会介意自己在他心中留下的印象，连她自己也说不出个所以然。

对她来说，他还是个很年轻的男孩，也许是他那使劲模仿彭于飞的样子触动了她心中柔软的记忆。她很难解释清楚。

所以到底是谁打开衣橱，拿出了这件裙子？

除了邵洋，还会有谁？她在草莓山镇认识的人并不多，为了保险起见，她还是给房屋中介的鲍宝打了电话，他说自从她住进去之后，他就再也没进过那间房子。"你当我是什么人了？我可是草莓山镇最专业的房屋中介代理商。"

证据摆在眼前，这下她不得不相信，邵洋的确是进来过她的房间。至于他是学会了穿墙术还是学会了隐身术，那就不得而知了。这会儿，邵洋仿佛变成了一个无处不在的幽灵，他一下子从一个废物变成了无所不能的人。

李安琪把自己吓出一身冷汗，她想起了学生时代听过的一个可怕的故事，试着想象邵洋的目光正盘旋在房间中的某处。突然，窗帘撩动了一下，她尖叫一声，从床上跳起来。原来是一阵风,但她已经受不了了。

她一路直奔楼下,一边尖叫一边跺脚,飞也似的一口气甩上房门,冲出院子,冲进夜色中的街道。两分钟之后,她使劲按着姨妈家的门铃,穿着睡衣、卷着发卷的姨妈打开门,一脸吃惊。"安琪,你怎么了?"

李安琪已经跑得上气不接下气了。想起了早晨看也没看就把一桶冷水浇在姨妈身上心里还默默称赞自己眼疾手快的情景,她不禁觉得无地自容。

姨妈给李安琪倒了一杯热巧克力,坐在沙发上凝视她,就像心理医生凝视着病人。这种眼神往往让人感到情况不容乐观。就连一向乐观的天天也皱着眉头。

气氛压抑得可怕,李安琪随口问了一句:"小海呢?"

"去参加象棋俱乐部办的夏令营了。"天天说。

姨妈看了天天一眼,意思是要她别扯远话题。"安琪,这到底是怎么回事?你最近的状况有点让人担心。"

一听这话,李安琪害怕了。姨妈这么说,意思不就是说她精神状况不大稳定吗?令她害怕的是,她自己也不知道,自己是不是一点问题也没有。难道那些疑神疑鬼都是她自己的幻想?毕竟今年她经历了这么大的打击。

想起刚才自己一路上边尖叫边飞奔的样子,在不知情的人看来,和精神病没什么区别吧。可那是被邵洋吓的呀。抬头一看姨妈的眼神,她的心里更是忐忑不安,她为什么在用看怪人的眼神看她?难道这也是错觉?

连环神秘事件

"不是的,姨妈,真的有人进过我的房间了!我可以发誓,那条粉红裙子应该在衣橱里,可它居然在床上躺着!还有那只玻璃杯,我现在也想起来了,我绝对没有把它拿进客厅,更别说摆在茶几上了!"一转眼,她发现自己正在竭尽全力地劝说姨妈和天天站在她这一边。

看天天的眼神,她已经听傻了。

"是真的呀,有人趁我不在家的时候,进过那间房子!你们要相信我啊!"

"我们没说不相信你。"姨妈说。可她的眼神分明就透露着对她说的话的不可置信,这到底是怎么回事?

"那些信封和纸条,那些可不是我幻想出来的吧?"李安琪说。

"我没说是你幻想出来的,不过你的精神太紧张了,这一点我还是能看出来的。这些信件的确是不可能造假,肯定是邵洋做的。但是他进了你的房间——"姨妈有点犹豫,"从理论上来说,是不可能的。你也知道,那所房子的防盗门是最保险的,不是专业的开锁匠很难对付。那个邵洋,他懂开锁技术吗?还有你说的,听见有人用石子砸窗口,我年轻时有段时间神经衰弱得厉害,也有过这种感觉。你还是好好休息,调整一下吧。"

姨妈的话说得推心置腹,李安琪知道她是对自己好。可是她现在只想让她们相信自己,那都不是她的幻觉!

不过看样子,她是很难说服姨妈相信邵洋悄悄进她的房间、移动她的东西的事了。她闭上了嘴,感到了一种不同于伤心的难过之情。

三人面面相觑,相顾无言。过了一会儿,姨妈说:"好了,时间不早了,快去睡觉吧。什么都别想,好好休息。你睡小海的房间行吗?他今天参加夏令营不回来了,这样吧,天天你睡小海的房间,让你姐睡你的房间。快去吧。"

Part
15

Fifteen
月光下的慢舞

草莓山镇的疗伤假期

李安琪睡不着。刚开始是因为气愤,气姨妈竟然不相信她,更气邵洋这个废物阴魂不散,半路杀出来搅乱她的假期。当气愤渐渐散去,她隐隐有点担心,为自己,确切说是为自己的精神状态。

她躺在床上反复考虑,她的精神状态已经差到让人坚信她会产生幻觉的程度了吗?她试着想象,发生在房间里的物品移位是一场幻觉,但她做不到,那太可怕了。只有疯子才会看到别人看不到的幻觉。

她又不是疯子。

都是邵洋那个贱人捣的鬼,他以为他在和她玩心理战,其实他只是在浪费时间而已。他这么闲,竟然不去找新工作,而是和她在草莓山镇耗时间。

月光下的慢舞

那天晚上睡着之后,她梦见邵洋来敲门。她吓得够呛,缩在被子里发抖,坚决不开门。可不知道邵洋是用了什么办法,最终还是进来了。后来他把她给杀死了。在梦中,她虽然死了,却还有意识,因为她知道自己死了,并且还能像看电影一样看着一切发生。

清晨起床之后,李安琪想起了这个梦。想到一个来之不易的假期竟被邵洋搅成这样,她越想越气。

她找到通话记录里邵洋的新手机号,拨了过去,没人接。她正在气头上,一遍一遍地重拨着,第五遍的时候,邵洋接电话了。

他好像还没睡醒,迷迷糊糊地问:"谁啊?"

"谁啊?你心里没数吗?邵洋啊邵洋,真想不到,你现在竟然变成了这么无耻的人,你没有一点廉耻之心吗?你以前只是个废物,就安安静静地做你的废物好了。被富家女甩了之后——"

"等等,你是李安琪吧?"他比刚才清醒多了,"你这是怎么了?"

"我怎么了?"他竟然还在装,而且装得那叫一个像,完全没有被她刚才那番恶毒的话刺激到失去理智。她自己却怒火攻心起来。她失算了。

"你是不是疯了啊,李安琪?"

"我疯了?我疯了?看看你做的那些事,竟然还好意思说我疯了?"

草莓山镇的疗伤假期

"我做什么了?"邵洋气势汹汹地问。

"你连你自己做过的事都记不住了吗?还要别人提醒你?好啊,那我就给你一一列举一下。那些信件和恐吓纸条是你送来的吧,这都什么年代了,还玩那些报纸拼字的小把戏?大晚上的拿小石子砸我的窗户,你是三岁小孩吗?就算砸碎了我的窗户又能怎么样?难道你还能像童话里那样,顺着我的头发爬上来了?这些我都可以当作无头苍蝇濒死前的挣扎,但你闯入我的住宅,乱翻我的东西,制造恐怖气氛,就凭这一点,你就违法了。我可以马上报警!"

"你说的这是什么跟什么啊?"邵洋的语气让人听起来很火大,"李安琪,你是不是被我甩了之后,神经出什么毛病了?我建议你去医院看看吧。"

"邵洋你这个混蛋!"

"别的更多的,我也帮不了你了,只能建议你尽早治疗。提前治疗提前康复,有病别逞强拖着,否则遭殃的是你自己。好了,我得继续睡觉了,祝你早日康复。"

"邵洋你不得好死!"

"你这是什么话?"邵洋也急了,"一打来电话就胡言乱语,说些有的没的,你现在的幻觉很厉害,你知不知道?幻觉是判断精神分裂症的重要标志,不是我故弄玄虚,尽快治疗吧。我不跟你一般见识,好心劝你,你竟然诅咒我。老虎不发威你当我是病猫是吧?你有什么毛

月光下的慢舞

病?"

"邵洋,我只想告诉你,你再一意孤行下去,我就要报警了。"

"哎哟,我到底做什么了?你去报警吧,让警察查查那些你幻想出来的罪证,然后把你扭送精神病院。咱俩在一块的时候,我就看出你不切实际、爱幻想,没想到现在这么严重了。上次在草莓山镇见面的时候,你的病症还没这么惊人呢。你这样会让我以为,你是因为我放弃挽回你,才要的小脾气。"

上次在草莓山镇见面的时候?这是什么意思?

"呵呵,我去草莓山镇追你的时候,你端着个架子,这下我走了,你又想方设法引起我的注意。何必呢?你累不累啊?"

"什么意思?"李安琪僵住了,"你现在不在草莓山镇了?"

邵洋笑了:"你以为那个荒郊野外的地方是世界的中心吗?真是笑死我了,你就是再求着我去,我都不去了。"

"等等,邵洋,说真的,现在你不在草莓山镇?"

"李安琪,看来你的神经病不是装的啊。"

"别废话,快说!我问什么你就答什么!"

"第二天下午我就退房回棕榈市了!什么东西,住那烂房子还不如睡棕榈市广场上的长椅呢。我算明白了,你我缘分已尽,我们就到此为止吧。昨天打了一夜游戏,我也累了，该去睡会儿了。"

"抱歉，邵洋，这事可能是有点误会。"

一听这话，邵洋的语气缓和下来。"你刚才就快吓死我了，我还以为你精神失常了。我只在草莓山镇待了不到两天，给你留下两封信，一封是表白，一封告诉你我要走了。"

李安琪一个人对着挂断的手机干瞪眼。

如果邵洋说的是真的，那一切就变得可怕起来了。她原本想要有风度地和邵洋这种人渣断绝来往，没想到绕来绕去，说再见的人反而是他。不过这些都不重要了，因为这事太蹊跷了，如果他不是罪魁祸首，那是谁呢？

她拨通了草莓山镇"资深房屋中介"鲍宝名片上的电话。鲍宝精神饱满，废话也有增无减。她顾不上礼貌，生硬地打断了他，问邵洋的那套房子是不是已经空出来了。

"空出来了。"鲍宝喜气洋洋地说，"您要是想租，现在就可以。"

"什么时候空出来的？"

鲍宝有点犹豫："我记不清了。"

"什么叫你记不清了？"她问。

他支支吾吾。

"他是不是只租了一天就退房了？"李安琪问。

"哎，小姐，话不能这么说。您说得好像我们的房子有多烂似的，实际情况可没有他说的那么烂。您说他第二

月光下的慢舞

天退房,我不能反对,但那是基于他自己的因素,和我们没有关系。这个人一开始就鬼鬼祟祟的,走的时候也是偷偷摸摸,连说也没跟我说一声,也没来要剩下五天的房租。不过根据规定,他来要,我们也不会退的。我也是后来听跟他同租的人说了之后才知道的,他第二天就走了。"

不打听不知道,邵洋的确在第二天就退房了。李安琪额头上渗出了一层冷汗,那到底是谁呢?

她在草莓山镇一共才认识几个人而已。一开始她就觉得奇怪,邵洋这种好吃懒做的人,怎么可能持续不断地做这些费力不讨好的事?

这个"凶手"到底想干什么?

李安琪一一回想那个人做过的事。既然邵洋已经承认信是他写的,那威胁纸条就可疑了。她当时就应该觉察到的,但被气愤蒙蔽了理智。邵洋没有写那些纸条的动机,而且纸条上的字还是用报纸上的字拼起来的,现在想来更奇怪了。

那三张纸条前后都在讲一件事,就是让她离开草莓山镇。到底是谁急切希望她离开?她想不出来。

接下来的石子事件和纸条是一个道理,也是一个赤裸裸的信息:让她离开。闯进她家就更不用说了,而且移动物品也是故意的。他达到了目的,成功地制造了恐怖气氛,吓得她大晚上在街道上边跑边喊,只能借住在姨妈家。

草莓山镇的疗伤假期

到目前为止,他做得不错。要是他躲在暗处,看到这一番景象,一定很开心,她这么快就钻进了他的圈套。

李安琪似乎听到了有什么主意冒出水面的声音。她一下子看不清楚,可有什么东西分明让她产生了一种恍然大悟的感觉。

所以问题在那套房子上?那个人不想让她住在房子里!他装神弄鬼,就是为了让她离开现在住的地方,不是吗?

她激动地站起身来,发现自己的双手在颤抖。她觉得自己聪明极了,竟然看透了这个大谎言!这并不完全是做福尔摩斯的感觉,她不仅是"侦探",还是"受害者",所以激动中还带着隐隐的害怕。

那个人已经不是邵洋了,他躲在暗处算计她,恐怖气氛笼罩在她的头顶。他到底是谁?

"安琪,吃饭了!"姨妈的高分贝喊声吓了她一跳。

这顿饭吃得可谓是疑虑重重,李安琪怎么也想不通,她在草莓山镇到底得罪了谁,有谁会如此强烈地反对她住在草莓山镇、住在那所房子里。

谁是最大的相关利益受害者?

就是那一瞬间,一个近乎荒谬的念头浮现在脑海:这一切会不会和那本日记有关?

她自己也被这个奇怪的念头吓了一跳,差点被煎鸡蛋呛着。姨妈拍拍她的后背,说:"没事吧,安琪?剩下的

月光下的慢舞

这个星期你就住在这里吧,别再回那座房子了。"

李安琪没有像以前那样拒绝。这样一来,如果那个人仅仅是希望她离开那座房子,他就会停手,而如果他的目的是将她赶出草莓山镇,即使她住在姨妈家,他依然不会善罢甘休。这不正是她趁机摸清他动机的好机会吗?

如果他只是不想让她住在那座房子里,很有可能是因为那本日记。除此之外,她想不出一个站在暗处的人对她这种陌生人屡屡出手的原因。

如果这个推论不假,那么那个人趁她不在潜入房子时,除了故意留下有人来过的痕迹,一定还四处翻找过那本日记。幸好她每次读完日记,都会将它压在床垫底下,才躲过了"搜查"。她知道这不是个好习惯。小时候为了躲避妈妈的"搜查",她总是把日记压在床垫下。这次坏习惯起了好作用。

整本日记她都读完了,她不记得里面揭露了什么值得掩盖的惊天秘密。为了一张藏宝图或者一条谋杀线索,男女主角遭到一群人的威胁、恐吓和追杀,但这种事也只会发生在电影里,而且还是恐怖悬疑电影。

她很确定,日记里并没有提到谋杀、财产和犯罪证据等关键词。也许是自己想多了,难道这件事和日记没什么关系?

不管怎么说,为了保险,早饭之后她还是要回去把日记偷偷拿过来。那个人曾经进过房间,很有可能会再进一次。

"安琪，昨天睡得不好吗？"姨妈探过身子看她，"你的脸色看起来很差。"

"我还好。"

"没发生什么事吧？我是说，除了昨天你说的那些怪事之外。你看起来心事重重的，这几天可要好好休息啊。"

饭后，她以回去收拾行李为借口，又回到了那座房子。那会儿姨妈去上料理班了，天天想陪她，被她拒绝了。她像做贼一样，瞅准时机，一个箭步冲到门前，快速打开房门，闪了进去。她打包了自己带来的行李，将日记本塞进了行李包的暗格中，查看了早先埋在花园石榴树下的紫水晶戒指，依然还在。

姚柳兰邀请天天和李安琪去参加乐队周五晚上在松林街的演出，是一场向绿天鹅致敬的演出，他们会翻唱十二首绿天鹅的经典曲目。

"据说是姚柳兰在乐队的最后一场演出。"天天说。

李安琪一时没搞懂这是什么意思，直到她回想起那天坐在姚田的车上，姚柳兰那沮丧的样子。

一定是他们逼他放弃的，她想。不知何故，她竟觉得有些可惜，他的偶像彭于飞没有因为任何事放弃背着吉他奔走天涯的理想，而他还没走出草莓山镇，就被人拉回来了。

"我看这回是真的了。我从来没见他这么沮丧过,他不想说话,我也没有多问。既然他已经作了决定,那就一定是考虑好了。"天天说。

晚上的演出,李安琪能看出,姚柳兰竭尽全力。那种在台上狂热绽放的危险劲头,似乎让她再次见到了学生时代的彭于飞。或许两人真的有相似之处:就像科特·柯本的遗言中说的,"与其苟延残喘,不如纵情燃烧"。

可李安琪恨透了这可恶的"纵情燃烧",因为它是如此的可望而不可即。

这场演出甚至令她有些痛惜,姚柳兰用嘶哑的喊声吼叫着,用尽力气举起吉他的时候,她知道天天说的是真的,这的确是他的最后一次了。他那副样子真让人担心他会不会因为筋疲力尽而死在台上。

"不是吧?今天李梦怡没来。"天天对着李安琪的耳朵喊,"今天可是姚柳兰的最后一场演出啊,一会儿还有after-party(余兴派对)呢。这种重要的日子怎么能少得了她?"

李安琪往乐队"辣妹团"聚集的地方看去,的确没有看到那个女孩的身影。

姚柳兰、乐队成员和他们的女朋友们希望在俱乐部来一个小型聚会,为姚柳兰"送行"。李安琪还以为姚柳兰真的要去棕榈市混了,但他说不是,他哪里都不去,只是要退出乐队了。

"为什么?"李安琪问。

他耸耸肩,没说话。

"李梦怡今天没来?"天天问。

姚柳兰说:"她去棕榈市参加模特公司的面试选拔了。"

"你都不去棕榈市了,她还选拔什么?"

"前段时间我打算去棕榈市时,她就报名了。最近发生了点事,我去不了了。过了这么久,这事她都快忘了,没想到他们上周竟然来电话,要她去面试。她本来不想去,是我要她去的。如果她有这个能力,我不希望她被我的事影响。"

"姚柳兰!"天天有点突发性情绪失控,"咱俩还是不是朋友?你怎么有这么多事瞒着我?"

姚柳兰一脸无奈:"我到底有什么事瞒着你了?"

"一会儿要去棕榈市,一会儿又不去了,你到底是去还是不去啊?刚才你说最近出了点事,到底是什么事?咱俩之间你还卖什么关子?"

他装作没听清她的话。一个穿着暴露的漂亮女孩从他们的座位前走过,他目不转睛地盯着她看。

"到底是什么事?"她喊道。

"抱歉,我不能说。不是不能告诉你,而是不能告诉所有人。也不是大事,没什么要紧的,我们说点别的吧。"

天天恍然大悟的样子:"不会是李梦怡怀孕了吧?"

月光下的慢舞

姚柳兰笑了,更像是苦笑。他不再说话了。天天也意识到是自己的脑袋短路了,既然李梦怡还野心勃勃地去参加模特公司的选拔,打算去棕榈市发展,问题又怎么可能出在她身上?

乐队的其他两个男孩听几天前送李梦怡回家的鼓手杜晓说李安琪是绿天鹅吉他手彭于飞的朋友之后,都对她投来了崇拜的目光。

"彭于飞养了一只兔子当宠物,对吗?"一个男孩问。

"对。"李安琪说。

"听说他特别喜欢那只兔子,走到哪里都要带着它?"另一个男孩问。

"可以这么说吧。"彭于飞不喜欢让兔子奥斯丁独自待着,就连偶尔去一次学校餐厅也要带着它。

男孩们热情的提问一遍遍勾起了她尘封的记忆。其实李安琪并不太想回答关于彭于飞的问题,却又不忍心破坏气氛。

"还有个问题,我一直很好奇,您别介意。"男孩小心翼翼地瞥了李安琪一眼,"我就是问问,我是听说的。"李安琪心里咯噔一下,她点了点头。"听说最后彭于飞吃了那只兔子,这不会是真的吧?我知道他在舞台上很疯狂,传说他有时候也会做些奇怪的事,不过吃了他心爱的宠物兔子,这就有点太假了吧?"

"他没吃兔子。"李安琪说,"兔子死的时候他很伤心,我从来没见他那么伤心过。"她真的从来没见他像那次一样伤心,包括他们分开的时候。

"那就好,那就好。"男孩说。

"姐,看来你真的很了解乐队啊。"

"因为她是当时的校报记者,有很多采访乐队的机会,何况她又是彭于飞的朋友。我一直觉得摇滚刊物记者很有做乐队经理人的天赋。"鼓手杜晓说。李安琪想起在姚田来俱乐部门口接姚柳兰那天,她和杜晓有过短暂的谈话。

"姐。"第一个男孩又想出了什么新问题,只见他犹豫地缩了缩脖子,"我还有个问题。"

"有话快说,过这个村没这个店了。"天天说。

他夸张地张了张嘴:"您是不是曾经做过彭于飞的女朋友啊?去年我在杂志上看到过他的前女友,是个不怎么出名的模特,这么一想跟您长得真有点像。我合计着他是不是就是好您这口啊。"

姚柳兰冲他扬了扬头:"李茂,问问题可以,但要注意礼貌,不要太过八卦啊。"

李茂撇了撇嘴。

有问必答的李安琪没有回答这个问题。

她也不知道答案。她是和彭于飞在一起过,但在一起的时候,他有没有把她当成他真正的女朋友,她说不清。当时说不清,过去这么长时间,现在就更说不清了。他毕

月光下的慢舞

业之前那短短的三个月,可以称之为爱情吗?

他收拾行囊准备离开学校浪迹天涯时,紧紧地拥抱了她,但那是他们在一起过的证据吗?他是否在后来的某个雨夜回想起她?他是否将她列入他长长的前女友名单?现在这似乎不那么重要了,至少不如曾经那么重要。

"能不能告诉我们一件您和彭于飞相处时最难忘的事?"男孩眨着闪闪发亮的眼睛说,"因为能遇到彭于飞的朋友,这个机会实属不易。而且我很想把它写进歌里,也算是向偶像致敬吧。"

李安琪想了一会儿。她不是在想怎么回答,而是在想是否回答。桌子一侧,天天和姚柳兰也在侧耳倾听,耐心地等待着她的答案。她从他们的脸上看出一丝醉意,恰到好处的酒精在血液里冒着温暖的泡泡,她还没意识到自己也有点醉了。

"他毕业离校的前一天,半夜,我们两个在安静无人的校园蔷薇小径跳华尔兹舞。我记得我们跳得很慢很慢,但他还是总踩到我的脚。"

她永远不会忘记那个夜晚。

李茂一下子站起身来,吓了她一跳。他瞪大眼睛,抑扬顿挫地说:"你跟伟大的彭于飞在毕业季的午夜校园小径上跳华尔兹?天啊——"

杜晓打断了他,神秘兮兮地问:"姐,彭于飞是不是你的初恋啊?"

李安琪微笑着摇头。

"不是?"杜晓问。

她的意思是她不知道。因为时至今日,她也不确定那到底是真正的恋爱,还是一场旷日持久的暗恋,又或是心血来潮的"闪恋"。

不记得是什么时候,大家都有点喝多了。姚柳兰变得像一开始一样健谈了。他一杯又一杯,之后是一阵沮丧,但他的沮丧只是沉默而已,有一阵,李安琪还以为他睡着了。谁知道一眨眼的工夫,他又睁开眼给自己倒了一杯酒。如果姚田在的话,一定会被他气得够呛。

"大家举杯敬我们的吉他手!"杜晓高喊。大家的酒杯碰在一起,透明的液体溅出酒杯。有的人在笑,有的人在哭,李安琪不想看清楚。

过了一会儿,姚柳兰扶着天天的肩膀站起身来朝外走。"小心点!"天天在他身后喊道。

"他怎么了?"李安琪问。

"肯定又去吐了。"杜晓说。

原来他经常喝多?怪不得姚田会限制他喝酒。李安琪突然感到,对他了解越多,就越拿不准他是个什么样的人。

时间仿佛在震耳喧嚣、迷幻彩光、频频举杯中扭曲了。李安琪罕见地失去了时间概念,体内滋生了一种重回青春的陶醉感。有一会儿,她沉浸在深不见底的寂静中,找到了高中毕业那年偷偷在树林中的小河里游泳的感觉。

月光下的慢舞

那会儿,别说天天、姚柳兰和身边的这些年轻人,她连自己都忘了。

突然之间,她想起了姚柳兰,他似乎已经消失很久了,不过她说不上具体有多久。"姚柳兰怎么还不回来?"她问。

不知道谁回答说:"说不定他又在走廊里的沙发上睡着了,就让他先睡着吧,我们走的时候再叫他。要不然他回来又得喝个没完。"

自从工作之后,偶尔去喝酒也是和同事一起,明明有点压抑,大家还故作轻松。今天李安琪可算找到了放飞自我的感觉。恰到好处的醉意令人陶醉,要不是产生了去厕所的念头,否则她永远不想离开那张沙发。

迷迷糊糊走出大厅,才发现自己迷了路,在不算复杂的走廊里绕来绕去,她失去了耐心,于是问了服务员。大概是口齿不清的缘故,说了三遍,服务员才搞懂她的意思。从卫生间出来之后,她按原路返回。

她可以发誓,自己绝对是按照原路返回的。可是走着走着,竟然走进了包间区。这会儿,迷宫似的走廊上空无一人,除了一个妆化得比玛丽莲·曼森还浓的女人和一个光着上身、脖子上系了一条黑色丝巾的男人,在铺着红色地毯的包间外大打出手。两个人都没有发出一点声音,就像是在演一部默片。

她赶紧退了回来,往相反的方向走,不一会儿就走出了走廊，来到了室外。这不是她的本意，可她觉得凭借自己当下的实力，想找到天天他们有点力不从心。她想打个电话让天天出来接她，不过身上没有口袋，怎么也摸不出手机。

就在这时，她发现了一个人影。定睛一看，那个人正坐在窗口下的茉莉花丛边对着手机说话呢，她慢慢地逼近他。适逢其时，就像响应她内心的号召一般，他挂断了电话，发出一声沉重的叹息。

借他的手机用用吧，李安琪想。再往前走几步，拨开茂盛花丛的遮掩，她才发现这个人竟然是姚柳兰。"你也迷路了？"她诧异地问。

自己迷路还情有可原，这是她第一次来这里喝酒，况且脚步都已经轻飘飘的了。可他是这里的常客呀，怎么还会迷路？要不是刚才亲眼看见他拨电话让人来接他，她真不会相信。

他傻笑了一声问："什么？"

她在他身边的岩石上坐了下来，茉莉花丛里伸出的枝叶抵着她的背，幽幽的花香弥漫在夜色中。"他们什么时候来接你？"

"谁来接我？"他问。

"他们啊。"

其实这答案说了等于白说，不过李安琪没有意识到，姚柳兰显然也没有听出来。

月光下的慢舞

"为什么来接我?"

她呵呵笑了:"因为你找不到回去的路了呗。"

虽然他也醉得有点恍惚,但他还是用看傻瓜的眼神看着她,只是其中多了一点迷茫。"找不到回去的路?我闭着眼睛也能摸回去。"说完,他发出了一声令人不明所以的笑声——是那种对自己甚为满意的笑声。

"那你为什么不回去?"李安琪的脑子还没转过来。

他用手胡乱转了一个圈,将星空、茉莉花丛和远处闪烁着霓虹的夜色划进圈里。"我想出来喘口气,吹吹凉风。"

原来是这样啊,她还以为他也找不到回去的路了呢。

两个人像从智障中心跑出来的患者一样,认真严肃地交流着"为什么不回去"这个幼稚的话题,颇费了一番功夫,才搞懂彼此的意思。

"那你刚才是在和谁打电话?"李安琪问。要是酒精没像现在这样蚕食着他们的大脑的话,问这个问题就太不合时宜了。

"是李梦怡打来的。"他说,"说她通过面试了。"

"她要当模特了?"她问。

"没错。"他说。

"恭喜了。"她说。

"我想她不会回来了,如果我是她的话,我也不会回来了。"他说。

"为什么不回来?"她问。

他的声音听起来像是在说梦话:"要是在乐队和她之间作选择,我会选乐队,这一点她肯定是知道的。虽然我会犹豫,但如果必须作决定的话,我就会这么选。在做模特和我之间,我也希望她选做模特。"

"两者之间有什么必然的冲突吗?"她大声问,"为什么不能两个都选?"

两个醉酒的人交流得还算顺畅,他没费力气就听懂了她的话,她已经尽量捋直舌头说话了。

"现实就是这样,两个人分隔两地,联系慢慢就少了。她做了模特,认识更多同类人,我不搞乐队了,离开这个圈子。我们之间的共同点会越来越少。"

"你说得对。"她说。要是没喝酒的话,这种大实话她是绝对不会说的。

"你当初也是这么和彭于飞分手的吗?"

这问题让她措手不及,她没料到他会提起这事。"我都不确定我们那时候算不算恋人。"

"我现在也不确定我和李梦怡还算不算恋人。"

这话挺让人心酸的。她理解他,一旦离别在即,谁都会在倒计时的时候产生这种空虚的感觉。她和彭于飞是在他毕业前三个月时在一起的,一开始她就知道,过一天少一天。

大概是因为酒精造成脑子短路,两个人竟然都笑了起来。虽然心有些痛,但他们咯咯地笑着,停不下来,就好

月光下的慢舞

像刚才说了一个很好笑的笑话似的。她也不知道为什么笑，就是想笑。

笑着笑着，他突然安静了。她没多想。过了一会儿，她发现他低着头用手背抹脸，扭头一看，他哭了。

她突然觉得一阵心痛。那种心痛来得很奇怪，就像一道闪电在心中闪过，来得很快，消失得也很快，只留下淡淡的寂静。

她不知道哪来的劲头，扳过他的脑袋，用手摸了摸他的头发。他的头发很软，就像刚出生的小鸭子的绒毛。他哽咽了一声，就停止了。李安琪从来没见过像他这个年龄的男孩流泪，她觉得有点害怕。

"去棕榈市吧。"她说，"去寻找你的梦想。"

但他什么都没说。

如果不能去棕榈市会让他这么难过的话，那他为什么不去呢？如果不搞乐队他的人生就一文不值的话，那他为什么不搞呢？如果只有一个女孩能让他幸福的话，那他为什么不去找她呢？

他很难过，她实在看不下去了。"既然想去的话，你为什么不去？也没什么难的，大不了就是失败嘛。一百支乐队中，也许只有一支能够冲出重围，但就算不是这一百分之一，又怎么样呢？至少你过了你想过的生活，这难道不是最重要的吗？"

他摇摇头。

她生气了:"我说得不对?"

"你说得对。"

"那为什么摇头?"她说,"像彭于飞那样的笨蛋,都能成为现在年轻人心目中的英雄,还有什么不可能发生的呢?你知道他多笨吗?和他跳完最后一支舞,我最心爱的那双鞋就报废了。"

就在这一刻,她发现彭于飞给她带来的那些痛苦已经被淡淡的幸福所取代。曾经的那些放不下早已被对他的祝福抛在身后。他已经成为了她的回忆,她青春中骄傲的一部分。

姚柳兰被她逗笑了:"他真的这么笨?"

"在身体协调能力上,没人比他更笨了,他总是迈出错误的那只脚。"

两个人又笑了一阵,李安琪觉得心情好多了。

"我大学刚入学的时候,有一场舞会。他们选我做领舞,可是我一点也不会跳,和我搭档的那个女孩教了我两个小时,鞋上全都是鞋印。她肯定恨死我了。"姚柳兰说。

"那你也不会比彭于飞跳得更差,总之,他是我见过的身体协调能力最差的人。"

他笑着站起来,把手伸向她:"能试试吗?"

这有点太过异想天开了,两个醉酒的人跳华尔兹舞?"你确定不是搞笑?"她问。

冰凉的月光为一朵朵茉莉花镶上一层透明的花边,飘

月光下的慢舞

浮在暖风中的花香沁人心脾。李安琪盯着姚柳兰看,他不会是认真的吧?她的心脏扑通扑通地跳起来。自从那年夏天彭于飞离开学校到现在,她再也没和哪个男人跳过舞。

他脸上带着期待的微笑,在她"柔光特效"般的醉眼中,他看起来很迷人。年轻可爱的脸蛋上一双晶莹的眼睛盯着她,堪比八月夜空中最晴朗的星星。

她向他伸出手。

老实说,连她自己也忘了舞步,一连踩了他好几脚。他却意外地跳得不错,但也还是踩了她几脚。两个人哈哈大笑,一度差点跳不下去。她的手搭在他的肩膀上,他轻轻揽着她的腰,远处挂在橡树上的月亮凝视着他们。

一步,两步,三步,她渐渐找到了感觉。有点像查尔斯·布考斯基的《醉钢琴》的感觉,他们的舞步轻飘飘的,早把节奏和步伐抛在了脑后。李安琪说,他们应该把自己想象成《傲慢与偏见》里的达西和伊丽莎白,或者《罗马假日》里的公主和记者,他们要把自己想象成是优雅的天鹅,这是她做舞蹈教师的姑姑的名言。

一听这话,他又笑了,用一只手举起她的手,空着的那只手弯腰鞠躬,做了个芭蕾舞演员谢幕的动作。然后他又做了个邀请的动作,就像老电影里的骑士那么郑重,她也憋住笑声,像来自简·奥斯丁小说里的淑女一样,将手递给他。

一步,两步,三步,摇曳的树影下,夜晚正在展开。

"我敢打赌,现在你的鞋子上全都是鞋印。"他说。

"可能是吧。"

"即使这样,我也比彭于飞跳得好?"

"嗯。"

飞逝的过去和永恒的现在交会于一点。那些她曾经失去的,全部又都回来了。那些青春的美好时光、月夜下的慢舞和怦然心动。她似乎又变回了那个活力四射、扎着马尾的年轻姑娘。

李安琪突然很希望这支舞永远都不要结束,就像灰姑娘希望午夜永远不要到来,魔法永远不会消失一样。要是他也能这么想就好了。

她不是害怕他离开,不是害怕这支舞结束,她只是害怕青春一去不返。但这又有什么关系呢?每个人都害怕青春逝去,但每个人都将逝去青春。就像每个人都怕死,尽管如此,每个人还是会死。

"你为什么不去棕榈市呢?"她轻轻地问。

她有一种预感,如果他坚持梦想继续下去,总有一天会成功。他很崇拜彭于飞,但他自己不知道,他有和彭于飞一样的无穷力量。

他抬起眼皮看着天,像是在思考,但是她知道他没有。后来他又越过她的肩膀看向远处。他看得入迷,她甚至很想回头看看身后到底有什么。那时候,他的眼神比月光更朦胧。

月光下的慢舞

"告诉你一个秘密。"过了一会儿,他说,"我是我们家最后的希望了。"

"什么?"她问。

"医生说我哥哥以后不会有小宝宝。"

李安琪还来不及说句安慰的话,一股冰凉的水从不远处喷洒过来,浇在了她的裙摆上,姚柳兰的裤子也湿了。她吓得叫出了声,跳了起来。他迅速地拉起她的手,朝草坪边缘跑去,跑着跑着,又有凉水朝他们袭来。

原来是旋转的草坪喷水器还在工作,两个人为躲避令人捉摸不透的水流,迈开略显凌乱的脚步,边跑边笑。

"你会跑直线吗?"李安琪问。她听说醉酒的人没法走直线。

"谁啊?"一个声音叫道。伴着这个不满的声音,一个穿着工作服的园艺工人从圆形的冬青丛里走出来。"都这么晚了,还在草坪上瞎闹。"

Part 16

Sixteen
紫水晶戒指

/草/莓/山/镇/的/疗/伤/假/期/

草莓山镇的疗伤假期

前一夜的宿醉还萦绕不去,早餐时李安琪的脑袋在隐隐作痛。姨妈用犀利的眼神看着天天,说:"昨天回来这么晚,还喝得烂醉,你是越来越不像话了。"

"哎呀,青春嘛,谁不趁青春好好挥霍一把。而且昨天情况特殊,是姚柳兰要退出乐队的聚会,您说我能不去吗?"

"宋天天我告诉你,这不是理由,你再有这么一次,就别想晚上出门了!"

天天撇了撇嘴,小心翼翼地说:"您自己年轻的时候不也是放纵过一把的人嘛,怎么到了我这儿就不行了呢?可不能宽以律己严以待人啊。"

"你这是怎么跟妈妈说话呢?"姨妈瞪大了眼睛,"怎么这么没大没小!"

天天不说话了。过了一会儿她问李安琪:"昨天你和姚柳兰在火锅店的院子里干什么呢?我们找你们找了将近一个小时,找到你们的时候,你们竟然在人家的长椅上睡觉。"

昨晚和姚柳兰说了些什么,李安琪自己也记不清了,只记得两个人奋力在草坪上奔跑的片段。老实说,她还隐隐记得她和他跳舞了,但又觉得这不太可能。那一切不像是记忆的碎片,更像是一场梦。既然是一场梦,她也拿不准是不是真的发生过。

思来想去,跳舞的事,应该是她的梦。这事想来也有点可笑,她竟然做了这种梦。要是被人知道了,那就要成为大笑柄了。无缘无故做这种梦,她该不会是喜欢上那个男孩了吧。想到这里,她吓了一激灵。

"姐,你没事吧?"天天问。

李安琪夸张地摆摆头:"没事啊。"

"你们没交换什么小秘密吧?"

"谁?"李安琪问,"我和谁?"

"你和姚柳兰啊。"

李安琪觉得好笑极了,心想:"我和姚柳兰?我和姚柳兰总共没说过几句话,怎么可能交换小秘密?我们只不过昨晚在外面逛荡,偶遇之后聊了一会儿而已,这就等同于交换秘密了?这么捕风捉影的想象,和说我跟哈里·斯泰尔斯交换小秘密有什么区别?"

看到李安琪的眼神,天天露出了尴尬的表情。"其实我也觉得有点奇怪,这事听起来驴唇不对马嘴。不过昨天扶着你们上车的时候,姚柳兰一个劲地嘟哝,说他告诉你一个秘密。我们问他是什么,他也没说,后来你们又都在车上睡着了。"

姨妈停下手上正在撕面包的动作,问道:"什么秘密?"

李安琪揉着越发疼痛的太阳穴自言自语:"什么都没有啊,昨天的事我一点也不记得了。"

秘密?姚柳兰和她八竿子打不着关系,他能告诉她什么秘密?

她隐隐约约回想起他们两个人哈哈大笑的情景,又觉得那不是真的。他们怎么可能熟到像那样相处?

早饭之后,她回到天天的卧室补觉。快三十的人熬夜泡吧之后感觉就像蔫儿了的老黄瓜,而刚二十岁的天天这会儿已经精神抖擞地去学校了。想起天天说的"秘密",她现在还觉得好笑,就像她做的那个梦——两个人在月光下慢舞。

她闭上眼睛,这触感,这心情,这花香——

对了,她闻到一阵动人的茉莉花香。抬头一看,天天的窗沿上摆着一盆正含苞待放的茉莉花。茉莉花?

茉莉花!

正是这盆茉莉花,确切说是茉莉花香,令她回想起了昨晚记忆中的碎片。昨晚有茉莉花，有月光，而且他真的请她跳舞了！

一想到这里，她差点窒息。他真的请她跳舞了！为什么呢？他们是从哪儿说到哪儿，他才请她跳舞的呢？可惜这段记忆有点接不上了。

对了，还有天天说的"秘密"。

世界上还有什么事比她和姚柳兰在月光下慢舞更惊人的？既然两个人都跳舞了，那交换秘密也不是完全不可能的事。如果这是真的，他们到底交换了什么秘密？

她激动得似乎头也不疼了，一下子从床上坐起来，凝视着窗台上的茉莉花出神。伴着花香，越来越多的碎片涌上心头。

她真的好想知道那个如梦似幻的秘密啊。

她试着一点一点回忆。后来，草坪喷水器开始喷水，他们两个逃跑了。两个人牵着手，一边跑一边笑，笑得都快岔气了。想到这里，她的三观都被刷新了。清醒的时候，她怎么会去摸姚柳兰的手？可昨晚她分明是度过了一个奇妙的夜晚啊。想到这里，她赶紧扒开衣服，查看自己身上有没有文身。说不定自己也像电影里一样，在醉醺醺的时候去搞了个文身？

幸好没有。

言归正传，后来他俩逃跑了，所以如果真的有什么秘密的话，他很可能是跳舞的时候告诉她的。可自己能用什么秘密作交换呢?

她突然记起了姚柳兰那为难的表情——漂亮的眉头紧皱着,一脸茫然地嘟囔着什么。是什么呢?那到底是什么时候发生的事了?

天啊,这太容易了,她从床上跳下来,冲出了天天的卧室。

她想起来了!

她问的是:"既然这么想去的话,你为什么不去棕榈市?"而他的回答是:"我告诉你一个秘密——"

现在她已经完全回想起来了!她记起了那个秘密。但她不能告诉任何人,因为这确实是一个秘密。

所以他现在完全失去自由了?这不难想象。他们一直很宠爱他,虽说这种宠爱在李安琪眼里跟坐牢有点像。这么一来,他就是姚家的"独苗"了,他们还等着他延续家业呢,怎么可能放手让他去浪迹天涯?毕竟在流浪的过程中,他有可能染上毒瘾,有可能变成无业游民,还有可能被人谋杀,至少秦伯母一定是这么想的。

如果姚柳兰发生了什么意外,他们就会像《百年孤独》中的布恩迪亚家族一般,永远地消失在旋转的命运之轮中了。

这竟然让李安琪联想到那本老日记里的一段内容:乔林的家族也受到过无后的诅咒。有一瞬间,她怀疑乔林的家族和姚柳兰的家族是不是有什么关系。

紫水晶戒指

她觉得自己想多了。他们连姓氏都不一样，而且这个乔林应该是来自于那个女作家的家乡，怎么可能和住在草莓山镇的人有关系呢？姚柳兰的哥哥无法生育的事只是一个偶然，谁说姚家会无后？不是还有姚柳兰嘛。退一万步讲，就算是无后，他们和乔林也扯不上什么关系吧？

"安琪。"姨妈推开卧室门，"我下午还得上舞蹈班，中午就不回来吃饭了，你和天天的午饭在冰箱里，到时候热一下就行了。"

"知道了。"

姨妈犹豫了一下，走到窗前，摸了摸李安琪的额头。"倒是没发烧。"她说，"姚柳兰这个孩子也是命苦，他父母在他还是婴儿的时候就因事故去世了，我一直很希望他能和你妹妹走到一起，虽然现在说这话有点太早。我很喜欢那个孩子。他昨天真的没有告诉你什么秘密吧？"

李安琪不安地笑了笑："秘密？告诉我秘密？怎么可能？我们才见了几面而已啊，如果他真有什么秘密的话，怎么可能把它告诉一个只见过几面的人？况且昨天我们都喝多了，舌头都伸不直了。"

姨妈点了点头，走了。

好险。其实仔细一想，那也算不上什么了不得的秘密，还不如女作家日记里那个小爱姐怀孕的重磅秘密。姚田如果不生孩子的话，大家迟早会知道。大家迟早会知道的事就不算是秘密。

草莓山镇的疗伤假期

但这对姚柳兰来说是秘密,所以李安琪没有权利先于当事人公开他的秘密。她当然不会告诉别人,就算是姨妈问也不行。

躺在床上,回想着昨晚的"奇遇",一个个记忆碎片像一场场梦境般闪现,李安琪发现自己有点沉醉其中。这样可不行。

有一个想法,自打踏进草莓山镇的那一天起,就在她荒凉的心间埋下了一颗种子,随着近三周来时光雨露的浇灌,不知何时,种子膨胀,发芽,如今钻出了泥土。她爱上了草莓山镇,她发现自己不想离开,一点也不想。

如果对这种可怕的想法置之不理,钻出泥土的萌芽就会渐渐长大,这只是个时间问题。仅来到这座小镇不到三周,她就变得颓废不堪,舍不得离开这种安逸宁静的小镇生活了吗?她可是为事业而生的女人,她还指望着靠这场假期补足能量,再回棕榈市大战一番呢。

假期的初衷是好好休息,考虑好下一步该怎么做,为未来捋清头绪。但是现在她还是没有准备好,说不定永远也准备不好了。

这种想法让她觉得恐慌。

午饭前,天天回来了。看到李安琪闷闷不乐的样子,天天以为她是在为即将离开草莓山镇、结束悠闲的假期而

紫水晶戒指

苦恼。这么想没错,但也只是对了一半,实际上,李安琪根本不想重回那座让她疲惫不堪、满身伤痕的城市了。

李安琪曾经以为她得到了许多,而现在看来,在那个不停改变着的大都市里,她什么都没有留下。

此刻她觉得浑身灌满了铅,沉得要命。这沉重的身体已经不足以支撑她重回棕榈市,更别提在靠咖啡度日的一众拼命三郎中杀出重围了。此刻,她的对手们的形象变得前所未有的年轻、强壮、野心勃勃。她有点担心了。

好想再休息一段时间,哪怕一周也好。

以前的她可以迅速回到战斗状态,但不知道怎么回事,她觉得现在的自己做不到了。现在的她比起以前的她,到底缺了什么,连她自己也想不清楚。

可如果不回棕榈市,而是待在草莓山镇,或者世界上任何一座像草莓山镇一样宁静美丽的小镇,她能做什么呢?她靠什么谋生?卖烤面包、给人修剪花园还是做草莓采摘工?

靠在棕榈市积攒下的钱,也许她能在草莓山镇买套说得过去的房子。可是接下来该怎么做呢?她想不出来。

"姐,下次休假你还会来吗?"天天眨巴着眼睛说,"到时候我们又可以好好聚聚了。"

"好。"李安琪说。

天天说,姚柳兰果真没有再参加乐队的演出,女孩们都很失望。姚柳兰很沮丧,但天天觉得他可能真的不会回去了,因为他的无奈多于愤怒,似乎已经放弃挣扎了。听天天这么说,李安琪心里很不是滋味,他的梦想被生活扼杀了。这样一个年轻男孩,再也没有机会体会到追梦的快乐和感伤了。

"我走了以后,要好好听你妈妈的话,别太沉迷于浪费青春。"李安琪说,但这话在她自己听来也没什么实感。

"青春原本就是用来浪费的。"天天说,"每个人都在年轻时做过傻事,可他们成为过来人之后,又装出一副没做过傻事的样子来教育我们。既然每个人必然会犯错误,他们怎么就不能淡定一点,看着我们长大呢?"

"眼睁睁地看着你们犯错误?"

天天翻了一个白眼:"又是妈妈要你教育我的吧?"李安琪摇摇头,但天天不买账。"你知道吗?妈妈年轻的时候,也是一个不折不扣的自由崇尚者,现在却成了老古董。她还曾经为了争取在朋友家留宿的权利离家出走过呢。虽然她争辩说,那是什么'爱米莉'小组的活动。可那些和现在的我所做的事,有什么本质上的不同吗?我也只是想争取更多参加团体活动的机会而已。"

"'爱米莉'小组?"李安琪问。

"那是三个女孩的代号,就是我们现在说的闺蜜团。小爱、小米和小莉,妈妈在小组里的代号是小莉,因为她的名字里有个'莉'字。据说她曾经为了闺蜜两肋插刀。对了——"尽管房间里只有她们两个人,天天还是神秘兮兮地靠过来小声说,"你知道吗?小爱阿姨就是姚柳兰的妈妈。"

天啊!

天啊,就在那一瞬间,李安琪全都明白了。

可是为什么——

"小爱阿姨和她老公在姚柳兰一岁多时就去世了,那是一场事故,当时他们在——"

"天天!"李安琪打断了她,"天天!"天天被吓了一跳,她停下来,用怪异的眼神看着李安琪。李安琪知道现在的自己看起来一定很可怕,不过她也顾不得了。"我有一个问题,你别问为什么,只是把你知道的告诉我,好吗?"

天天点点头,像是被吓到了。

"姚柳兰的父亲是不是叫乔林?"李安琪问。

天天瞪大眼睛点了点头:"可是你怎么会知道这件事?"

李安琪感到一阵头晕目眩。她咄咄逼人地问:"为什么乔林不姓姚?"

"到底发生了什么?姐,你告诉我嘛。你现在的样子很可怕。"

"天天,他为什么不姓姚?"

"真是的。"天天撇了撇嘴,"因为有这么一个传说,当然是假的,姚柳兰的爷爷和奶奶来自于两个世仇之家,据说他们的婚姻受到祖先的诅咒,他们会绝后。当然这也是假的,因为他们生出了两个健康的儿子,就是姚伯伯和

草莓山镇的疗伤假期

姚柳兰的爸爸。但是当时,爷爷奶奶也多少有些担心,为了辟邪,他们听了一个算命先生的话,没有让儿子们跟父亲的姓。姚伯伯的名字也是后来又改过来的。"

这下李安琪全都明白了。

她顾不上天天怪异的目光,强忍住呕吐的感觉,一路小跑到卫生间,却什么也吐不出来。"姐,你怎么了?"天天焦急的声音在门外响起。

"很长时间没喝酒了,昨晚喝得有点多。"她径直走向卧室,"我再去休息会儿。"

"可是你的饭才吃到一半呢。"

"休息一会儿就好了。"

"可是,姐,你怎么会知道这些事?这都是老草莓山镇的人才会知道的事啊。"

"好像是,好像是昨天喝酒之后姚柳兰无意中提起的吧,我记不清了。只是隐隐约约听到这件事,觉得有点奇怪。"

"可是你刚才真的把我吓到了,你知道吗?你刚才的样子真的很可怕,我还以为发生了什么不同寻常的大事。"天天捂着胸口,一脸疑惑地倚在卧室门前。"可是他怎么会跟你提到这个?"

"当时我们都喝醉了,大概就这么东扯西扯,扯到自己去世的亲人,所以——"

天天不易察觉地倒吸了一口气,迅速地点了点头,示意李安琪她明白了。李安琪知道她在想什么,她一定是担心李安琪会提起李安妮的名字。

李安琪关上门,抹了一把眼泪,呆坐在床上。她从行李袋的暗格里拿出那本日记,握在手中。

现在一切都清楚了。日记中的三个女人——姨妈(也就是小莉)、姚柳兰的母亲(也就是小爱姐)和日记主人(也就是小米)。除了这三人,大概没有对姚柳兰的身世知情的相关者了。

如今,小爱已经在事故中去世,作为李安琪住的那座房子的房主,小米远走他乡,只有姨妈还留在草莓山镇,守护着这个秘密。当然了,姨妈没想到秘密有可能会曝光,直到李安琪住进了那所房子,无意中提起了紫水晶戒指的事。那可不是普通的戒指,姨妈一定注意到了。

既然李安琪发现了戒指,姨妈担心她会再发现更多重要的东西,比如那本日记。

姨妈曾经说戒指是房客的,这也是为了转移目标。后来,为了让李安琪离开房子,她以邵洋的名义做了不少事:威胁纸条、半夜的石子和物品移位。姨妈曾经帮忙照看那所房子,她一定有钥匙,李安琪竟然从来没有怀疑过,走进房间的人会是姨妈!

即使李安琪知道,姨妈在结婚前曾经在草莓山镇的诊所工作过,也一次都没有怀疑过她。那天李安琪误将一大盆凉水泼向姨妈的时候,怎么也想不到,手握信封的姨妈竟然是这令她惶惶不安的一系列事件的罪魁祸首!

那根本就不是巧合。姨妈本来是来送恐吓信的,不料被警觉的李安琪早一步发现,只能借口自己在门外发现了信封。

甚至再往前,姨妈向妈妈要来邵洋的手机号,把李安琪在草莓山镇的住址告诉他,要他来带李安琪回去……

说不定从那时起,这场"阴谋"就开始了。李安琪没法继续思考下去了。所有的一切,都是徒劳。

她不紧不慢地收拾着行李。今天早上她还对离开草莓山镇没有一点实感呢。可这会儿她打算明天就走,当然这也是刚才一瞬间作的决定。脑袋里一片空白,不过这也没关系,她什么也不想考虑。

现在她有两个秘密了,全都是关于姚柳兰的。但这第二个秘密和第一个截然不同。可怕的是,那个古老的诅咒应验了,除了姨妈之外,没有人知道。姚柳兰根本不是乔林的儿子,他没有姚家的血统,他是他母亲(也就是日记里的小爱姐)和另一个男人的儿子。那个男人现在怎么样了?也许他根本不知道姚柳兰的诞生,至少他妹妹没有告诉过他。

李安琪莫名的烦躁。

现在该怎么办?公开这埋藏已久的秘密,将这潭水搅浑?这对谁有好处?如果她这么做的话,那该搅乱多少人的幸福生活?她不敢想象大家将会多恨她。

紫水晶戒指

她真后悔那天去花园里挖水仙根茎,后悔去寻找那本日记,更后悔控制不住好奇心打开了它。要是她不知道这一切就好了。这样她就永远不会知道,姨妈会因此对她做些什么。

姚柳兰,如果他知道自己并不是姚伯伯的亲侄子,如果姚伯伯他们知道他没有一点姚家的血统,那他会不会离开这个家庭?如果可以不用考虑任何责任,离开草莓山镇,他会不会更幸福一些?

李安琪反复考虑。

如果以这种方式离开,也许他不会因此更幸福。

前路漫漫,没有人能提前预知未来。你会为现在的决定而后悔,还是庆幸?不到最后一秒你不会知道。但其他人至少有权利为自己的未来作选择,即使会后悔,那也是为他们自己曾经的选择付出代价。

姚柳兰失去了这个机会,因为李安琪的怯懦。

他那么想去棕榈市,她是可以帮他的,但她没有这个勇气。她没有勇气将那个秘密公之于众。因为她是个心智成熟的成年人,她会衡量利弊之后再作决定。懦弱不是成年人的弱点,鲁莽草率才是。冷漠不是成年人的罪过,不合时宜地给人添麻烦才是。

所以她只能选择懦弱和冷漠。

天天悄悄地走了进来,说:"姐,你怎么在收拾东西?"

"假期就要结束了。"李安琪说。

"你刚才不是不舒服吗？多休息一会儿吧。反正三天之后才走，还有不少时间，先休息一下吧。"

"我准备明天走。"

"怎么又改了？"

"公司有点忙。"李安琪没看天天的眼睛，"我要早点回去准备一下。"

天天点点头，说："哦，对了，姚柳兰明天过生日，你能去吗？最近活动挺多的，又是聚会又是生日，真是多事之夏啊。"她自嘲式地呵呵一笑，接着说："不过你要准备回去了，如果时间和身体不允许的话——"

"我不去了。"李安琪说。

尽管她还想见姚柳兰一面，可是似乎没有再见面的必要了。

是姚柳兰来接天天去参加他的生日聚会的。据天天说，只有前乐队成员、李梦怡和少数几个朋友参加聚会，生日之后，姚柳兰就真的要跟以前的生活说再见了。李梦怡要去棕榈市，不过她坚决不跟姚柳兰分手，说她每周都会回来。天天对此表示怀疑。

和以往不一样，这次天天花在打扮上的时间大大超出了预计，姚柳兰都有点不耐烦了。看到李安琪，他似乎很高兴，说："听天天说你就要回棕榈市了？"

紫水晶戒指

"对。"李安琪说。

一丝羡慕从他的脸上一闪而过,她猜他已经想好要放弃了,至少他不再抱怨了。今天是他二十三岁生日,他看起来不像神秘的园艺会会长,不像粉红色的草莓兔,也不像乐队的吉他手,现在他看起来就像一个二十三岁男孩该有的样子。

他在陪姨妈聊天,眼神屡屡瞟向墙上的钟表。"对了。"他突然说,"那天我喝醉了,没做什么傻事吧?"

听他这么一说,李安琪觉得心在下坠。她觉得自己是世界上最可笑的人。

可这又有什么可失望的?你在期待什么呢?她问自己。她原本就打算尽快离开的啊。后来她明白了,她失望就只是因为他完全不记得那天晚上发生的事了。

如果曾经发生过一件美好的小事,你永远都记得,而另一个人却忘了,你会很失望。人们总说,所有最美好的事情只发生一次。它甚至不一定重要,但一旦被人遗忘,它也就失去了存在的意义。

她笑了笑说:"我不记得了。"

他松了一口气,不好意思地摸了摸头发。"我一喝酒就会胡言乱语,醒来之后就会忘记前一天的事,我一直很头疼这件事。"

他果然不是彭于飞。不管喝多少酒,彭于飞都不会忘记前一天晚上发生过的事。

草莓山镇的疗伤假期

"那就少喝点酒。"姨妈说。

姚柳兰那洋溢着光彩的脸上闪现出笑容,李安琪赶紧移开了视线,他也许是她能够想象出的最可爱的男孩。

"对了,你等一下。"李安琪说着加快脚步往外走。

她有件礼物要送给这位世界上最可爱的男孩。

他一脸疑惑地看着她,瞪着一双机灵的眼睛。就在这时,天天出来了,一头披肩长发,穿着白纱裙。李安琪瞥见姨妈用赞赏的眼神看着天天。

"等一下。"她对姚柳兰和天天说,"等我回来你们再走。"

她不知道这个决定对不对,但她不想再一次后悔。她迈开脚步使劲跑,跑得上气不接下气。自从高中毕业体育会考以来,她再也没有这么不要命地奔跑过。她越过白色的铁栅栏,跑进住了两周之久的房子,一口气穿过玄关、客厅、餐厅、储物室和阳台,来到阳光灿烂的秘密花园。

不知道什么时候——大概就是在昨夜,一小片雏菊开了,可爱的小花朵如同夏夜的星星散落一地。它们落在树下的方式很随意,说不定最初不是园丁,而是调皮的山雀将花种遗落在此的。

她继续奔跑,向着那棵石榴树。

石榴树下落的花瓣比上周更多了,它们染红了草地,远远看上去,就像是盛开在草地上的花朵。她来到树下,用手指挖开泥土,挖出了一个小木盒,又将泥土埋好。

紫水晶戒指

离开之前,她最后一次回头凝视这世界上绝无仅有的"秘密花园",仿佛要把这幅美丽的图画深深印在脑海中。

每当她待在花园里时,一切悲伤、纷争、哭泣、离别和无可奈何都无法穿透花园的围墙,它们被挡在密实的藤茎、枝叶和花草之外,什么也不能伤害她。她真希望终生与花朵、蝴蝶和布谷鸟为伍。

可是现在她必须扬帆起航了。她强忍住一种恍如隔世般的空虚感,按住剧烈跳动的心脏,头也不回地捧着木盒往姨妈家跑。

他们还在。一看见李安琪跑进来,他们停止了谈话,姚柳兰站起身来。

"生日快乐。"李安琪将木盒递给他,双手还沾着泥土。

他看起来吃惊极了,问道:"送给我的?"

木盒被他打开了。一枚闪烁着微光的紫水晶戒指出现在他面前,他惊讶得说不出话来,只是反复看着李安琪和这枚戒指。

"哇!"天天凑过来,"好漂亮!"

姨妈的脸上露出了不可置信的神情,她像受到重击一般呆坐在沙发上,看着眼前的事发生。李安琪没有足够的勇气去看姨妈那渐渐变得痛心的神色。

这枚戒指的确是属于他的,千真万确,当之无愧。这是他姑妈的东西,而她原本打算把戒指送给前夫——姚柳兰的"父亲"。姚柳兰已经失去了很多,很遗憾李安琪无法伸出援手,是她太懦弱。但这枚戒指,她希望能留在它的主人身边。

姚柳兰伸出捧着戒指的手,想要还给李安琪。"我——"

她又将他的手推了回去,说:"据说这是一枚生日戒指。"她希望他别再犹豫、别问为什么、别不知所措,只要收下这枚戒指就好了。她期待地凝视着他,说:"戴上试试?"

他戴上了戒指,露出了一个笑脸。她觉得这个笑脸是她近年来收到的最好的礼物。

李安琪改变了主意。也许是天天和姚柳兰走后,和姨妈相处起来变得有点尴尬,她临时决定赶当晚的火车回一趟家看望妈妈。姨妈只是点点头,说她应该回去多陪陪妈妈。两人相顾无言,李安琪起身告辞。

幸好她的决定还没有太迟,开始新生活之前,她还有机会回家。在这个假期中,她做了不少错事。是时候停止犯更多的错误,倾听自己内心的声音了。

姨妈想去火车站送她,但是李安琪拒绝了。姨妈的脸色看起来很不好,况且她昨天感冒了,应该多休息一下。

"你都知道了?"姨妈小声问。

李安琪轻轻点了点头。

"对不起。"姨妈说,"我不想伤害任何人。姚柳兰的亲生父亲很早就去世了,是在小爱和乔林结婚不久后自杀的。我一直在想,如果他知道姚柳兰是他的儿子,也许就不会那么做了，至少他会想看着他长大。我只希望这个悲剧能够永远被埋藏起来。对不起，我不该对你做那些事——"

李安琪摇摇头。希望下次见面的时候，她们之间的尴尬能够减少几分。

"谢谢你没有告诉他。"姨妈说。

李安琪感觉到自己那明显的情绪波动。如果不赶紧离开草莓山镇，也许她会后悔刚才所做的决定，所以她得赶快离开了。就像当初她为了彭于飞的漂泊梦想，大步流星却悄无声息地离开时一样。

"我希望他能够幸福。"她说。